蓝风信子的春天

LAN FENGXINZI DE
CHUNTIAN

时代出版传媒股份有限公司
安徽文艺出版社

真善美

蓝风信子的春天

LAN FENGXINZI DE CHUNTIAN

纳兰泽芸 / 著

时代出版传媒股份有限公司
安徽文艺出版社

图书在版编目(CIP)数据

蓝风信子的春天/纳兰泽芸著.—合肥:安徽文艺出版社,2016.8
ISBN 978-7-5396-5772-1

Ⅰ.①蓝… Ⅱ.①纳… Ⅲ.①短篇小说-小说集-中国-当代
Ⅳ.①I247.7

中国版本图书馆CIP数据核字(2016)第124280号

出 版 人:朱寒冬
责任编辑:李 芳　　　　　　　　装帧设计:徐 睿

出版发行:时代出版传媒股份有限公司　www.press-mart.com
　　　　　安徽文艺出版社　www.awpub.com
地　　址:合肥市翡翠路1118号　邮政编码:230071
营 销 部:(0551)63533889
印　　制:合肥创新印务有限公司　(0551)64456946

开本:880×1230　1/32　印张:10.375　字数:200千字
版次:2016年8月第1版　2016年8月第1次印刷
定价:28.00元

(如发现印装质量问题,影响阅读,请与出版社联系调换)

版权所有,侵权必究

不要写无用之文，不要写令读者思想堕落之文，每一篇文章，都要给人们或社会带来一些或多或少的裨益之处。

——纳兰泽芸

目 录

蓝风信子的春天 / 001

永远在你的前边 / 035

陪 / 045

测谎 / 079

冰封西瓜 / 092

痛苦的项链 / 099

温暖的铁窗 / 107

吹过七号监室的晓风 / 125

嫁个"次优男" / 138

亲爱的蚜虫你快长出翅膀 / 143

你站在我的身后 / 181

你是房子我是车,缠缠绵绵到天涯 / 194

坚守之恸 / 208

两张生死状 / 220

忍住眼泪 / 230

朱砂痣 / 249

来得及拥抱 / 255

我来过,我很美 / 265

心疼 / 278

疾吹岁月风,转蓬手足情 / 286

爱的线头,不要拉 / 295

我爱你,TMD"口香糖" / 302

一瓢饮 / 311

蓝风信子的春天

1

这老话说,丈母娘看女婿,越看越欢喜。

老唐估摸着自己的老伴儿对那个准女婿的感觉还不错。因为每次说到准女婿的时候,老伴儿都护着短儿。

晚上睡觉时老两口唠嗑,又唠到准女婿身上,老唐不由自主地叹息了一声。

老伴儿就拿白眼翻他,我说你个老东西怎么回事,啊?咱女婿立锋也还不算差吧,在银行里工作,爹娘老子也还都是小知识分子,立锋自己长得也高高大大、白白净净。

谁天天在银行柜台里待着,一年四季一点日色儿不见,都会白白净净!老唐一听老伴说准女婿白白净净就来气。又不是女孩子家要一白遮三丑,一个大男人整那么白净干啥?男人就要有一点阳刚之气,否则走路都扭三扭,就娘娘腔了!

你这死老头子就是怪,咱果儿前面谈的那个男朋友小钟,壮壮黑黑的,你又嫌人家像个黑傻子李逵似的。成天横挑鼻子竖挑眼,就不知道要挑啥样儿的女婿你才满意!

老唐鼻子里哼了一声,不理老伴儿了。

他心里又长长叹了口气,唉,一不留神,果儿啥时候就成了二十五岁的大姑娘了呢? 果儿的婚期就定在明年十一,还有不到两年时间了,果儿真的就要搬出这个家了。

老唐的心就像被谁抓捏着搁醋里浸了一把,从心里到鼻头都酸溜溜的。

他掉过身子,背对着老伴儿,闭上眼睛。

老伴儿一会儿就发出了轻微的鼾声,他却怎么也睡不着。

老唐喜欢他的宝贝女儿唐田果儿那是出了名的。

那种喜欢甚至不能叫喜欢,叫宠爱。不,"宠爱"这个词都不够。对,该叫宠溺。只有"宠溺"这个词才能稍微准确一点描述他对女儿的那种爱。

是的,宠溺——他的爱无边无际地漫溺过女儿的世界。

老唐似乎与一般男人不一样,一般男人可能喜欢儿子比较多一些。但老唐自打得知妻子怀孕开始,他就巴巴地望着是个乖巧聪明、漂亮活泼的小女儿。

这可能跟他自己的家庭有关系,老唐父亲有五个兄弟,没有姐妹,到了老唐这一辈,老唐排行第二,也是三个兄弟。老唐的三个兄弟,大哥生了儿子,弟弟也生了儿子,那时城市里计划生育严格,都是独生子女。

弟弟读的是中专,比老唐早毕业早工作,自然也就早恋爱早结婚了。老唐大学毕业出来又读了个研究生,这研究来研究去把自己研究成了个大龄剩男。

三十一岁的时候,老唐好不容易把婚给结了。可是结婚都三四年了,妻子的肚子还是平得像个秋月下的平湖,连个泡儿都不冒一个。夫妻两人想孩子想得眼里直冒火,妻子把家里床头床尾、墙上门后到处都贴了胖娃娃年画。老唐越看那些画越觉得堵心,可是妻子愿意,就随她去吧,好歹也是她一个念想。

老唐经常上班去走在小区里,看到人家粉嫩的小闺女在跌跌撞撞,馋得他口水都快滴下来了。

夫妻俩都去医院查过,邪门儿了,都没事,可就是怀不上。老唐每每夜里在妻子身上"辛勤耕耘"之后,翻身下来时就心里直叹息,都说一分耕耘一分收获,怎么我耕耘了四年多了还颗粒无收啊?

这望不到希望的耕耘让老唐有段时间对夫妻那点儿事心灰意冷,洗澡上床后就装睡,还打呼噜。可是妻子不干,抱他搂他亲他,可他还是提不起劲儿。妻子就说,又不是我想,是医生嘱咐的,再说你不做这事儿,就是观音菩萨抱着孩子也送不到你手里啊。老唐想想也是,遂重整旗鼓。

老唐有时候苦恼得慌,便跟单位的老同事老丘说这事。老丘比老唐长了近十岁,但他们却是几乎无话不谈的忘年交。

老丘说,老唐啊别着急忙慌,你这种子和墒情都好得很,没有理由不发芽！这愣不发芽只有一个解释，就是孩子和你们缘分没到，缘分到了就有了，别着急，放宽心，孩子会来的。

闻听此言，老唐信心倍增。

果然，老唐耕耘到第六个年头时，许是感动了观音还是别的，反正他的缘分来了——妻子怀孕了！

夫妻俩乐得发狂自是不提。老唐立马让妻子向单位请长假回家养胎，接下来猜肚子里宝宝的性别便成了两口子最乐此不疲的事。妻子说等了六年才怀上，管他是男是女，都是宝贝疙瘩心尖肉肉。

妻子还说，不管是男是女，名字都叫"唐田果儿"！唐是你的姓，田是我的姓，孩子是两个人共同劳动的成果，不该由男方独占胜利果实，中国这规矩得改改。果儿，就是果实嘛，唐田果儿，糖甜果儿，多好，一辈子甜得像糖像果一样。

老唐没有异议，觉得这名字男女还都挺适合。最关键的是，这名字更适合女孩儿，不是吗？老唐心里美着呢。

老唐还是心心念念偏向着想生一个女儿，他实在是太想要一个女儿了，唐家几代全是光头愣小子，也该有一个可爱伶俐的小闺女了。到时候家庭聚会的时候，在一大群光头里，就他家这只小蝴蝶满场飞，多长脸儿！老唐一想到这，心里就美得不行。

那时候没有人敢做 B 超鉴定胎儿性别，这就让果儿妈在怀果儿的十个月里，充满了神秘与期待。

那个神圣的时刻在老唐巴巴地盼了十个月后，终于来到了。

小家伙还算没怎么折腾她妈,她妈肚子疼了半天后,就顺利地落了地。

医生托着一个肉乎乎还在手舞足蹈的小东西送给产房门口的老唐看,并对他说,恭喜,是个小公主,七斤二两。

老唐从医生手中接过小肉团抱了一下,就被医生抱走了。那小肉团在他怀里的几秒钟时间里,老唐有一种恍恍惚惚的不真实感,同时又有一种巨大的幸福感冲得他有点晕头涨脑。

老唐的单位还挺有人情味儿,知道他是"老来得女",格外开恩,给老唐放了一个月的"产假"。

这一个月每天每夜,老唐没睡过一个囫囵觉。妻子奶水不够吃,老唐就买来奶粉和奶瓶,可是小家伙已经习惯了妈妈柔软的奶头,一碰到硬硬的橡胶奶头,说什么也不肯喝,用小舌头把橡胶奶头一个劲儿地往外顶。老唐又咬咬牙去买了一种据说感觉与母亲的奶头一样的仿真奶头,很贵,但这时候再贵也得买。

仿真奶头买回来,老唐用开水煮过消毒,然后满心欢喜地希望女儿乖乖接受这个奶头,然后喝个肚儿溜圆,不吵不闹睡一大觉。可是,他又一次失望了,女儿还是不吃,用粉红色的小舌头往外顶。

小家伙没吃饱就闹夜闹得厉害,老唐为了让妻子能睡个安稳觉,就把女儿抱到小卧室里。女儿还是哭闹个不停,老唐没办法,就端个小板凳靠在墙壁边,把女儿抱在怀里拍着哄着。

本来是没有办法的办法,没想到这小家伙还挺受用这一套,不哭不闹了,在老唐的怀里睡着了。老唐大喜过望,可是这样坐着抱着女儿,一小时两小时还能勉强扛着,整夜整夜地坐着抱着,佝着背,弓着腰,这腰和背是真的吃不消。

有时候,吃不消的老唐将熟睡的女儿轻轻放在床上,希望骗过小家伙能在床上睡一觉。可刚放到床上,小家伙就惊醒了,脚蹬手摇,哭声震天。老唐忙不迭又把她搂在怀里,坐到小凳上去。

一个月子下来,老唐华丽丽地掉了六斤肉。以前肉肉的腮帮子明显地陷下去了。

上班了,同事大姐看到老唐的模样,惊问怎么回事。待知道事情原委,同事大姐说,你这也太宠女儿啦,放在床上哭就让她哭呗,哭累了,哭困了,自然就睡了。

老唐一听,手摆得跟拨浪鼓似的,那怎么行?女儿哭成那样都不管,那更要了我的命。抱就抱吧,身体累点,女儿睡得舒坦就行了。

同事大姐听得直摇头,果儿这辈子做你的女儿,真是前世修来的福啊!

女儿唐田果儿还是个一岁不到的小婴儿时,有一天老唐偶然看到一首诗,是一个名叫纳什的美国诗人写的。

纳什在有了小闺女吉儿之后,爱得不知道怎么办才好,生怕有谁会在某一天从他怀里抢走吉儿。

他惴惴不安地感到,不知什么地方有一个小男婴也正在慢慢长大,现在虽然还只是一个浑浑噩噩、口水滴答的小男婴,但某一天就会从他手里抢走他的宝贝吉儿。

所以这位父亲就"陡生杀机"——我要解开他尿布的别针,在爽身粉里撒胡椒,把盐兑进他的奶粉,还要给他读亚里士多德,把他彻底搞昏,在他的菠菜里拌进沙子,再给他的咬牙棒上抹点辣子,他或许就会在水深火热里挣扎不已,只好去娶别人家的闺女……

老唐读罢这首诗,把自己大腿拍得生疼,立刻就引这位素不相识的美国爸爸纳什为知己了,恨不能纳什就在自己面前,上去握住他的手摇上三下。

老唐常常凝视着小童车里的女儿,粉嫩的小脸蛋,像自己一样微卷的短头发,大大的眼睛忽闪忽闪,就感动得鼻子发酸。他不敢想象有一天女儿会被一个不知从哪里冒出来的臭小子从自己身边莫名其妙地带走,然后就成了那个臭小子的人。他不敢往下想。

这样的感觉他不敢对妻子讲,他怕妻子笑骂他。

老唐有多爱女儿,例子太多太多啦。老唐在外面是个直肠子,且书生气浓,趋炎附势的事儿不干,瞧人眼色的事儿也不干,是个"你再牛我也不稀罕鸟你"的主儿。

老丘就曾说他,人家说爱读汪曾祺的书,说长官不待见我之时,读两页汪曾祺,便感到待见不待见有屁用!辣妻欺我之时,读两页汪曾祺,便我心释然,任性由她。老唐你呢,是长官不待见之时,抱两下唐田果儿,便感觉长官算个鸟,不对,连鸟儿都不算……

转眼唐田果儿十岁了。有一个冬天的周末,老唐带着唐田果儿去看电影。看电影时果儿吃着爆米花,影院里热空调又开得足,果儿感到口干舌燥,老唐就打开矿泉水给果儿喝。可是果儿说水不行,压不下那燥渴,好想吃冰淇淋,那冰冰凉凉甜甜的,唉,可现在大冬天没有冰淇淋卖,要是夏天就好了……

此时电影还没演到一半,看着果儿眼中那渴望的光,老唐对果儿说,乖果儿看电影别乱跑,爸爸出去给你买冰淇淋去。

果儿说,现在买不到的,爸爸。

老唐说,不相信爸爸是不是?爸爸是孙悟空,会七十二变。

果儿想想也是,从小到大,她想要的东西,爸爸几乎没有落过空的。看着爸爸的身影消失在影院门口,她就在冰淇淋的期待中继续看电影了。

电影快结束时,爸爸还没回来,唐田果儿有些着急了。过了一会儿,电影完全结束,灯光亮起,唐田果儿只得与其他观众一起往门口走去。走出影院大门,才发现外面好冷啊,风呼呼地刮得脸疼。

她正无所适从时,一辆出租车嘎地停在身边,从出租车里出来一人,正是双手各举一杯冰淇淋的老唐。

一见果儿,他自责地说,宝贝冻坏了吧,爸爸不好,跑慢了,跑了好几个地方都没的卖,终于找到一家。哎,冰淇淋,走,到出租车里面吃，外面冷。

2

前年春节时参加同事老丘女儿的婚礼后，老唐心里那个莫名的隐忧更放大了。

婚礼那天晚上，在《婚礼进行曲》中，老丘挽着身披婚纱的女儿缓缓走到一个西装革履的小伙子面前，将女儿的手郑重地交给小伙子。

那一刻，老丘的脸上是微笑着的。

可是婚礼散席之后，老丘悄悄对老唐说，陪我到外面走走吧。

在一个小酒馆里，他们挑了一个角落坐下来。

老丘一杯接一杯地喝酒，喝得脸红脖子粗，然后就呜呜地哭。他哭得像个孩子似的，肩膀一耸一耸的。他说，老唐，我心里难受，你能理解吗？

我能理解。老唐说。

不，你不能理解。老丘说。

我的宝贝女儿榕榕自娘胎落地起，我就呵着护着捧着，掌心明珠似的，真的是摸重一下都不舍得。二十五年了，我们父女天天在一起，基本没有一天分离过。榕榕考上了大学，我为了能天天看到女儿，特意把老房子卖了，在她大学附近买了房子。

二十五年天天在一起,突然她就这么离开我了,我这心里就像被掏走了一块一样。

榕榕不是还在一个城市吗?你可以常常去看女儿的。老唐劝慰老丘。

那不一样了,老唐。就在上礼拜,我那毛脚女婿到我家里吃饭。饭桌上我想喝点啤酒,就顺手也给他倒了半杯,叫他陪我喝一点。哪知榕榕立刻把杯子拿走,并且责怪我说,爸爸,东东不喝酒的,你要喝就自己喝嘛,非要东东陪着干吗呀?他不擅长这个。

瞧瞧,榕榕长这么大,还没有用这种责备的语气跟我说过话,而且还一口一个东东东东的,还西西西西呢。我当时就有点气不顺,还没结婚呢,这心就不在我这当爸的这里了。

我戗着她说,他不擅长这个擅长什么呀?榕榕也不示弱,说话也有火药味了,说,他擅长什么?他擅长他擅长的东西呀!

榕榕妈见气氛不对,立刻过来打圆场。不喝就不喝呗,瞧你父女俩还戗上了,来来来,吃菜吃菜。

我的心里有点悲,还有点凉,这捧在手里含在口里二十五年的女儿,还没嫁给面前这个男人呢,就与他一个鼻孔出气了。

刚才婚礼上,我的心情说实话是难过的,可是看女儿那样兴高采烈的,仿佛迫不及待要离开我这个爸爸扑进另一个男人的怀抱,我这个当爸的,从此……唉。

看到老丘那脸上汪了半碗醋的样子,老唐想笑,却不知怎的没笑出来。

老丘落寞地又喝了一口酒。老唐说,老丘啊,这事就是你的不对了,这老话说得好,男大得当婚,女大要当嫁。还说女大不中留,留来留去反成仇。现在你这吃的是哪门子醋？我觉得你应该高兴才对,只要女儿觉得女婿好,他们在一起恩恩爱爱,就比什么都好。要我说啊,这事儿,上有月老的婚姻谱,下有两个人的一条心。说到底,你不能陪着榕榕一辈子,真正陪着她的就是你女婿,如果榕榕真的找对了一个一辈子对她好的男人,那是她的福气。你就装作慷慨一点,轻松一点,高高兴兴做你的泰山大人不就成了？

老唐知道劝人容易劝己难。但不这样劝,又能怎样呢？

老丘说,我也明白是这么个理儿,可是,我就是难过这一关。以前听人说,人生两大落寞事,一是退休,二是最小的孩子也终于结婚。我现在是明白了,像我们这样只有一个孩子的,唯一的孩子结了婚,就更是落寞的开始。

从老丘女儿的婚礼上回家之后,果儿已经睡熟了。老唐走到女儿的床边,看她甜梦中微微颤动的长睫毛,额头上还有鬈鬈的一绺软发。

大卧室里,妻子已经睡熟。老唐拿了个小板凳,坐在女儿的床边,就那样痴痴地望着女儿。

女儿已经大学毕业参加工作了,她在一家网络公司工作,负责该公司的一份网络杂志的编辑。女儿在公司穿着办公室套装,做事稳重而干练,深得公司领导器重。

即便如此,在老唐的眼里,女儿还是小时候那个常常嘟着小粉红嘴唇在爸爸脸上亲一口,然后撒着小娇要这要那的小黏包。

他想起有人说,对于父亲来说,女儿最可爱的时候是在十岁之前,因为那时的女儿完完全全属于父亲。而对于男友来说,最可爱的是她十七岁之后。

父亲与男友或者女婿,是一对先天的矛盾体。

对于父亲来说,世上没有比童稚的女儿更美好的了,唯一的遗憾是她会一天天长大,父亲恨不得用时间急冻术把可爱的小女儿永远停留在童稚时光,可是想必那是违法的,而且迟早她的"白马王子"会来把她吻醒。

他很能理解老丘的心情。他们当父亲的,就像一棵只结了一个果子的果树,努力从地底汲取营养供给这个唯一的果子,为这个唯一的果子遮风挡雨、阻雪拦霜,让果子长得明艳而动人。

忽然某一天,这个倾注了他无限心血的果子就被一个素不相识的人一把摘走了。他越着急,他越追,却发现怎么也追不回了,甚至那人还颇有几分得意地说,是你的果子自动掉落下来,落我怀里了。

那天老唐看电视,偶尔看到一段有关荧幕硬汉史泰龙的内容,他觉得史泰龙说出了他的心里话。

史泰龙这个在屏幕上打打杀杀,令人望而生畏的硬汉,在现实生活中,面对三个女儿时,却是那样柔情似水。

在孩子们还只有十岁左右时,他就说过,我太宝贝她们了,内心里面不想孩子长大,一想到她们长大要出去与臭小子约会我就觉得是一种"折磨"。他还半开玩笑地发出令人毛骨悚然的"威胁"说,我想告诉小伙子们,找好你们的装尸袋!

老唐从前并不十分喜欢史泰龙,觉得他的相貌很凶,左眼睑和左嘴唇都下垂着,眼窝也深陷着,嘴还有点歪,牙齿也不整齐。而自从看到史泰龙对三个女儿的绕指柔情之后,老唐对他就另眼相看了。

沈立锋与唐田果儿是在果儿的同事沈琳的介绍下认识的。

沈琳三十多岁,已经结婚生子,有一个七岁的儿子,她在网络公司里做人事工作,交往圈子自然比唐田果儿大得多。其实当时唐田果儿也刚刚才二十三岁,大学毕业不久,她并不是特别着急谈朋友。

可沈琳说,傻大妞,张爱玲说过出名要趁早,这女孩子谈恋爱也要趁早,结婚也要趁早。你看现在这剩女大把抓,为什么?都是因为太乖太傻。

上中学时,爸妈和老师一棍子打死"不许早恋",上大学时,被父母说"大学别谈恋爱,好好读书,否则成绩不好出来找不到好工作"。都上大学了,还是乖得可怜地不敢拿正眼瞟男孩子。然后读研、读博或者忙于工作,转眼就三十好几了,真的开始着急了,这时候才发现自己在谈恋爱这事儿上简直是个弱智,甚至智商是零。

恋爱情商是零的女人,哪儿哪儿都像个木头一样,怎么能擦出爱的火花呢?真正的好男人又怎么会瞧得上你啊?好容易相个亲,是越相越觉得这世上好男人都死光了。临了,还被爸妈数落,你怎么就这么笨,连个恋爱都谈不来?你看连某某某都嫁出去了,还嫁得好得很,我就不相信,你连她都不如!

唐田果儿拿眼瞟了瞟沈淋,觉得这句话似曾相识。她努力在记忆里掏挖,终于掏出来了,那是唐田果儿她大姨数落英表姐的话。

英表姐是大姨的女儿,读书时成绩一直拔尖儿,要说英表姐顶聪明也不见得,用大姨的话就是"乖、听话",放学一回家,悄没声息地钻进房间写作业,从小到大英表姐读书大姨几乎没操过心。初中、高中时,班里情窦初开的少男少女们蠢蠢欲动,不敢明目张胆,就搞地下活动。常常下晚自习后,老师要拿上手电筒去学校后面的小树林搞"突然袭击"。上大学时,恋爱基本就明目张胆了,更有人公开在校外租房同居,英表姐对此嗤之以鼻,觉得这些人都是思想堕落、不务正业之徒。也有人想追求英表姐,但都被她一脸的圣女表情给弄得还没进攻就灰溜溜鸣金收了兵。

毕业了,那些曾经"思想腐化"的女同学一个个都有了好归宿,家庭、孩子、事业三丰收,而英表姐却愣是被剩下了。后来相了十几回亲,可把她的心都给相死了,奇怪自己遇到的怎么都是他妈的渣男。

有次英表姐遇到一个极品渣男,他们第一次见面是在一家西餐馆,两个人吃了二百来块钱。本来英表姐是想要付钱的,无奈服务生直接把账单递给了男士。在大庭广众之下,她也就没有去争。

她对那男的一丝一毫感觉都没有,当然不可能谈上再继续交往,她便发了条短信给那个男的说他们不太适合之类的话。那男的没回短信。

过了一个多星期,那男的突然来她公司楼下找她。英表姐内心还有点不为人知的雀跃和感动,原来人家对她还是有点留恋的嘛。哪知那渣男对她说既然不能交往,那上次那顿饭应该AA制。她听后心里惊愕得雷声隆隆,她从钱包里抽出两百块钱直接甩在那渣男脸上,说多给你一百,那顿饭我全掏了,奉劝你这号人也再别去相亲祸害女孩子了。

她在电梯里,泪流了一脸。电梯门打开的一刹那,她迅速抹了一把脸,微笑着走进公司。

……

沈琳说,她以前陪一个女友听一个婚恋心理讲座,那专家的理论可是让她惊着了。人家说,女孩子们,你们不能太乖、太听话。人常说男人不坏,女人不爱。对于女人也是这样,女人不坏,男人不爱。一个从来不懂得如何去与异性相处、如何取悦异性的女人,异性怎么可能会爱上你呢?

这里的取悦,世俗里可能就认为是"坏",其实不是,这是一种在情感上"高情商"的表现。现在常常有一些没谈过恋爱的大龄女觉得,恋爱没意思,结婚也没意思,其实这种没意思是因为她从来没有品尝过爱情的甜蜜与美好,她的情感因为从来没有被爱情滋润过,所以萎缩了。说严重点,这已经是一种病态了。

你们不妨认真地观察一下,那些嫁得如意的,嫁得好的,都是一些"不太老实"的女孩,原因就是她们懂得怎么样去牢牢抓住异性尤其是自己喜欢的异性的心。如果你是男人,你是想成天与一个毫无情趣的木头在一起呢,还是喜欢一个跟你时不时撒撒小娇、使使小坏,把你的生活折腾得痒痒酥酥、情趣盎然的小可爱在一起呢?

所以,女孩子结婚前,不但要谈恋爱,而且要多谈,实践才能出真知嘛!谈多了就有比较,就有慧眼,才知道哪一个才是真正适合你的。现在是和平年代吧,和平年代不用打仗吧,但为什么那么多军队今天演习,明天演习呢?那不是玩儿,那是为实战做铺垫、做准备呢。多谈恋爱就等于多演习,多演习了到实战时才"笃笃定"。

为了实战"笃笃定",唐田果儿就决定恋一次爱吧。她想,就算恋爱最后修不成正果,就当是一次"演习"了。

没想到第一次"演习"之后,唐田果儿在心里就把这次"演习"上升到"实战"了。

沈立锋是她喜欢的那种类型,个子高高的,皮肤白白的,鼻梁上架一副眼镜,一副书生相。

约了几次会之后,唐田果儿就准备把沈立锋带回家见父母。跟沈立锋一说,他有点犯怵。唐田果儿打趣他说,怕什么？我爸妈又不是吃人的老虎,丑媳妇总得要见公婆的,何况你这个媳妇还不算丑。

唐田果儿和沈立锋谈恋爱,并没有告诉父母,她觉得谈恋爱在初阶段的时候,还是不跟父母说好一些。如果交往之后,觉得对方不合适,扭头就走,干干净净。如果觉得合适了,再带给父母看也不迟。

如果先跟他们说了,他们问东问西。等到觉得对方不合适扭头就走的时候,还有父母的一份担心在那里拖泥带水,不爽气。

这次她心里是认下沈立锋了,她认为有必要带给父母看看了。

过几天就是父亲节了。以前每年的父亲节,唐田果儿都会给老唐或多或少买一些小礼物,譬如一把剃须刀啦、一条质量不错的皮带啦、一个喝水的杯子啦,东西虽然小,可是老唐每次接到手都乐得合不拢嘴,宝贝女儿的一份心意嘛,不用,光看就觉着受用得很。

今年的父亲节,她要给爸爸一个大大的惊喜,送他一个大大的礼物——一个大活人准女婿,算不算顶大的礼物？

说是喜,其实只能说是唐田果儿的一厢情愿,顶多也只能算是唐田果儿和果儿妈的两厢情愿,没有三厢情愿这回事。

父亲节那天晚上,唐田果儿推开家门,先送给爸爸一束花,祝亲爱的爸爸父亲节快乐!

唐田果儿嘴巴像抹了蜜。

接着唐田果儿又说,还有一个重要的大礼物送给爸爸。老唐疑惑。唐田果儿狡黠地笑着,从门口一把把沈立锋拉进来,噔噔噔噔,献宝似的把沈立锋往老唐面前一推。

忽地一个比自己高一个头的大活人往老唐面前一站,把老唐吓了一大跳。这是……

报告老唐同志,这是我的男朋友,也就是您未来的女婿,沈立锋先生!

老唐当下心里叫苦不迭——都怪自己从小太宠这丫头了,把她宠坏了,这么大的事,竟然自作主张瞒得像铁桶似的。与此同时,他的脑子里莫名其妙地轰了一声,心里滚过一缕难以言说的酸涩。这样一来,脸上的表情自然好不到哪儿去。

唐田果儿的妈妈也吃了一大惊,不过她反应得倒挺快,看到人家沈立锋一脸尴尬的样子,赶忙招呼他坐,又赶紧泡茶拿点心地招呼着。

沈立锋诚惶诚恐地坐下了。老唐一直没怎么作声,也没有拿眼去看他。只有果儿的妈妈在问小沈在哪里工作啊、家住哪里啊、父母多大年纪了啊、干什么的啊诸如此类的问题。沈立锋都毕恭毕敬地一一作答。

老唐坐了不到二十分钟,就说头有点晕,先休息了,就自己进卧室去了。

这让唐田果儿非常恼火,碍于沈立锋在场,又不好发作。沈立锋也不是呆瓜,他早就感觉出唐田果儿的爸爸对自己不大友好,又坐了一会儿,就说不打扰伯父伯母休息,要告辞。

唐田果儿挽着沈立锋的胳膊送他。沈立锋说,果儿,伯父好像很不喜欢我。唐田果儿说,是啊,我也觉得奇怪,我爸平时人可好了,我带同事回家,他都热情得很,可能是今天在单位碰到什么不愉快的事了吧,你别往心里去。

家里,老唐躺在床上,他的头是真的有些晕,心口还觉得堵得慌。果儿妈倒了一杯水给他,没事儿吧?你今天晚上怎么了?

老唐喝了几口热水,嘴里说着没事,又躺下了。他想,老太婆,你哪知道我的心啊!他想起史泰龙说一想到女儿长大要出去与臭小子约会就觉得是一种"折磨",虽然他不像史泰龙这个硬汉老爸威胁臭小子找好装尸袋,但这个臭小子冷不防出现在他面前的时候,他的心脏的确有些受不了。

这个死丫头,要是早早地打个预防针,有个心理准备,兴许还会好一点。现在让他没有任何心理准备地面对一个将要抢去自己最心爱宝贝的臭小子,怎么能让他好颜好色得起来?

他觉得自己这种当爸爸的,像发明家对自己的专利,绝不允许别人共享。但专利常常有被偷用的风险,就像女儿长大了要投入另一个男人的怀抱一样。这个他无力阻止,但最起码别让他看见,看见了难受。

今天,他把这个难受表现在了脸上,给了第一次上门的沈立锋一个难堪,女儿回来肯定要跟他耍脾气了。

送走沈立锋,唐田果儿回到家,气呼呼的。果儿妈见女儿这样,赶紧打圆场,果儿别怪你爸,他今天的确有点不舒服,心口胀。

唐田果儿说,爸爸不是身体不舒服,是看到沈立锋不舒服吧。我就不明白了,第一次见面,就算是我一般的同事、同学,你也不能给人甩冷脸子呀,何况是我男朋友!

老唐心里说,就是因为是你男朋友,我才心口胀。但他沉默着,没有应女儿。本来是躺着的,现在侧过身,背对着女儿。

女儿终归还是女儿,还是心疼爸爸的,发了几句牢骚后,放柔了声调,爸爸不要紧吧,心口胀要不要上医院去看看?说着,就坐在床沿上,一下一下抚着爸爸的背。

宝贝女儿手指的温暖透过衣服钻进老唐的心窝。他的眼窝一阵潮热。

此后,沈立锋又来过两次。唐田果儿自从恋爱后,人欢乐了不少,常常在家里哼着欢快的小调儿。老唐看着沐浴在爱情之中如此快乐的女儿,就反省自己是不是太自私了,当父母的,儿女幸福不就是自己的幸福吗?

想通了这点,沈立锋再来时,老唐的脸色就和悦了不少,也算是默认了这个"毛脚"。

3

沈立锋在银行工作,毕业没几年,当然是在银行当个最底层的柜员。

"在银行工作",乍听这是一个很诱人、很令人羡慕的工作。可是像沈立锋他们这样在前台做柜员的,其实只是一个好听的名头而已,一个月工资也就勉强三千块左右。

有一次,几个朋友聚会,聊到工资这一块,沈立锋说自己收入太低,以后结婚连孩子都养不活。大家都不相信,说骗鬼呢,你在银行里干的还哭穷,我们哥几个就赶紧排队从这跳下去吧。

沈立锋就说,哥几个,你们是真的不知道,别看我们每天穿着整齐的制服在玻璃窗后面人模狗样,其实钱少不说,还天天当受气包。

沈立锋说得也并不假。他们每天直接面对形形色色的顾客,这些顾客里面什么样的人都有,几乎天天都能碰见"奇葩"。现在各大银行之间竞争激烈,又要追求效益最大化,很多小网点都合并了,所以大一点的网点人就特别多。柜台里的工作人员一个个忙得恨不得手脚并用。

上班前是不敢多喝水的,喝了怕要上厕所。可就算这样,有些顾客等得不耐烦了就开始骂娘。

就前天,一男的办业务,自己密码不记得,输来输去都不对,恼羞成怒对着玻璃窗里的小姑娘发飙,污言秽语骂得那个小姑娘蹲在柜台底下直哭。这时候,你还只能忍气吞声,不能回嘴,除非你不想干了。

为了排遣这种压抑和紧张,沈立锋在不上班的时间里就喜欢玩点儿电脑游戏。和唐田果儿确立恋爱关系之后,沈立锋常常下了班就到唐田果儿家吃晚饭,吃完晚饭就趴到电脑前打游戏。

唐田果儿在网络公司做网刊编辑,一个月能挣上个五千来块吧,她也知道立锋的收入情况,所以老有种忧患意识。现在立锋爸妈已经帮他们在到处看婚房了,老两口一个中学教师,一个小学教师,一辈子也没存下多少钱,说好了婚房首付老两口付掉,剩下的按揭小两口结婚后自己还。

唐田果儿想,就自己和立锋这样的收入水平,以后要还房贷,还要过日子、养孩子,这点钱哪够用啊?所以唐田果儿除了自己的本职工作之外,又兼了两份职,好在这两份职都不用坐班,自己在家完成了交过去就行。

唐田果儿知道立锋晚上要用电脑玩游戏,所以一般都用自己的笔记本电脑做兼职工作。

偏偏有一天唐田果儿外出办事办得很晚,就从外面直接回家,没有回办公室拿自己的笔记本电脑。她想,今天晚上用家里的电脑,立锋不玩游戏就是了。

回到家,爸妈和立锋都吃好晚饭了。爸爸见女儿回来了,把女儿轻轻拉到厨房关上厨房门说,果儿,立锋这样天天玩游戏也不是个事儿啊,年纪轻轻的不好好学点扎实的东西,这样天天钻在游戏里,是能加薪还是能升职?你得说说他。我和你妈说都不太好,只有你说才行。这样没有上进心可不成。

唐田果儿吃完晚饭后,准备去电脑上做那份兼职工作,明天就要交的。可是立锋那边呢,正战斗得难分难解。唐田果儿不忍扫他的兴,就说,立锋我要做兼职,你再玩半小时把电脑腾给我,明天要交的,再不做来不及了。

沈立锋嘴里嗯嗯应着,手并不停。

半小时后唐田果儿来要电脑,沈立锋还在那斗得热火朝天,唐田果儿喊了几声都听不见。唐田果儿有点生气了,一把夺过立锋手里的鼠标,说,半小时到了,别打了,我这是挣钱,是正经事,你那是玩儿,挣不着一分钱,还费钱!

立锋正玩在兴头上,被人一把夺过鼠标,很不高兴,一翻眼珠回敬道,钱钱钱,你就知道钱,上班挣钱倒罢了,下班还想着挣钱,想钱想疯了!

几句话把唐田果儿噎得泪花直转。

立锋的话正好被门外的老唐听到了,又看见这臭小子把宝贝女儿气得直哭,这还了得,二十多年来他这个当爸爸的可一句重话都没说过果儿。一股火从他脑门子腾地往上直蹿。他大声指着这个毛脚的鼻子说,沈立锋,我忍你很久了,这半年,你看你是不是进家就吃饭,吃完饭嘴巴一抹就钻进游戏里,果儿妈辛苦买菜做饭洗碗,都是应该的是吧?果儿想多挣点钱有什么错?你们将来要用钱的地方多得是,你还骂她想钱想疯了,有本事你多挣点,她就不用这么辛苦挣钱了!就你这样玩物丧志,我怎么敢把女儿交到你手上!

沈立锋也在气头上,顶道,不放心就不要交,谁也没逼你交!说完就走到客厅,打开门,砰!走了。

你……你……老唐气得手直打战,让他走,我要还把女儿嫁给他我就是瞎了眼了!

毛脚沈立锋把老唐气得双脚直跺。

第二天上班,吃午饭时,老唐向老丘大倒苦水,说这还没结婚呢就对我这个老丈人这个态度,结了婚那还不更不把我放在眼里?要不是果儿愿意跟他好,我早翻脸了。那臭小子,有什么好?唉。

老丘安慰他说,哎,别往心里去,家家有本难念的经。我也正为榕榕揪着心哪。我那小外孙已经出生五个月了,为了孩子等等杂七杂八的事,婆媳心里也都硌棱着,女婿也净向着他妈,女儿上次回来也抹眼泪来着,唉。

前几天还听榕榕她妈说楼上邻居王阿姨正撺掇女儿离婚。

谁不想让儿女过得好,哪有撺掇着离婚的?

说得是啊。这王阿姨的女婿小许老家在外地,在上海读的大学,后来又考了研究生,进了研究所。要说小许一个外地孩子,年纪轻轻的就进了研究所,也算是不错了。当初王阿姨的女儿虹虹看上小许，也有这个原因。

小许什么都好，可有一样不好，研究所工资太低，说白了，就是小许没钱。小许跟虹虹结婚后还是与虹虹父母住在一起，王阿姨和老伴儿都在一家事业单位工作了大半辈子，家里条件应该说还不错。虹虹自己大学毕业后在一家外企当白领，收入比小许多两三倍。

打虹虹和小许谈恋爱那会儿，丈母娘王阿姨就盘查过小许的收入，当时王阿姨就有点反对，但女儿喜欢，她也就没办法了。当父母的，总希望孩子过得好，婚姻幸福，虽说小许这孩子穷了点，但人还是不错的，再说家里也不是说非常缺钱，要靠着他生活。

结婚后，凡是到外面吃饭什么的，王阿姨和老伴都抢着付钱。如果日子就这样安生地过下去，也未尝不可。但小许那头，却时不时出点状况。小许在家里是老二，上面一个哥哥，下面一个弟弟。哥哥在农村种田，自顾不暇。弟弟还在读高中，需要钱，父母年纪大了，时不时有个头疼脑热，也需要钱。都知道许家二儿子出息大发了，在大上海读了大学，在什么高级研究所工作，还娶了大上海的媳妇儿，在老家乡亲们面前说起来，爹娘的脸上不知道有多光彩。

急着要钱的时候，自然是向这个最有出息的二儿子伸手了。三弟的学费，一直是小许负担着的。大哥家里有时有个不凑手，也来个电话。爹娘生个小毛病，做儿子的是当仁不让的。每年过年时,虹虹都不愿意跟小许回他老家过年,小许也没办法,只能谎说单位要加班,回不去,就寄点钱给爹娘吧,买点好吃的,过个好年。

小许每月就那么几千块钱工资,这里那里,根本糊弄不过去,往往又是虹虹这边给救急。

一次两次还行,日子久了,王阿姨就不乐意了,对女儿说,囡囡,老话讲,嫁汉嫁汉,穿衣吃饭,你倒好,反过来了。女儿就过去搂着妈妈脖子,撒一下娇,明伟是个有抱负的男人,妈放心吧,慢慢他会有出息的。妈妈抚抚女儿的手,叹了一口气,傻囡囡,但愿吧。

后来他们有了孩子,开销陡然增加。小许的研究所里还是那么点死工资。王阿姨就对虹虹说,我前天遇到明伟一个大学同学的妈妈,她儿子在一家外企当销售经理,一个月工资两三万哪。明伟英语不也挺好吗?趁着年轻到外企闯闯多挣点钱,没必要一定要赖在那个什么研究所,就名声好听一点,不实惠。

虹虹也动心了,晚上跟小许把这事儿一说,本以为他会很兴奋,马上磨刀霍霍,没想到他说,你以为外企的钱都那么好挣啊,给洋鬼子扛活还不累得吐血!不满意了叫你卷铺盖就得卷铺盖。

虹虹没想到几年研究所的安逸生活把丈夫以前的那点锐气和冲劲消磨殆尽了,不是这次找他聊,还真不知道他年纪轻轻已经退化到这个地步了。虹虹惊讶地说,许明伟,你可是农村孩子出身,怎么现在变得这么没有闯劲,没有勇气?你就打算一辈子指着这点死工资养活我们娘儿俩是吧?

丈夫不耐烦地说,保证你们饿不死,再说你不也有工作嘛,两个大人养一个孩子还养不活吗?

虹虹说,你以为养孩子就是给口饭、给口水就行了? 人家孩子花几百万出国留学,没钱你家孩子能出去吗?

出国干什么? 中国不挺好吗? 明伟说着躺下盖上被子,把个屁股对着老婆。

虹虹都快被气哭了,好,怪我当初瞎了眼。

第二天,虹虹把昨晚的事说给王阿姨听,王阿姨也气得直跺脚,没见过这么没出息的男人,烂泥扶不上墙。王阿姨望着女儿,无限心疼地说,乖囡,当初妈劝你你不听。唉,你从小没受过什么苦,嫁了个男人反而要受苦……爸妈不可能一辈子陪你,总归要走的,到那时候……

王阿姨眼圈就红了,说不下去了。

后来王阿姨不知道从哪里打听到虹虹以前的一个大学同学,老婆两年前年纪轻轻得了毛病去世了,留了一个四岁的小女儿。那大学同学家里殷实得很,自己经营着一个小公司,最关键是有上进心。

王阿姨动心了,又悄悄辗转找到那同学的父母,一聊,还挺投机,老两口以前在机关工作,后来退休后与儿子一起办了个小贸易公司,生意还不错。没想到儿媳妇寿短,现在唯一让老人挂心的就是儿子。

王阿姨一颗心就定了。

回来之后,就撺掇女儿离婚。王阿姨说,是你大学同学,知根知底——你跟着许明伟下半辈子铁定要受苦,趁年轻孩子小赶紧离了——孩子大了记事了不好。孩子你带着,那边有一个四岁的小女孩,你一下就儿女双全了,多好……

王阿姨见女儿不作声,知道女儿舍不下这段感情,就又红了眼圈,说,谁愿意拆散自己孩子的婚姻?妈妈是真的担心哪天我和你爸都走了,你受苦,我们不放心啊……

老唐听老丘叽咕着,心里疙疙瘩瘩的。

4

这两三个月来,老唐隐隐觉得自己身体有点不对劲,觉着身子乏,没力气,肚子还经常有点痛。早上起来有时候便秘,蹲半天也没有。有时候又急得什么似的,拉肚子。

他并没把这放心上,心想大概是工作累着了吧,或者吃坏肚子了,就有意着早点下班,晚上早点上床睡觉,剩饭菜一律不吃。

但问题似乎比他想的要严重。有天早上在卫生间,他发现自己有点便血。是痔疮吧,他想,可是他又从来没有过痔疮啊。

他悄悄去了趟医院。

结果让他如遭雷击,是直肠癌。医生说还是早期,要尽快手术,配合放化疗,治愈的希望还是很高的。

本来他还想瞒老伴和女儿一段时间,看来是瞒不过去了。

住院后不久老唐就做了手术,正像医生说的,微创手术还真没受多少苦。想想真是感恩这现代科学啊,在肚子上打个小洞洞,就把手术做好了。听说从前没有微创手术前,做这个手术,要在肚子上开大刀,有时候肛门还要整个切除。

老唐手术后没多久就开始化疗了。虽然他之前已经听过有关化疗的副作用,也做了一些思想准备,但还是有些经受不住。那些恶心、呕吐、胸闷他还可以忍受,难以忍受的是每天看着自己的头发一把一把地往下掉。

虽然老唐已五十多岁了,但从年轻时起他就有一头浓密的黑头发,到今天,由于对头发保养得当,白头发很少。

化疗一段时间后,他那满头的黑发不见了。

从住院到手术,以及手术后的化疗这段时期,白天由果儿妈陪护,唐田果儿和沈立锋都要上班。上回因为那次不愉快,沈立锋有一段时间没有去唐田果儿家。但自从老唐被查出肠癌,毛脚女婿好像忘记了这位准泰山曾经对自己的暴跳如雷,又几乎每天下班后去唐田果儿家。

而且去唐田果儿家后他也不再打游戏了,去了就进厨房帮果儿妈做晚饭打下手,择菜、洗菜、切菜,样样事利利索索。老唐知道后悄悄问女儿,这臭小子是怎么了,怎么像换了一个人似的?

女儿娇嗔地说,爸爸你以前啊是戴着有色眼镜瞧人,以前立锋打点游戏,是因为白天受气受了个饱,晚上回来想舒解一下。不及时舒解,一肚子气在那里绷着,白天面对客户不爆发出来才怪。你可倒好,净拿话激他。上个星期,因为表现好,行里升他为客户经理啦,工资也上去了一些。

是吗?太好了。老唐不由得喜悦起来。这可是他生病以来听到的一个好消息。

立锋跟我说,他继续努力,争取半年之内当上支行行长。之前做柜员时所受的委屈都是值得的,每个银行都非常注意员工的柜员经验,从这些优秀柜员里选拔干部。唐因果儿一脸的兴奋。

看着帮着妻子忙来忙去的毛脚,老唐第一次从心里有了一种亲切之感。

老唐住院期间,每天晚上都是立锋守夜。

他说伯母白天照顾伯父已经够累了,晚上再不好好休息会累垮的。果儿就不用说了,立锋三个字"心疼你"就把她打发回家了。果儿路上回想着立锋那三个字还幸福得想流泪,她想这个男人没看走眼。

这几天,老唐很烦躁。

说心里话,没有人不怕死。在面对死亡的时候,没有人能够镇定自若。虽然医生说肠癌早期发现,好好治疗的话,治愈率能达到百分之八十甚至百分之九十。但是,医生也说了个但是,任何事情都不是绝对的,毕竟癌细胞已经存在于体内,任何医生都不能打包票。

他又从医院厕所的镜子里看到自己光溜溜的脑袋,忽然就无比脆弱地抱住自己的头,慢慢蹲下身,孩子一样嘤嘤地哭了起来。

那天是个周末,太阳很好,立锋来了,说,伯父,今天周末,看外面太阳多灿烂,我推你出去晒晒太阳,心情一下就豁然开朗啦。

在医院后面的小花园里,有不少像老唐一样穿着病号服的病人在亲人的陪同下晒太阳。

时值仲春,群花烂漫,老唐忽然有种吟诗的冲动。物色连三月,风光绝四邻。鸟飞村觉曙,鱼戏水知春。他的嘴里轻轻吟哦着。

伯父,看,那里围了一群人,我们也去看看。

一丛杜鹃花的角落处,一只小猫偎在一只母猫身上,不时地舔着妈妈的身体,喵喵叫着,声音嫩嫩的,惹人爱怜。一名兽医正在给母猫诊治。过了一会儿,兽医站起身来说,母猫已经没有了生命迹象,过会儿把母猫埋了,把小猫带到诊所里吧。

小猫被装进一个小笼子里,它在笼子里使劲冲撞,喵喵直叫,人们就把笼子提到母猫身边,说,看看,你妈妈已经死了,你再看最后一眼吧。

小猫呆呆地盯着母猫,老唐分明看见,那小猫的眼睛里,真的有亮莹莹的泪花在闪烁。

听旁边人说,这只母猫是只流浪猫,在这小花园里生活了不少年。小猫与母猫并非亲生母子关系,小猫也是一只流浪猫,有次被几只野猫欺负,咬掉半只耳朵,是母猫挺身而出,救了小猫。从此两只猫咪就相依为命了。

回到病房,立锋照顾老唐吃过午饭,说,伯父您先午睡一下,我出去办点事,马上就回来。

生病后毕竟是虚弱了,上午在小花园溜达了那么一会,老唐就感觉乏了。

老唐沉沉地睡着了。

老唐也不知自己睡了多长时间,迷迷糊糊睁开眼睛。

他转了转脑袋,忽然发现他的床沿上趴着一颗光溜溜的头颅,吓了一跳,残存的惺忪睡意顿时烟消云散。

他惊得坐了起来,你、你是谁?

那颗头颅抬起来——是立锋。

老唐长长出了一口气,抚着胸口,哎呀,吓死我了,原来是立锋啊,你、你的头发怎么了?

立锋原来也是一头黑发,三七分着,平时还喜欢喷点定型水之类,使他看上去精神不少。

立锋有点不好意思地挠挠头说,呃,呵呵,伯父您醒啦!渴了吧?我去打点开水去……

立锋端着老唐的水杯,走了几步,又回过头来,有点羞涩地说,伯父,待会您看下手机。

说完立峰便拿着水杯出去了。

老唐有点疑惑地拿过自己的手机,发现一条未读短信。打开:

伯父,我生性比较腼腆,心里有话也不好意思当着您的面说,就在短信里说吧。前天看到您在卫生间里哭得那么伤心,我也很难过,却又不知道该怎么帮您。伯父不要担心,有亲人们的爱,您一定会完全康复的,我们所有人都坚信这一点。我中午趁您睡着时去理发店把头发剃掉了,为的是告诉伯父,您要坚强起来,有我和您一样,我们一起勇敢去面对,去战胜。今天上午我们看到的猫母子,给了我很大的心灵震撼,它们母子不是血缘亲生,可是它们都能相依为命。而我们,因为爱着同一个人,让我们两个没有任何血缘关系的男人走到一起,而且还要一辈子在一口锅里抢马勺,这是一种什么样的缘分啊!我与果儿也已经恋爱快两年了,我一直把您当成自己的亲生父亲一样……让我叫您一声爸爸吧。

老唐的眼眶湿了。

他吸了吸鼻子,朝窗外看去。

湛蓝的天空,有嘹亮的鸽哨穿空而来。

春日的午后,阳光明媚而娇娆,透窗而过,照射在他床头那盆蓝色的风信子上。

这盆蓝色的风信子是毛脚女婿立锋拿来摆在床头柜上的。

立锋说,蓝风信子象征生命,还象征失而重生的爱。

老唐想,是啊,怕什么呢?我有爱呢,我要在这美丽的春天里,重燃蓝色的生命之火。

永远在你的身边

1

太阳很好,他牵着她在小区的小花园里散步。这一阵子她的身体不太好,老是犯头晕,去医院检查了,医生也只是说年纪大了,身体机能衰退,多动动,多晒晒太阳。

他就经常牵着她出来晒太阳。

他们原来住在三楼,儿女们怕他们下楼不方便,就与一楼邻居商量,再贴了邻居万把块钱把房子换了。

她很心疼这一万多块钱,说:"三楼本来就比一楼贵的,光线也比一楼好,还要我们倒贴钱,吃亏了。"他就哄孩子似的哄着她:"这也是孩子们的一片孝心啊,住在一楼,不用爬上爬下的,再说一楼后面的小空地我们还可以种点小菜什么的,活动活动筋骨也好啊。"

他们有三儿一女,孩子都还算孝顺,自从年纪大了,孩子们就要老两口跟他们一起过,愿住哪家住哪家,或者几家轮流住。

但他们不愿意,孩子们有孩子们的生活,再说孩子们也都不容易,个个忙得像打仗,就不去添乱了,还是老两口在一起过过算了,自在。

他与她同岁,都八十四岁了。他是农历十月的,她是农历五月的,她比他还大几个月。但是在一起过的这六十年里,他却一直把她当作孩子。她名字里有个"花"字,他名字里有个"才"字,几十年他都叫她"花儿",她叫他"才子"。

2

她甩了甩有点麻木的胳膊,叹了口气:"才子,我怕是熬不过今年啊……"话没说完,就被他一把捂住嘴巴。

"花儿可不敢瞎咧咧!呸呸呸,花儿乌鸦嘴,花儿乌鸦嘴!"他赶紧把花儿那句话的晦气呸出去。

花儿等他放下手又自顾自地说:"七十三,八十四,阎王不叫自己去,才子你还记得我们七十三岁那年,我生的那场大病,吓得你半死,还好老天把我又还给你了,我们都熬过了七十三,日子真快啊!又八十四了,我就觉着今年这身子骨老是不对劲。"

他赶紧说:"那是迷信呢,不要瞎想。"

说完这句话,他心里也咯噔了一下,他做了一辈子教书先生,知道这句话虽然说不出确凿的科学根据,但许多事实都摆在那里,不能不让人打寒噤。他知道,孔子七十三岁离世,孟子八十四岁离世,就连亿万人民祈祷"万寿无疆"的毛主席,也是八十四岁那年走的。身边那些七十三岁、八十四岁走的老朋友、老伙计就不说了。

这些年,年纪越往上走,他越是经常地想起白乐天那首《悲歌》诗:

白头新洗镜新磨,老逼身来不奈何。
耳里频闻故人死,眼前唯觉少年多。
塞鸿遇暖犹回翅,江水因潮亦反波。
独有衰颜留不得,醉来无计但悲歌。

是啊,老逼身来不奈何啊!跟花儿风风雨雨六十年了,不管是她先走,还是他先走,这留下另一个人孤苦伶仃,怎么办呢?

他这样想着,心里就蒙上了一层雾。

他用自己那只长满老年斑的大手,握住花儿的手。花儿的手也老了,也长了许多老年斑,没有年轻时那么柔软了,但还是那么暖乎乎的。

他说:"花儿,不要瞎想,就算八十四岁是个坎,我们也能大步跨过去。等我们散好步回家,你躺会儿,我去菜市场买点菜,再带一只甲鱼回家。"

"带甲鱼干啥,我不敢吃这些带壳的东西的。"

他笑了,说:"今天买甲鱼不是吃的,是放生的。"

花儿好奇地说:"放生?"

"对啊,甲鱼甲鱼,这个'甲'字除了指它背上的甲,还有'鱼中第一'的意思,甲鱼不但长寿,还有灵性的。花儿,你记得那年大老宋家放生甲鱼的事吧?"

"怎么不记得?"

大老宋是才子一个学校的同事,没事儿就喜欢去学校附近的水库边做个钓翁。大概十年前吧,大老宋在水库里钓出来一只脸盆大的甲鱼,把老宋的鱼竿都给折断了,听有经验的老人说这甲鱼最少有一百岁了,大老宋没卖也没吃,把大甲鱼又放到水库里了。

大老宋看着那甲鱼游进水里之后就准备离开,忽然那甲鱼又游回到大老宋脚边,把头颈伸得老长,朝大老宋一点一点,像是鞠躬致谢一样。那一年大老宋因为中风而不会说话的老父亲,竟然会说一点简单的话了。

花儿说:"听说野生甲鱼才有灵性的,现在菜市场的甲鱼都是饲养的。"

他说:"我去找找看吧。要是买到了,过几天等你好点,我们就去放生。"

3

他买回了一只甲鱼,鱼贩子一口咬定是野生的,但他怀疑不是。饲养的甲鱼一斤只要五十块钱左右,野生的要一百五十块还多。可是他找来找去也没有比这只更像野生的。

他听说过野生甲鱼由于要长期自己辛苦觅食,所以脚爪会长、尖、瘦、黑,而饲养甲鱼不用费力就饱食终日,所以脚爪会短、平、胖、白。他买的这只介于二者之间,所以他不好判断。

他把这跟花儿说了。花儿扑哧一笑说:"这甲鱼怎么就跟人一样哪?"

他还买了一条鲤鱼,糖醋了给花儿吃。花儿喜欢吃糖醋鱼。

他喂花儿吃了糖醋鲤鱼的一面,花儿说:"真好吃。"

他没给她吃另一面,说:"另一面留着,待会儿我倒进咱们学校后的大水库里,花儿你今年就能像跳'龙门'一样跳过八十四岁了。"

花儿说:"那你明天也得吃,你也跟我一起跳'龙门'。"

"吃,明天我一准吃。"

花儿望着眼前的老伴,眼眶不禁有点湿润,他永远都是那么上知天文,下晓地理,年轻时的花儿,无视许多追求者,单单看中了这个老实巴交又穷得叮当响的才子,让父母都愁了好一阵子。

许多年后,才子还调皮地打趣花儿:"咱可没追你,是你偏不要那些公子,上赶着追咱穷小子的,看咱多有鬼力!"

他故意把魅力说成鬼力。花儿就啐他:"谁让咱鬼迷心窍呢!咱现在想悔婚!"

"想悔婚?门儿都没有,连窗户都不给你!"他上来就要亲她,她咯咯笑着"抵死不从",直到床上的孩子被弄醒,挥舞着小手哭闹。

她吵着"非他不嫁"的时候,父亲曾说她是"跳火坑",可是几十年过去了,她从没有过跳火坑的感觉。那时她家虽说不算小富,但父亲在一家工厂做工人,日子也还过得去,况且她年轻时长得水灵灵的,许多家境好的小伙子巴着望着想亲近她。

而他的父亲早年因为家里实在太穷,养不活孩子就干脆跑去当兵,想好歹弄点军饷寄回家养活老婆孩子,没想到后来就音讯全无了,都说八成是战场上吃枪子殁了。待他们四兄妹稍大点,他母亲却积劳积郁离世了。

他是长子,后来好歹弄了个代课小学教员干干,与弟妹们苦熬日月。

这样的家庭状况,她的父母打死也不愿让女儿嫁给他。但她铁了心要嫁。

天下的父母心都是肉做的,看到女儿这样吃了秤砣,父母也无奈地听之任之了。

嫁给他,苦,是当然的。他当教员,挣不了几个钱,那时候又不作兴女人抛头露面出去做事,她父亲心疼女儿,就拿些工厂的手工活计比如糊纸盒的事情给她干干,挣几个小钱。

但她不觉得有什么苦。用父亲的话就是这死丫头,有情饮水饱。

有一年她过生日,才子念叨着要送一个无价之宝给她,她笑他:"就你,还有无价之宝?头上有两片瓦就不错了。"

生日那天早上,她像往常一样在家糊纸盒,忽然有人敲门,一看是才子学校几个同事,抬着一个大纸箱。同事说:"王师娘,今天你过生日,这是王老师送的礼物!"

"这么大一个纸箱,里面该装着多大的东西?这死才子,哪来钱买这么大东西送我啊?"她上前准备拆开来看,嗖——里面跳出一个大活人,吓她一大跳!

是才子!

才子一把抱住她:"这就是我送你的无价之宝!我难道不是无价之宝吗?!"

当着这么多人的面,她羞红了脸,其他老师也都开怀地哈哈大笑。

4

鲤鱼吃过了,甲鱼也送到水库放生了。可是她的病却一天沉似一天。

儿女们每天轮流来照看,医生说情况不容乐观。

她七十三岁那年脑出血过一次,但因抢救及时没留下什么大的后遗症,只是左脚有点不灵活。那次死里逃生后,她对他说:"才子,死过一次之后,我才明白,我不想死,不想死是因为我走了,留下你一个人孤零零的可怎么过啊?"

他当时就老泪纵横,他说:"花儿,你千万别这么说,我不会让你先走。要走也是我先走,你胆儿小,到那边一个人你会害怕;我胆儿大,到了那边就是一个人我也不害怕。在那边等着你有一天来找我。"

十一年后的这一次,她预感到自己没有那么幸运了。

医生也对儿女们说情况不乐观,加上年纪大了身体抵御能力也差了,要做好思想准备。

她对他说:"才子,我可能熬不过这八十四啦,花儿要先走啦。我放不下你啊!"

他紧紧握着她的手:"花儿,花儿,你答应过我的,让我先走的!你胆儿小,那边很黑,你会害怕的。你要坚强,熬过这个坎,我们就能一起活到一百岁,我要陪着你活到一百岁!"

花儿艰难地抬起干枯的手,抚摸着他已经没有几根头发的脑袋,轻轻地点点头:"我答应你,我们一起活到一百岁。"

他把她的长满老年斑的手放到嘴边,含着泪水,吻着。

5

天气真好。春天来了,鸟儿啁啾,白色的梨花、粉色的桃花、红色的杜鹃,都赶趟儿似的开了。蜜蜂嘤嘤嗡嗡的,有时候还从病房的窗户飞进来,在病房里开着小飞机,给寂寥的病房带来春的生机。

她的精神今天也特别好,早上还吃了好多苏打饼干。她说这饼干特别好吃,又松又脆,还有小葱花,真香。看着外面灿烂的阳光,他说:"花儿,我推你到外面晒晒太阳吧。"

太阳暖洋洋的,晒着真舒服,她的脸在粉红桃花的映衬下,也红扑扑的。他望着她,开心得像个孩子,他说:"花儿,你好了,你看你的气色比前阵子好多了。"

她也很开心,东看看,西望望。

"我饿了,我还想吃早上的饼干。可是那包饼干都吃完了。"

"花儿,你在这儿别动,我到超市去买,前面那个路口就有一个超市。"

"我也要去!"她像小女孩似的撒起了娇。

在超市,他给她买了两大包她爱吃的苏打饼干。

回来的路上,他们有说有笑。

为她的康复,为她的新生,他的心里充溢着对上天的感激。

他们只顾着沉浸在喜悦之中,没有注意到绿灯已经变成了红灯!

一辆疾驶的小货车撞向了花儿的轮椅……

6

她的怀里抱着一张照片,她摸着照片里那个人的脸:"才子,那边黑吗?那边冷吗?你不要怕,乖乖地待着,过阵子我就去找你。"

五天之后,她一边安详地吃着他买的苏打饼干,一边慢慢地合上了眼睛。

她觉得眼皮很沉,她看到自己坐在轮椅上,他在后面推着她,不时低下头跟她有说有笑,呼出的热气湿热了她的脑门子,突然一个巨大的黑影朝她扑来,与此同时,才子从轮椅后面扑到前面,挡在了她前面……

后来她看到了穿白大褂的医生,听到儿女们的哭声,可是、可是她怎么没看到才子,她只看到他的一张照片。

"才子呢?我的才子呢?"她大叫。

"我在这儿,花儿。"她听到了这熟悉的声音,转头,影影绰绰的,她惊喜地看到,才子已经在等她。

"花儿,这里很冷,也很暗,我在你前面来还是对的。要是你先来,会害怕的,你胆子小。"

她紧紧拉住他的手:"有你在,再冷再暗,我也不怕。"

陪

1

严敏敲了敲有点酸痛的腰,躺到床上,迷迷糊糊之际,电话铃突然响起。

她已经把电话铃调小了,但是在这样一个快接近午夜时分电话突然响起,还是让人猝不及防。

是远在国内的父亲。

一定是出什么大事了!否则父亲不会这时候打电话,以前严敏对父亲说过,美国与中国的时差差不多十二个小时,中国中午十二点的时候,美国是半夜十二点。

所以爸爸一般要打电话都选在早上四五点打,那时候美国的严敏正是下午四五点时,她刚刚放学,而且还没有去餐馆打工,这时候是接爸爸电话最方便的时候。

现在都半夜快一点了,在中国,现在大概是下午一点左右,爸爸从来没有在这个时候打电话来。严敏忽然有一种不祥之感。

敏儿！话筒里是爸爸满含焦急的声音，你快回来一趟吧，你妈，她……

我妈怎么了？

你妈她不知怎么的，突然昏了过去，现在在医院里抢救呢。今天吃午饭前她还好好的，吃午饭时，你妈先吃好，她说有点头晕，我说你去躺会儿，她就一个人去卧室了。我还没有吃完，就没有陪她去卧室。悔就悔在我没有陪她去卧室啊，我哪里知道她到了卧室后就突然昏过去了。等我吃好饭，收拾好碗筷，才发现你妈倒在床边，吓得我使劲喊她，她就是没反应……

严敏爸爸发现老伴昏过去后，马上拨了120将老伴送到医院抢救，初步诊断老伴是突发脑溢血。严敏爸爸楼上楼下地跑，原本他就有高血压，这一急一累，就觉得身体跟不上趟儿了，瘫坐在抢救室旁的椅子上大口喘气儿。

原本，他不想把老伴病倒的事告诉远在美国的女儿，他想自己能扛下就扛下吧，女儿到美国学习还不到一年时间，刚刚适应那边的生活，而且放学之后还要自己去打工挣生活费。想想真是对不起女儿啊，都怪自己没本事，挣不到什么钱。

他原本是这个城市一家无线电厂的工人，他们厂主要生产收音机和录音机，在20世纪七八十年代的时候，他们厂的确兴旺过一阵子。那时候电视机还是稀罕物件儿，人们消遣主要靠收音机，听听新闻，听听小说连播，听听流行歌曲。他们厂的收音机质量好,供不应求。

录音机的销量也好,那时候年轻人结婚,有一个双卡录音机,婚礼上用双卡录音机放一些邓丽君或韩宝仪或龙飘飘的歌,是一件顶时髦的事儿。

可是后来随着电视机和电脑的普及,收音机和录音机的销量急剧萎缩。特别是后来智能手机的普及,他们的日子更难过了,后来开始发不出工资,再后来开始裁人,美其名曰:提前退休。

他还算幸运的,没有被裁,一直挨到退休年龄。

严敏妈妈是居委会的办事员,平时工作强度不大,这家要生孩子了,要办个准生证,来敲个章子,那家婆媳吵架打破了头,她要与领导去调解调解。反正是些东家长西家短、鸡零狗碎、鸡毛蒜皮的事儿,但颠来跑去,也还充实,一天天,就那么一滑一滑地过去了。日子滑着滑着,她的头发就白了,滑着滑着,她就退休了。

她退休的时候,严敏还在本市上大学,平时住校,周末回来。

那时候严敏爸爸已经退休了,但严敏在读大学,靠他那点退休工资和她妈那点工资,日子过得有点紧巴巴,再说闲着也是闲着,他就到外面找活儿,他懂得无线电技术,很快就在一家电子公司找到了一份活儿。

严敏妈妈刚退休那段日子,还闹了不少笑话。老伴很早就出门上班去了,她早上起来,吃好早饭,穿好衣服,拎上包就出了门。沿着那条闭着眼都烂熟的路走了不到二十分钟,就到了居委会的门口。到了门口,她才猛然一激灵——自己已经退休,不用上班了。

她赶紧背过身子往回走,生怕被熟人看见笑话。那一刻,她的心里无限凄凉,她有一种被世界抛弃了的感觉。在这个地方,她工作了三十多年,那时候她扎着两个小辫儿,走路一蹦一跳。三十多年的青春留在这个地方,如今这个地方,却再也不需要她了。

她慢腾腾地走回家,家里静得可怕,她打开电视,把声音调得很大,也赶不走从心底透上来的失落和虚空。

十多年前,她在居委会上班的时候,听说附近一个小区里一位五十六岁姓林的老阿姨,趁着老伴儿去买菜的十五分钟时间里,用一根绳子悬在自家浴室窗户上结束了自己的生命。

说起那个林阿姨,她倒是认识的,是个很面善的阿姨。林阿姨以前在一家妇产医院做护工,年轻的时候,一天到晚忙忙忙。忙工作,忙家庭,忙女儿,生活中再不时出点小纰漏,女儿生病了,女儿成绩下降了,工作不顺心了,被领导批评了,跟同事闹别扭了。反正是天天忙得直叫唤,嚷嚷着就盼着哪天能不这么忙了,一定好好歇歇,享受享受生活。

等到真的退休了,日子平静无波,甚至静如死水,老人变得越来越不爱说话,对什么都提不起兴趣,睡不着,吃不香,成天就觉得活着没劲,觉得人生虚无。去医院一检查,说她患上了抑郁症。

老伴为了照顾她,提前退了休。林阿姨有过几次自残现象,老伴吓得把家中刀子、剪子什么的都藏了起来,还时时警觉地看着她。

可还是防不胜防。

那时候严敏妈妈很是想不通,她想林阿姨怎么搞的,盼星星盼月亮一样盼着终于退休了,女儿出国了并且在国外成了家,家里也不缺钱,该好好享受人生了呀,可是为什么搞得成天想死?

现在她自己退休了,才体会到了这样可怕的静如死水的虚空,她终于理解了林阿姨的感受。

2

严敏的同宿舍同学可是有了口福了。

严敏的妈妈三天两头给严敏送来各种各样的菜肴,什么锅包肉、农家小炒肉、三杯鸡、可乐鸡翅、水煮鱼、酱牛肉、油焖大虾……把她们的嘴巴都给吃刁了,再吃食堂的菜,更觉得寡淡无味。

那几个小丫头为了能免费吃到更多好吃的菜,铆足了劲儿拍马屁,一口一个地叫严敏妈妈"美食严妈妈",把个严敏妈妈膨胀得不行,于是她更是乐此不疲地烧各种各样的菜,用保温桶装上,换几趟公交车给她们送去。

严敏妈妈开始送菜的时候,严敏正上大二下学期。送了一年多的菜,把宿舍那几个小丫头个个养得白白胖胖。这样有规律的买菜、做菜、送菜的生活,倒也让严敏妈妈自得其乐。每次看着丫头们的饕餮样,一个个像抢食的小猪崽一样吃得满嘴是油时,严敏妈妈心里很是舒坦。

可是这样的好日子终于快到头了。

大四了,学生们各奔东西,实习的实习,找工作的找工作。宿舍里一下子就空了。

严敏也实习了。实习的第二个月时,她的男朋友永哲忽然来告诉她,他要去美国读书,并且强烈要求严敏跟他一块儿去。三年,就三年,三年后我们就回来。永哲说。

永哲怎么会突然想起要去美国读书呢?原来永哲实习的那家公司,是一家跨国投资公司,永哲待了一段时间发现一个很刺激神经的现象——国内大学毕业的职员,与一些海归职员,薪资方面简直是天壤之别。

靠,永哲想,那些海归有什么了不起嘛,不就是跑到外国刷了一层金漆回来了吗?剥开那层黄东西,里子与咱们还不是一样?真正就业务能力和水平来说,他们有的还比不上咱们呢。但没办法,这些跨国公司就是吃那一套,跑国外镀了那层金漆,身价就噌噌噌往上涨。

现在留学不像以前的公费留学,凭着真本事出去。现在只要舍得花钱,什么歪瓜裂枣都能留洋。永哲他们小区有好几个,属于那种老师不愿理的差生一枚,高中还没念完呢,知道在国内考大学肯定铁板钉钉没戏,爹娘老子花了一大笔票子,就给办出去了。过几年,摇身一变,就是"海龟",身价远远高过他们在国内这些苦逼名牌大学生。

想想自己实习这几个月来,受了那帮颐指气使、鼻孔朝天的"海龟"不少的鸟气,永哲越想越窝火,想想今后要长期居身于这帮"海龟"手下,心里就觉得憋屈。

他想,哥们儿我也花个三四年在国外镀层金漆再回来,到时候,看谁牛×过谁。

永哲把这个想法跟他爸说了,并说要走的话把严敏一块儿带走。他爸沉思了良久。永哲知道严敏家是不可能拿得出这笔留学费的,也就是说,严敏的费用也得他家出。

永哲的爸爸早年在一家国营公司里做技术研发工作,十几年前被一家民营公司挖走了,薪酬相当可观。永哲妈妈从前是一所高中的物理老师,退休后又办了个补习班,比上班时挣的也不少。

慢慢地,这些年也攒了一些积蓄。去年时,老两口商量着得给儿子置办一套婚房吧,儿子工作后用不了几年就到结婚年龄了。

现在永哲要出国,而且还要带着严敏,那可不是一笔小数目啊,只能动买房款了。

永哲爸爸有点犹豫,说,留学回国后还是得买房啊,结婚啊,现在用掉了这些钱,到时候拿什么买房呢?

永哲说,哎呀,爸,这您担心什么呀,大不了以后我和严敏跟着您二老住呗,咱家不是还有这九十多平方米的套房吗?

永哲妈说,现在哪有小两口愿意和公婆一起住的啊……唉,现在不说这个了,山不转水转,到时候总归能想到办法的。只要你出去好好念书,拿个好文凭回来,就值。

他们联系了个留学中介,咬咬牙花了不少钱,不到半年时间,就把永哲和严敏都办出去了。

3

严敏出国前,严敏爸爸和妈妈很是经历了一阵子思想斗争的。

按照他们内心来说,他们是不希望严敏出国的。就这么一个独生女儿,从小也没有远离过父母。再说一个女孩子,待在国内挺好的啊,大学毕业后找个工作,稳稳当当地结婚、生子,稳稳当当地生活。

可是问题就出在这结婚、生子上。严敏与永哲从大二开始恋爱,到现在已经三年多了,感情也还一直挺好。现在永哲要去美国,如果严敏待在国内的话,日子久了,感情淡了,谁知道会有什么变故发生?虽说距离是美,但是距离太久太远,就变成鸿沟了,就不美了。

严敏妈妈不舍得女儿走还有一个重要原因,那就是退休后她感觉到非常不适应,幸好严敏在本市上学,她每天买菜烧菜送菜,也还忙得不亦乐乎。后来严敏实习了,虽然不能每天送菜了,但严敏每天晚上都会回家,严敏妈妈白天就琢磨着晚上烧什么好菜给女儿吃,而且母女俩感情好,晚上两人一个被窝筒聊得热乎乎。

严敏父母的感情怎么说呢?说没有感情那是不可能的,好歹一起生活了三十多年了,但要说伉俪情深之类也谈不上。严敏妈妈二十多岁的时候,喜欢上了一个小伙子,但那小伙子家庭成分不好,那时候家庭成分不好,意味着一辈子得夹着尾巴做人。所以一家人都反对,但严敏妈妈勇敢地站出来,说非他不嫁,且谋划着要和那小伙子来一出红拂夜奔。严敏妈妈的妈妈,也就是严敏姥姥看出了苗头,拿出一根绳子威胁说,要是敢做出什么大逆不道让人家笑掉大牙的事,她就上吊了事,她可丢不起这个脸。

严敏妈妈在那根绳子面前软了下来。后来认了命,经一个媒人撮合,跟一个男人见了两次面。

家里人都对这个男人很满意,严敏姥姥对女儿说,这才是过日子的男人,不奸不滑,老实敦厚,你听妈的没错,天下没有哪个妈会害女儿。你前面那个,妈反对,不光是因为他成分不好,你嫁给他会受一辈子窝囊苦,还因为那小子表面上油头粉面,嘴甜得抹了蜜,内子里八成是个草包,那不是过日子的男人。你嫁给小严,一辈子可能吃不了香喝不了辣,但不至于吃糠咽菜。妈看人眼光毒得很,你就听妈一句,保准没错。

就这样,她嫁给了他。

这个小严,就是后来的老严,严敏的爸爸。

那个初恋小伙子受了打击之后,从此就在这个城市消失了,听说是去了国外。严敏妈妈当时心里疼得像被刀剜一样,成天失魂落魄的,有一段时间,人走路都像踩在棉花上。

后来,她怀上了孩子。孩子出生后,成天埋在奶粉、尿布的海洋里,成天累得一倒下就睡着,她没时间也没有心思再想她的初恋了。好比是一个伤口,刚割破那会儿,流血,一个劲儿地流,你使个东西使劲捂着不放手,过了半小时一小时,也就止血了。再过一个月半个月,也就慢慢结了痂。再过半年一年,那痂也就脱落了,痂下面长出了新肉。

但是那新肉始终是比其他地方的肉嫩些、脆弱些,不能再用刀子碰,一碰,它比其他地方都容易破,更容易流血。

严敏爸爸是那种忠厚、敦实,只会埋头干活,不会虚头巴脑说甜话的男人。

他知道妻子在与他结婚前曾经有过那么一段刻骨铭心的往事。他也知道妻子对他谈不上有什么爱情。有时候想起来,他的心里也像有一条小虫子在啃咬一样,酸酸的,难受。

男人嘛,年轻时总归猴急一点。女人生产之后,一般来说最多三个来月就可以再行夫妻之实。他妻子是顺产,根本不用等那么久。妻子产后带女儿去医院复查时,他趁妻子不在场,红着个脸,吭哧了半天才问了那医生老太太一句话,那个……那个……还要等多长时间?

医生老太太一开始有点一头雾水,但毕竟是经验足,她微笑着说,同志,这没什么不好意思的,顺产一般四十二天就可以了,你爱人顺产,今天检查也一切正常,完全可以了。

妻子十月怀胎,可把他给憋坏了。终于孩子生下来了,又憋了这么长时间。他觉得再这样憋下去,自己快要爆炸了。

晚上他把孩子哄睡着,放在小摇篮里。他轻轻揽过妻子,呼吸就开始急促起来,手也乱动起来。

妻子有点不耐烦地推开他,说,睡吧,今天累了,敏敏等会要哭了。他看见妻子的脸在小夜灯下,散发出柔和而美丽的光泽,他的呼吸越来越重,他的手继续在妻子身上游走。妻子把他的手拿开,说,我身体还没复原,要三个月才能好。

他固执地把手又放在妻子身上,呼吸急促地说,我今天问过医生了,医生说可以了,四十二天就可以了。

她腾地坐起来,拉亮电灯,用一种他很陌生的眼光看着他说,严复平,看着你平时老实巴交的,怎么是这样一个不要脸的男人?这样的话,你也问得出口?我都替你臊得慌!你们男人怎么都这样!

他一听"你们男人"四个字,心里的火腾地就蹿上来了,这几年自己一直觉得心里憋着一股窝屈气。你们男人?你终于说出来了,你还有多少男人?你晚上老是不愿意跟我在一起,是不是一直想着别的男人?啊?

他觉得心里委屈得想哭出来。他想,谁都可能想不到,他的新婚之夜,是一个人冷冰冰地坐了一夜,根本没有新婚之实。那天晚上,客人都走散之后,他满心欢喜地回到新房。他还端着一碗酒酿小圆子,他想,吵嚷了一天,她肯定饿了。他的新娘坐在桌旁的椅子上。

他满怀柔情地说,玉芬,快把消夜吃了。今天累了吧?夜深了,吃了早点睡觉吧。

她没动。

他发现她在哭,脸上有泪痕。他想女孩出嫁这一天,都会哭的,哭自己离开了爹妈,离开了家。他忽然无限心疼,他想要把她搂在怀里,好好安抚一番,就说,放心吧,我一定一辈子对你好。说着,他就想上前搂她。

没想到,她突然伸手猛劲一推,推得他一个趔趄,差点往后倒下。他看看后面,多亏没倒下,如果倒下,他的头就会砸到五斗橱的尖角上。

他有点生气地说,玉芬你干吗呀,我差点撞到五斗橱上。

她突然歇斯底里地喊道,你走,你走,我不想看到你!

在他脑海里上演过无数遍的旖旎新婚之夜,就这样化成了冷冰冰的泡影。那一夜,她和衣而睡,用被子紧紧地裹住自己。

他睡不着。在椅子上坐到天亮。

第二天,他的眼圈青着。几个愣头青还拿他开涮,瞧瞧瞧瞧,色字头上一把刀吧,咱们忠厚老实的严师傅,一晚上就被整得眼圈乌青——看不出来,你那小娘子还真厉害,当心吸干你的髓哟。

妻子给了他两个月的后背之后的一天晚上,他实在是受不了了。他说,玉芬,我求求你,你不能这么残忍吧!你要是这样,你当初嫁给我干什么呀?你这不是害我吗?我一个活生生的大男人,每天就这么熬煎着,我难受哇……他说着说着,竟委屈得哭了起来。

那一晚,她终于没有再反抗,但也仅止于没有反抗。她闭着眼睛,从头至尾,任凭他折腾。她像一根没有温度的木头,僵僵地躺在那里,无声无语。直到他最后发出一声濒死一样的哀号,但那哀号里又透着无限的舒坦,无限的快意,无限的上了天堂一样的淋漓酣畅。

他很快无限满足地沉沉睡去。

她却一动未动地任凭泪水沿着眼角流淌,一直流到她的耳朵眼里,耳朵眼里有了嗡嗡的回声,她仿佛听到,在遥远的地方,传来另一个声音,玉芬,你还好吗?我一直在等你。

……

严敏七岁上小学一年级,因为上的是重点小学,学校抓得紧,作业很多,每天晚上要做到挺晚。严敏爸爸工作比较忙,所以严敏的功课主要是妈妈在负责辅导。往往辅导得比较晚的时候,爸爸已经睡着了。妈妈帮严敏洗漱收拾好后,自己也就干脆在女儿房间里,搂着女儿一起睡。

渐渐地,就成了习惯。他们实质上也就分居了。

直到严敏上了大学住校了,她妈妈还是在她的小床上睡。

习惯这个东西很可怕,好比是一个装了假牙的人,一开始觉得始终哪里不对劲,后来慢慢习惯了,连自己都分不出来自己的牙齿到底是真是假了。

严敏爸爸一开始还不习惯,隔三岔五等女儿睡着了,半夜要穿个裤衩儿跑过来。但严敏妈妈严词拒绝,说孩子不小了,万一被孩子看到了,对孩子心理产生影响。严敏爸爸只好偃旗息鼓,灰溜溜地回到房间继续睡觉。

这样泼冷水的次数一多,他就干脆不再找妻子了。欲望也就像那火苗一样,一开始熊熊燃烧着,一次浇一点冷水,一次浇一点冷水,慢慢地就小了、熄了,再后来索性变成一堆死灰。

后来年纪慢慢上去,那事儿就更不在意念中了。他把更多的精力放在工作上,使他的工作业绩倒是年年拿先进。

4

永哲和严敏上的那所大学,在美国排得上 TOP 50 以内。出国已经花了父母大半生的积蓄,生活费之类除了家里给的一部分,自己也要努力挣一些贴补一部分。

他们这种没有什么关系的留学生要打工,除了去餐厅刷盘子之外,实在找不到更好的工作。

永哲和严敏去的季节是夏季,是美国中部最热的时候,气温常常高达三十五到三十八度。永哲的同学川给他介绍了一个名叫 Danny 的餐馆,虽然餐馆的名字听着看着都是老外名,但老板却是一个地地道道的福建人。老板名叫戴永胜,顺势就给自己取了个 Danny 这个英文名,干脆连自己的餐馆也与自己同名了。

永哲在读大学的时候,是校篮球队的主力,而且平常也喜欢举哑铃、练单杠之类的锻炼,看上去挺强壮。永哲和严敏一起去面试时,Danny 老板看了看他们说,陈先生我可以留下,但严小姐就不要做了,这个活儿你一个女孩子做不了。

严敏说,老板,您放心,我很能吃苦。这个周六我就来试工,您觉得我能胜任,我就留下,觉得不行,就算了。

Danny 老板觉得无话可说了。

第一天上班,是周六中午,永哲和严敏一起来到餐馆的厨房间。那天外面的气温是三十七度,太阳火辣辣的。餐馆正厅很大,永哲目测了一下,一次大概能容纳二三百人用餐,正厅有空调,还觉得挺凉爽,可一进后厨,一股热浪扑面袭来。后厨温度最起码有四十多度。

中午十一点,餐馆开始正式营业了,周末顾客还真不少,厨房十来平方米的杂物台上,一会儿就堆满了一摞摞的脏盘碟,严敏负责用高压喷枪快速地把盘子上的油渍冲掉,永哲就把三四十个盘子放进洗碗机,洗碗机工作的时候,永哲也没闲着,他也拿起一杆高压喷枪帮严敏冲洗盘上的油渍。待洗碗机洗好一屉,他又马不停蹄地将几十个冲好油渍的盘子放进洗碗机。

后厨几十个灶头都在呼呼地喷着火焰,厨师们也都在挥汗如雨,永哲和严敏两个人身上的衣服都湿了。但不能停,他们必须像打仗一样地把碗盘洗好,否则前厅的杯盘就会告急。

表面看上去,工作强度并不是特别大,但在四十多度近五十度的高温下连续干两三个小时,也不是一般辛苦的事情。终于午市营业结束了,他们忙得一口水也没喝,严敏累得像虚脱了一样靠在杂物台边。

永哲心疼地对严敏说,要不小敏你不要干了,我一个人干吧。严敏说,没事,我多干一份多少能多一份工资,两个人的开销靠你一个人撑不住的。

严敏忽然想起什么似的,问那边一位厨师说,大哥,这厨房里怎么就我们两个洗盘子的?以前没有吗?那厨师说,前面有两个,是墨西哥人,但他们都不是学生,老板就把他们辞了,换了你们。你们是学生,又是中国人,报酬肯定比他们低多啦。

永哲的报酬已经谈妥,一个月六百美元。严敏今天算是试工,还没有谈工钱。永哲知道目前一美元能兑换六块多人民币,算上去他打工的收入也不算少,但在美国开销也很大,要租房,要生活,还要存交学费的钱。

午市结束后,那瘦猴一样的福建老板 Danny 走进厨房,打着哈哈说,哎呀哎呀辛苦了辛苦了,今天的活干得挺不错。随后让服务员端来两杯冰可乐,永哲和严敏还来不及说感激的话呢,老板又说,看你们干活手脚利索得很,还是咱们中国同胞干活麻利,下午还劳烦二位把厨房的卫生搞一下,灶台周围全是油渍,烧起火来不安全啊。

严敏刚想说,这不是我们的工作范围吧,却被永哲拉住了,说,好的老板,我们吃完午饭就把厨房清洁一遍。

永哲何尝不知这 Danny 老板是一个笑面虎,但找一份工作不容易,还是能忍就忍吧。

下午他们钻进了灶台的油渍里大干起来,这油渍估计得有半年没有清理了。清理完油渍还没有喘匀气,晚市又要开始了,又是一轮比中午更紧张的洗盘大战。

第一天上班,严敏就结结实实地累趴下了。回出租屋的路上,永哲骑着自行车,严敏坐在后面,搂着他的腰,不知不觉就累得睡着了。永哲无心观赏这美国城市的夜色,他的心里涌起了一些惆怅和无奈。

永哲和严敏租了一个小的一室一厅,房东是一个墨西哥老太太,每个月月初,老太太都要来收房租。老太太并不守旧,知道他们是从中国来的留学生,对于他们没有结婚住在一起也并未表示惊讶。老太太知道他们在餐馆打工洗盘子后,说,那个活儿很辛苦的,我儿子以前刚来美国时也做这个活儿,现在好了,在大公司里有着一份体面的工作了。严敏说,就怕我们这样打黑工,被移民局查出来就麻烦了。老太太说,这个不要紧,这些老板都可以应付过去的,再说美国黑工多了,把黑工都赶走了,那些体力活儿就没人干了,所以移民局的人也大多睁只眼闭只眼就过去了。

老太太说,我儿子十多年前来美国,一开始我还担心,但后来就不担心了,我儿子说在美国钱比墨西哥好赚,只要肯努力、肯劳动,收入都会不错的。而且美国的环境啊、工作条件啊都比墨西哥好,所以后来儿子就干脆把一家人都接到美国来了。

老太太的话让永哲听得心潮澎湃,永哲对严敏说,人家房东老太太说得没错,在美国只要肯干,肯定比在国内前景好,像我们这样一无背景、二无权势、三无金钱的"三无"家庭,在国内也混不出个大名堂来,倒不如毕业后留在美国发展算了。

严敏说,才来几个月,你变得倒挺快,你不是说三年读完就回国吗?我们不回去,父母们怎么办,我们都是独生子女。尤其是我妈,我爸妈感情不是特别好,我妈一直很孤单。

永哲说,等我们条件好了,我们把爸妈一起接到美国来。

5

严敏妈妈自从女儿随准女婿去了美国之后,她的生活越发孤寂了。这几十年来,一直上班上班,她也没有积攒下任何爱好。她每天晚上睡觉都睡不太踏实,一个梦接一个梦,醒后也记不得到底做了什么梦。一到凌晨四点左右就再也睡不着了,头隐隐地疼着,她睁着眼睛,脑袋里止不住又开始胡思乱想。

六点多,睡在另一间卧室的老严起床了,做了两份早餐,一份自己吃,一份留给妻子。

老严吃完早餐,就出门上班。当老严走到门口换鞋时,对妻子隔空喊一声,我去上班了!这一声招呼像是例行公事似的,他知道是得不到回应的。接着他就开门,出门。当那砰一声撞门声传进严敏妈妈的耳鼓时,她的身体就会不由自主地一抖。她知道撞门声之后,就是更加空旷的寂寞像流水一样将她层层包裹起来,让她几于窒息,几于绝望。

但这种窒息与绝望,她没有对老严提起过。她觉得,这有什么好说的呢?老严每天上班下班,周末都不舍得休息,就想多挣几个钱给美国留学的女儿。他们知道女儿在美国边上学边打工,还打的是在餐馆里洗碗刷碟的工,这让他们很心疼,但也没办法。留学费用已经基本是永哲家出的,这平时的费用再让他们出就说不过去了,再说永哲家也不富裕,永哲那孩子自己也在打工呢。幸好严敏和永哲是在一起打工,否则他们真不知要多担心呢。

她懒懒地在被窝里缩着,脑子里天马行空着。她不想起来,再说起来做什么呢?

她也不知道自己怎么了,反正就是对什么都提不起兴趣。

电视不想看,看了半小时就觉得脑袋涨得厉害,眼冒金星,也不想吃东西,老严每天早上匆忙之中做的早餐,她也只是吃一两口就放下筷子。中午几乎不吃什么东西,晚饭她也不大吃什么。老严单位里有食堂,也供应晚餐,老严为了体谅她,怕她买菜烧累着,就不让她做。老严在单位吃完晚饭后,常常还得加一会儿班。

要说老严吧,算是个几乎挑不出毛病的好男人,不烟不酒不嫖不赌,也体贴,知道疼人。当初严敏姥姥的话没有说错,嫁给这个男人没有错。但这几十年来,她对丈夫几乎都是冷冷的,他这几十年的热火把硬是没顶开她这锅冷水。

如今老了,老严为了一个"钱"字还在外头做事,她一个人守着空荡荡的家,守着一屋子的冷清,一天也说不了一句话。她这一年多郁郁寡欢,吃不好,睡不好,人也明显憔悴、消瘦下去,老严也发觉了,对她说,要不他辞了那份工,回家来陪着她。她不让,她说你不挣钱,小敏在美国靠刷盘子怎么够?再说她心底里并不希望老严回来,他们并非贴心贴肺的夫妻,他回来,一天到晚两个人大眼瞪小眼,她觉得更不舒服,更不自在。

她常常在寂寥的长日里,打开女儿的衣柜。女儿的衣服原本就不是非常多,好的能穿的都带去美国了,留下的都是过时的或者是小时候的。那天她竟然从衣柜底下翻出一件女儿婴儿时吃奶的小口水巾,遥远的往事忽然像过电影一样在她的眼前闪过。

那一年,她的预产期已经过了两天,肚子却还没有一点动静。她不放心,让丈夫去医院询问医生,医生说如果没有见红就不要担心,安心在家静养,等到见红了再来医院,现在病床紧张,而且没必要早来。

第三天的晚上,她吃罢晚饭,在丈夫的搀扶下挺着沉重的肚子在屋子前后慢慢走了一圈就回家了。她感觉有些累,就早早躺到了床上。

半夜时,她迷迷糊糊感觉到要小便,就费力地挪动着身子准备下床去卫生间,从床上下来站在地上那一瞬间,她感觉一股热热的液体突然流出来,沿着大腿流到脚下的水泥地上。一开始她以为是自己小便了,但一会儿她就发觉不对劲,小便不是这样突然流下的感觉,她惊骇地叫醒丈夫,丈夫一看也是慌了手脚。

但丈夫毕竟是男人,慌乱一阵后就冷静了下来,他把她重新搬回床上,然后把她的腿抬高抵住墙壁,阻止那液体继续往外流。他马上从柜里拿出前几天就准备好的待产包,里面有婴儿小衣服、尿片、奶瓶、肥皂等等东西,然后嘱咐妻子不要动,他跑出去找三轮车。

深更半夜的,也不知他从哪里找来一辆三轮车。他把她头朝下脚朝上地慢慢抱到三轮车上,然后用同一种姿势抱着她,叫三轮车师傅往最近的医院去。

后来她才知道,多亏丈夫把她头朝下脚朝上地抱去医院,否则任由羊水流干的话,肚里的胎儿一定会因为缺氧窒息而死。

医生检查后说羊水破了一部分,还能自己生。那时候不时兴剖腹产,除非是真正到了人命关天的时刻,否则医生都不会轻易做剖腹产手术。

一进待产室,她就有点头皮发麻,里面已经有七八个产妇,都在高一声低一声地呻吟着。昏暗的灯光下,那些挺着大肚子的产妇躺在待产床上,盖在身上的被子也隆起得高高的,她们的脸在昏黄灯光的暗影里,毫无血色,又被疼痛折磨得扭曲变形。这半夜的待产室,有着一种令人生畏甚至阴森的气氛。

护士来了,给她滴注催产素。没多久,她就感觉肚子开始抽着疼,她咬牙忍着,疼痛停了一会儿,又再次袭来。到后来疼得越来越厉害,间隔时间也越来越短,她疼得使劲绞住被子,她不想在这半夜时分呼痛号叫,可是到最后她实在痛得受不了了,大声叫起来,医生,我受不了了,什么时候能生啊?

那护士瞥了她一眼,冷冷地说,忍着点,叫什么叫?生孩子不疼什么时候疼?

她疼得满头满脸冷汗,丈夫在旁边急得团团转,想要拿条毛巾来给她擦汗,她被疼痛折磨得失去了理智,对丈夫吼道,滚,滚,你们这些臭男人,爽过了就让我们女人在这里受苦!

旁边的几个护士低下头哧哧哧地轻笑了起来。他窘得脸红脖子粗,逃也似的跑出去了。

而这些,她痛得根本没有顾及,就连她自己说了什么都不记得了。还是后来孩子生下来后那个护士跟她讲的。护士说,你对你爱人也太凶了吧,有那样讲男人的吗?

我讲什么了？护士把她的话重复一遍给她听，她忽然就对丈夫涌起了一些愧疚的感情来。丈夫买饭去了，回来时，她轻声说，对不起，我痛糊涂了，不是有意说你的。

丈夫像没事人似的，抱着粉嘟嘟的女儿高兴得合不拢嘴。她知道丈夫听见了，却当作没听见，她的心里涌起一股暖流。

6

老严公司有项业务要去外地洽谈，这次去的时间可能比较长，得要两个月左右。

老严本不想去，但老总说了，这个技术老严是最精通的，老将出马，一个顶俩。再推托就是不给老总面子了，老严无奈只得应承了下来。

但老严最放心不下的还是老伴。他这一年多来，感觉到老伴的变化，心里很是不安，他一直想不工作了回家去陪着她，可是她硬是不让，他知道女儿留学要钱，她也是想让他多挣点钱。

那天，老严在办公室的报纸上看到一则新闻，虽然这新闻跟他好像八竿子打不着，可是他的心里还是咯噔了一下，心里无来由地沉重了一天。

新闻说本市某居民楼一位老太太，有一儿一女，老伴在两年前病逝，儿女都在国外成家立业了。儿女也曾经将老太太接到身边去住，但老太太完全不能适应国外的生活，只好一个人回来了。

儿女在国外都有自己的家庭和事业,不可能都回到国内来陪老人,就请了一个全职小保姆照顾老人。老人喜欢狗,在家里又养了四五条狗。

有一天,小保姆老家出了事情,就请了一个星期假回老家。小保姆存了点私心,因为每个月的工资都是老人女儿打到小保姆的银行卡上,小保姆就想她请假一个星期的事最好能瞒掉老人的儿女,这样就不会被扣工资了。小保姆临走时叮嘱老人说,不要跟儿女们说她请假回老家了,一个星期她办完事情后马上就回来。

也合该有事。小保姆走后的当天晚上,老人洗澡时不知怎么就突然重重滑了一跤,昏过去了。天气正值初冬,夜晚温度很低,光着身子的老人不知什么时候就去世了。

老人在国外的儿女因为工作繁忙,这段时间也没顾上经常给老人打电话。儿子倒是打过一次,没有人接听,以为小保姆带老人出去遛弯了,就没在意。事情一忙,他就把这事忘了。

一个星期后,老人的女儿往家里打电话,还是没人接,怎么打都没人接,她哥哥才想起一个多星期前打电话也没人接,这才着慌了。女儿赶紧打电话通知自己在国内的朋友去家里看看怎么回事,朋友上门发现敲门无人应,就赶紧打了报警电话。警察打开了门,才发现老人已死去多日,而且家里的五条狗因为一个多星期无人喂食,饿疯了的狗把老人已经啃食得……

严敏爸爸看到这则新闻之后,怎么也不放心自己去外地出差两个月,把老伴一个人留在家里。

他想来想去,给女儿打了个国际长途,说,你妈妈一个人太孤寂了,我要出差两个月,这真让人放心不下。他说,小敏,我想这样,你也走了一年多了,我估计是你妈想你想得慌,你回不来,要不我送你妈去美国看你吧,让她在你那待两个月,我出差结束就让她回来。

严敏说,就怕我又要上课,又要打工,也没有多少时间陪妈妈啊。

老严说,没事,她在你身边总比不在好。

几天之后,老严就把老伴送上了飞机。

有人说,美国是青少年的天堂,壮年人的战场,老年人的坟场。以前严敏不信这句话,现在她信了。这句话尤其适用那些从国内来的中国人。

这里有着自由的空气,有些在国内令人不能容忍的不羁、反叛的行为,在这里都几乎无人干涉,这正是处于叛逆期的少年们的天堂。这里匆匆的脚步、高速的节奏、激烈竞争的气氛,又使上有老下有小,正在为事业拼搏的壮年拼尽力气去奋斗。而对于那些来这里的中国老人来说,这可并不是一个美妙的地方。或许物质上的确可以衣食无忧,但精神上是非常孤独与苦闷。

严敏妈妈来到美国之后,就住到严敏和永哲租的小屋里来了,永哲就只能另找去处了。因为严敏妈妈最多是两个月的短住,所以永哲就没有再另外租房子,而是在附近找了一家比较便宜的小旅馆。租房子起码要租一年,且要交押金,住不满一年押金就不退,这不划算。

严敏和永哲白天要上课,晚上和周末又要去餐馆打工,每天急匆匆忙得像打仗似的,真是没有多少时间陪妈妈。每天晚上,严敏回来时已经很晚了,看到妈妈已经睡了,她就轻手轻脚地快速洗漱,然后轻手轻脚地上床,轻轻地用胳膊搂着妈妈的脖子。她真的是累了,头一挨枕头,一会儿就响起了均匀的鼾声。

其实,严敏妈妈根本就没有睡着。女儿回来后,她假装睡着,因为她知道女儿已经劳累了一天,她不能再吵着女儿了,要让她赶紧地睡觉休息,明天一早女儿还要去学校。实际上,她心里面多想和女儿好好地唠唠嗑啊,她觉得心里憋了无数的话想要跟女儿说,可是女儿是没有时间也没有精力陪着她说的。

她轻轻地移开女儿搂着自己脖子的胳膊,把它们放进被子里。床头台灯柔柔的灯光照在女儿脸上,严敏妈妈用手轻轻拂开女儿额前有些凌乱的刘海,听着女儿均匀深沉的呼吸声,想起二十四年前自己历经剧痛将她生下时的情景。半夜产房里惨白刺眼的灯光下,她在产床上像一条濒死的涸泽之鱼一样挣扎,她把两只脚死死蹬着产床,腰背高高挺起,牙齿快要把嘴唇咬出血来了。医生在旁边命令着,再使劲、使劲,张玉芬,再加一把劲!可她是真的没有力气了,一丝力气都没有了。她哭道,医生,我真的没有力气了,我真的没有力气了!医生看惯了这样的情景,才不管她有没有力气呢,不耐烦地说,没有力气也得生,是女人都得过这一关,你羊水本来已经破掉一半了,你再不使劲,小孩在里面憋久了,要憋出脑瘫你自己负责任!听到医生这句话,她大骇,孩子憋久了要变成脑瘫,天啦,这可怎么办?她想今晚大不了死在这儿,豁出去了。她歇斯底里地从喉咙深处发出一声号吼,身子拱起像一座弯弯的拱桥,她自己也不知道自己究竟有没有使出力气,反正随后她耳边似乎就听到一阵又像嘹亮又像嘶哑的婴啼,然后她就觉得自己往下沉、往下沉,然后就什么都不知道了。

醒来后,她发现自己已经在病床上了,丈夫在旁边一脸焦虑。看到她醒过来,丈夫长长舒了口气。她的旁边是一个小襁褓,她偏过头看里面那团粉红嫩肉。丈夫说,看,玉芬,这是我们的女儿……

如今,二十四年时光忽忽而过,女儿长大了,读了大学了,谈了男朋友了,现在留学了,而她自己呢,也快老了。

她到女儿这里来也快有十天了,美国的繁华倒没有体会多少,最大的感受还是孤独。

清早,女儿一早起来,刷牙洗脸之后就匆匆出门,早饭也来不及吃,也没早饭吃。她曾对女儿说,我来做早饭吧,你起来就吃。女儿说,不用了妈,我也没时间去买材料,超市离得远,你语言不通,去买我也不放心,我在路上买点就行了。

女儿怕她白天一个人在家孤单,就买了几份中文报纸,电视也帮她调到一个中文台。好在住处附近有一个挺大的公园,走过去也就几分钟路程,挺方便,女儿有一天早上出门时把她顺便带过去一次。女儿说白天如果实在闷得慌,就去公园溜达溜达,但要小心,不要和陌生人说话,美国坏人不少。

开始几天她没去公园,后来确实闷得慌,就自己出门一个人往公园走去。她背了一个小背包,包里装了一瓶水,还有女儿买回来的几块面包,还带上几张报纸。

她发现公园里有不少老人,美国老人居多,有的是成双成对的,有的也是孤孤单单一个人。那孤单一个的老人,有的慢慢地走在公园的甬道上,有的坐在长椅上默默无声地注视着前方,或者看着面前来来往往的人。严敏妈妈想,原来美国的老人也挺孤独的。

东方面孔的老人,她也看到一些,但是不能肯定是中国人。她不敢上去跟人家搭话,因为女儿告诫过她不要和陌生人说话。

公园门口有个小吃店,她有次中午饿了想去那吃点什么,看到里面基本都是面包、香肠之类的东西,而且看那阿拉伯数字的标价挺贵的,她又回来,吃点自己带的面包,喝点水,象征性地填了点肚子后,又看看报纸,发发呆。一开始困了她不好意思倒在长椅上眯一会儿,怕人家看到是个中国老太太在公众场合睡觉,这样会给中国人丢脸,但后来觉得熬不住了,就用报纸遮住脸,躺下睡一会儿。她想,用报纸遮住脸,人家也看不出我是中国人。

一觉醒来,浑身冰冷,她不由自主打了好几个寒战,后来她不敢在公园睡觉了,怕着凉。

一直挨到天黑,她慢慢往家走。走到家里,还是一片寂静。她发现,这一天除了早上与女儿说过几句话之外,一天她一句话也没说过。

天已经黑透了,她也没有开灯,蜷在小沙发上。夜色像水一样漫过了她。

她没有吃晚饭,但一点也没有饿的感觉。她只感觉疲乏,巨大的虚空与失落感紧紧地攫住她,让她有种窒息的感觉。她感觉自己的人生灰暗极了,想起自己挨饿的童年,父亲早早得病过世,母亲一个人拉扯着哥哥和幼小的她,哥哥在八岁那年被一辆卡车卷进了车轮底下,自己长大后爱上了一个人,却一辈子错过,与一个自己不爱的男人厮守了大半生,如今老了,唯一的女儿也是远走他乡,远得她抓都抓不到。如今似乎这世上只留下她空落落的一个人,而病魔又时时来折磨她。采得百花成蜜后,为谁辛苦为谁甜?人生似乎毫无意义,是一种深重的虚无。

严敏妈妈在美国待了二十天之后,就回国了。从美国回来之后,就突发了脑溢血。

严敏爸爸在外地的项目还没有结束,就不顾一切地移交给别人,匆匆赶回家。

老伴被及时抢救了过来,但却偏瘫在床。

严敏从美国赶回来。医生说严敏妈妈现在能听懂别人的话,但不能说话,嘴里只能发出含糊的咿咿唔唔的声音。

严敏不敢相信曾经伶牙俐齿的妈妈成了现在这般模样,她坐在妈妈的床头边,哭着一声声地喊妈妈。妈妈望着女儿,眼神无助,眼里滚出大颗大颗的泪珠。

严敏心如刀割一样,她说,妈妈都是我不好,上次你万里迢迢去美国看我,我却让你自己孤孤单单地一个人过了二十多天。妈妈是我不好,我一定回来陪你,一辈子都陪在你身边。

妈妈出院之后,严敏回了美国。她和永哲就读的大学是四年制,还有一年他们就可以毕业拿到文凭了。她与永哲已说好,再坚持一年,毕业之后他们马上一起回国。

7

一年后,她与永哲双双毕业。

然而,一纸美国著名科研单位的录用通知动摇了永哲立刻回国的念头。

永哲的导师是史迪文教授,他在美国科学界有一定的地位,他很喜欢永哲这个勤奋的中国学生。于是在毕业前夕,史迪文教授就悄悄将他推荐给了美国一家著名的科研单位,但也不一定能够录用。史迪文教授是这样想的,如果不录用,就当他没做这件事;如果录用了,就是他给学生的一个惊喜。

而这个惊喜来得似乎太晚了点。当史迪文教授兴冲冲地通知永哲这个好消息时,永哲正与严敏准备收拾回国的行装。

永哲为这个好消息一夜未眠。他知道有多少人包括美国本土毕业生都向往进这家科研单位,他一个中国留学生,如果不是史迪文教授的举荐,不可能有这样一个机会。

永哲知道这个机会对他自己意味着什么。在这样一个世界顶尖的科研单位工作,未来的职业前景与在国内是无法比拟的。

而这边,严敏是铁了心要回国。严敏说她无论如何都要回国去陪着妈妈,守着妈妈,妈妈已经瘫痪了,不能说话了,国外哪怕是天堂她也不会待在离妈妈万里之外的地方了。严敏说,当初放弃国内的工作来美国留学,我们都是说好了的,留学拿个文凭就回国去,你也只是说镀层金回去。

永哲将脑袋埋在双手里,说,不是计划赶不上变化吗?……

他眉头紧锁,说,小敏,我实在是不想放弃这个难得的机会,如果放弃了,我会一辈子心不安,你知道,事业对于一个男人来说,几乎就是生命……

事业是你的生命,那我呢?严敏锐利地盯着永哲问。

见永哲不作声,严敏又开始动手收拾自己的东西,说,我明白你心里的选择了,你选择你的事业吧,我选择回国。

她忽然感到无限委屈和伤心。与面前这个男人相识相恋都快十年了,十年的感情,如今只剩下这样无奈的结局。她能怪他吗?事业对于一个男人的确是无比重要。但是,自己呢?这十年的感情呢?算什么呢?难道都可以就这样一笔勾销吗?

可是,不一笔勾销又能怎么样呢？十年朝夕相处在一起都难保结果,何况是远隔万里之遥？

一股悲怆之气冲向她的脑门,她脱口而出那句她无法面对的话,我们……分手吧。

原本她是还抱着一点幻想的,她想她提出这一句说不定他会求她不要分手,说不定他会为了她而改变决定,毕竟他们之间十年的感情是血肉相连。

她万万没想到,他听到她的话之后,愣了一会儿,然后说,你既然决定了,就听你的吧。接着,他就打开门,走了出去。

她像被雷击了一样一时不能思考,不能动弹。

突然,她狂暴地伸出自己的左手中指,拼命地用右手去捋那枚铂金订婚戒指。戒指戴久了,有点紧,她不管不顾地、歇斯底里地捋。

终于捋下了,她将它狠狠地一扔,那枚戒指就越过窗户,在空中划了一道弧线,消失在她的视野之中。

8

第二天一早,这座美国城市的报纸上出现了一条消息,一位二十四岁的中国女孩从一栋老式公寓楼的四层平台上跌落,头着地摔成重伤,经过全力抢救,已脱离生命危险。据医生介绍,因女孩的脑部遭受重创,不排除有成为植物人的可能。警方正在对此事展开调查……

警察局会议室内,PPT屏幕上显示——姓名:严敏。致伤原因:失足致伤。

某医院ICU病房的病床上,一位年轻的中国女孩眼睛紧闭,她的头部还插着各种各样的管子。她想睁开眼睛,却觉得眼皮沉重如铁。眼睛睁不开,她的脑海里却不断闪现画面:

她哭叫着扔掉手上的订婚戒指……

她后悔了,她想他不能陪她回国去,至少这枚戒指可以陪着她……

她从十五楼的窗口朝下望,发现四楼是一个凸伸出去的平台,她想戒指应该是掉在这个平台上了。她想办法上到平台上去找戒指,一脚踩空……

同时,她的脑海里有渺茫的歌声从遥远的地方飘来,那是惠特尼·休斯顿的歌声:

如果我留下陪你,
就会绊住你,
所以我去了,
但是我知道,
这一路,每一步,
我都会想起你,
我将永远爱你。

苦涩的甜蜜的回忆，
是我唯一带走的东西，
再见吧，不要哭，
我会永远爱你，
希望你快乐幸福，
希望生活善待你……

测谎

1

结婚以后,刘红顺才知道湮儿的多疑,简直让他到了无法忍受的地步。

刘红顺是公司的骨干,每天工作真的很忙,到时间无法正常下班是常有的事。

刘红顺正常下班时间是五点,到家大概半个小时的路程,一般五点四十能到家。

如果一过六点,刘红顺还没到家,六点零一分,湮儿的电话立刻就会打到刘红顺的办公室,比闹钟还准。

时间长了,刘红顺就自觉了,每次要加班了,他都会提前打电话告诉湮儿,叫湮儿别担心。

但免不了的,有时候他要出去应酬,要谈项目,要签合同。常言说,酒桌之上好说话,杯子底下好办事。

虽然刘红顺是真的不想去,可没办法。

但刘红顺一出去应酬，湮儿就会像一只惊弓之鸟一样，在家里坐立不安，然后就一次次拨打他的手机。要说有紧要事你打就打吧，可是往往是电话铃催魂一样地响，刘红顺火烧眉毛地接起来，湮儿却什么破事也没有。

所以，一般刘红顺只要一结束公事，就以最快速度往家赶。

赶回家后，湮儿接过刘红顺的西服和公事包，就催他去洗澡。湮儿说，一身的酒气，赶快去洗洗干净。有时候，刘红顺想坐在沙发上休息一下，看会儿电视再去洗，湮儿不依，把他往浴室里推。

刘红顺只当是湮儿爱干净罢了。

有一次，刘红顺与公司总经理陪着一个重要客户，在一家高级大酒店里边吃饭边谈一个重要合约。

正谈到紧要关头，突然一首歌飘来："可是，亲爱的，你怎么不在我身边，一个人过一天像过一年，海的那一边，乌云一整片……"

那是刘红顺的手机铃声。是湮儿给他下载的，而且设置成湮儿来电的专属铃声。

刘红顺嫌这铃声太太太那个了，自己一个大男人，冷不丁从手机里冒出来"亲爱的，你怎么不在我身边……"什么什么的，还不让人鸡皮疙瘩掉一地！

湮儿不依，一定要刘红顺用。湮儿说："这有什么好笑的！老婆大人来电，卿卿我我一点有什么关系？再说了，这铃声一响,你身边那些白骨精都知道识趣一些。"

"行了吧,你老公一没钱二没权,人家白骨精才不稀罕呢!"

"谁说男人一定要有钱有权才招人喜欢,像我老公这样的一表人才,又会疼人的男人,上哪儿找去?"

……

刘红顺犹豫着接不接,客户提醒他:"刘先生,您先接电话吧。"

况且那"亲爱的"一声比一声急促,没办法,刘红顺只好出去接。

刘红顺在走廊里,压低声音问:"有什么事吗,湮儿?我这头正忙着谈合约呢,有什么事等回家再说,啊!"

湮儿在那边幽幽嗲嗲地说:"没什么事老公,就是你不回来,我一个人心里发慌,你可要快点啊。"

"好好好,我一谈完就马上回家。"

那边说:"亲一口。"

刘红顺嘴巴贴着手机:"嗯——吧!"隔空向湮儿打了个飞吻。

刘红顺接完电话回来接着谈。

二十分钟后,会谈渐入佳境。

"可是亲爱的,你怎么不在我身边,一个人过一天像过一年,海的那一边,乌云一整片……"

刘红顺脸上有点挂不住,讪讪地说:"对不起,我出去接个电话。"

刘红顺明显感到,客户的脸上掠过一丝不快。

总经理的脸也不易察觉地阴了阴,但领导毕竟是领导,在客户面前还是保持应有的风度,说:"长话短说吧。"

湮儿在电话里又幽幽地说:"那个……老公,你在那么高级的酒店里……吃完饭后还有别的事吗?听说那酒店里桑拿、KTV、跳舞厅什么都有呢……"

"我的个姑奶奶,求求你,别再捣扯这些了,行不行?我这儿正要紧呢!"

刘红顺抹了一下额头上的汗,重新坐下来。

双方在一个项目标价上僵持不下。

正是考验各自耐心和心理素质的时候。

"可是,亲爱的,你怎么不在我身边,一个人过一天像过一年,海的那一边,乌云一整片……"

刘红顺明显地感觉到客户有了不耐烦,他有了不祥的预感。

果然,客户对总经理说:"陈总啊,这个合约今天我暂时不打算签了,我回去之后再研究一下,我们再谈,好不好?"

原定后面去 KTV 的安排也取消了。

送走了客户,总经理脸冷得像冰坨:"你是老员工了,也身为业务总监,我不想多批评你,但今天这个重要的合约谈崩了,你有不可推卸的责任!你这样摆明着是对人家不尊重,换了我也会这样想的。以后谈重要事情的时候,请把手机设成静音或者关机！人贵有自知之明,你是老员工,我不想再多说什么。"

说完总经理就气呼呼地走了。

刘红顺不是没考虑过关机或设成静音。以前关过一次机,湮儿打电话一直打不通,竟然直接跑到公司会议室去了。

后来刘红顺又设静音,湮儿打电话一直没人接听,湮儿又跑到公司来了。

刘红顺没好气地说:"你怎么跑公司来了?"湮儿说:"人家打你电话一直没人接听,吓得人家半死,赶紧跑到你公司来看看你是不是安全。这黑灯瞎火的,我一个人跑了这么远路,你不说声好话还开口就训人,你这人还有良心吗?"

刘红顺被堵得半句话也没了。他想想也是,赶紧赔不是。

从那以后,刘红顺再也不敢关机,也不敢设静音了。

这次如果关机或设静音,湮儿一定会找到酒店来的。一定的,他太了解湮儿了。

2

今晚合约谈崩了,刘红顺非常气闷。他窝着一肚子气回到家,坐在沙发上,一声不吭。

湮儿过来,温柔地说:"亲爱的,你回来啦,快去洗澡吧。"

刘红顺一听"亲爱的"三个字,就脑袋发涨,他想爆发,但他的涵养控制住了胸腔里欲喷燃的那团火。

刘红顺只是不作声，偏过脑袋，靠在沙发上，不理湮儿。

湮儿硬是把他拽到了浴室里，帮他脱掉外衣，说："一身的汗气酒气，快洗洗。"

刘红顺站在哗哗哗的莲蓬头下，将脑袋放在水流下面冲。他准备洗一洗头发，头发的确油了。

他挤了一些洗发露抹在头发上，揉搓，泡沫流到了眼睛里，有点刺眼，他便习惯性地伸手去摸浴缸左侧毛巾架上的毛巾，却没摸到。

刘红顺把满是泡沫的脑袋放在莲蓬头下冲干净，睁开眼睛，原来毛巾架上空空的，估计是今天湮儿把毛巾都给洗了，晾在阳台上了。

刘红顺朝外面喊了一声："湮儿，帮我把毛巾拿进来。"可没人应。

他只好自己湿淋淋地裹上浴巾，出去拿毛巾。

湮儿不在客厅，刘红顺刚想喊，却发现湮儿在卧室里正拿着他的衣服在认真地翻找着。她先是一点点地嗅闻，又在外套的口袋里掏翻，衣服搜寻完，又拿过他的手机，仔细地翻查，手机翻查完，又在他的笔记本电脑上翻查……

湮儿那专注的神情，根本没注意到刘红顺就在卧室门口。

他没有作声。他的心里忽然很酸、很涩。

他悄悄地退回到浴室里。

在氤氲的雾气中，刘红顺的思绪回到八年前。

八年前,他与湮儿都大学毕业后不久,在一次朋友聚会上相识。那时他是一个"凤凰男"。

他一直不喜欢"凤凰男"这个词,他觉得"凤凰男"这个词安在像他这样家在农村,考上大学留在城市的男青年头上,有着一种隐隐的嘲讽意味在里边。

虽说这词里有"一朝飞上梧桐变凤凰"的意思在里边,但也很容易被人奚落为"脱毛的凤凰不如鸡"。湮儿的妈妈就曾这样说过刘红顺。

那时候,刘红顺与湮儿相爱了,湮儿妈知道了,极力反对。

湮儿妈说:"乖女儿,生活都是实实在在的,刘红顺现在什么都没有,房子、车子、钱,要什么没什么,你跟了他,还不要嚼一辈子黄连根?"

湮儿撒娇地说:"妈,你不要这么目光短浅好不好,红顺虽然家在农村,但家穷不代表他就一辈子穷,像他这样的凤凰男,要发展也很快的。再说,像我这样的城里孔雀女,正好配凤凰男,孔雀配凤凰,我还高攀了呢!"

湮儿妈撇撇嘴说:"哼,凤凰?不要脱了毛的凤凰不如鸡哦,鸡还知道在土里刨点食儿,脱了毛的凤凰连在土里刨食儿都不会了。"

湮儿就搂住妈妈的脖子一阵叽叽歪歪。

妈妈没办法,知道终究拗不过宝贝女儿,只得叹口气:"唉,女大不中留,留来留去反成仇。日子是你过的,你要真的喜欢,妈有什么办法？但愿那小子真是一只凤凰吧，否则妈妈要心疼死你了。"

就这样，刘红顺和湮儿顺利地结了婚。

湮儿爸妈心疼女儿，将家里另一套房子给他们做了婚房。

这事儿在刘红顺的老家可让刘红顺爹妈风光了好一阵子——儿子在大城市里娶了个如花似玉的儿媳妇儿，还没花一分钱，这么大的便宜就好比是天上掉下个大钱袋子砸脑袋上了。

然而，高兴劲儿还没过利索，刘红顺爹妈就噘上嘴了。原因是儿子都结婚三年了，儿媳妇的肚子却一直不见动静，这让急着抱孙子的老人非常心焦。

一开始，刘红顺并不着急，想这个东西是水到渠成的事情，但三年过去了，那水都快把地给洇透了，那渠却影儿也不见。刘红顺也着急了。

两人就去医院检查，查出是湮儿身体的原因，于是湮儿就开始治疗。

刘红顺本来心想，现在医学这么发达，这个病也不是治不好。

但没想到，活该湮儿倒霉，就是治来治去治不好。

又一个三年过去了，湮儿的肚子还是按兵不动。

刘红顺和湮儿都三十多了。这几年刘红顺的事业发展得很好，他的聪明才智，加上农村孩子吃得苦耐得劳、朴实真诚，很快就在业务上冒了尖，被提拔成公司的业务总监。薪水也是水涨船高,还买了一套房子。

刘红顺把新买的房子简单装修了一下,与湮儿搬到自己的新房子里。以前那套房子还给了岳父母,他张罗着把房子租掉了,租金让岳母收。

刘红顺还是觉得住在自己买的房子里心里踏实。不久,他又买了属于自己的车。

刘红顺的人生可谓踌躇满志。

人说房子、车子、娘子、孩子、票子,"五子登科"。票子刘红顺是不着急的,有事业在,就不愁将来票子不能大把挣。可一直没有孩子,这真是刘红顺的一块心病。每每在小区里看到别人家可爱的孩子在跌跌撞撞地学走路,刘红顺都站在那里愣怔好一会儿。

爹说得也不是不在理儿,连医生都说,三十多岁生孩子都算是高龄了,再过几年湮儿都快奔四了。

刘红顺爹更是急得不行,在电话里说:"那啥,儿子,不孝有三,无后为大,前几年你说治得好,咱也就没吱声儿,现在都这么多年过去了,你媳妇儿还是生不了娃,你现在都三十好几了,和你同学的好几个娃都上小学了,再说你媳妇也三十多了,这女人三十多还生不了娃,你还指望她四十五十能生娃?我说儿子,咱也不是没良心的人家,可这是大事儿,我和你娘思谋着,要不……"

刘红顺明白,爹的下半截子咽下去的话,是说让他和湮儿离了,再找一个会生孩子的女人。

可是,夫妻之间除了孩子就没有别的了吗?

虽然他非常理解爹娘的心情,他家里也只有他这么一个儿子,上面一个姐,底下一个妹,家里就指靠着他续香火。

但要他因为没有孩子就和湮儿离婚,他做不到。

刘红顺知道,因为怀不上孩子,湮儿也承受着巨大的思想压力。而且这几年,看病吃药花去了湮儿不少精力,她事业发展得并不好,在公司也不太受重视。

一年前,双重心理压力让湮儿患上了焦虑症,她常常患得患失,焦虑不安,脾气阴晴不定。他也知道湮儿心里的苦处,处处让着湮儿。

刘红顺已经够理解湮儿了,但湮儿现在变本加厉,开始频频来干扰他的工作。

想起老家的父母渴盼抱孙子的眼神,又想起今天晚上谈崩了的合约,想起湮儿翻查自己的衣服、手机、电脑,他叹息一声,把脸仰在莲蓬头下,用手使劲搓洗自己的脸,仿佛要搓掉那些甩不脱的烦恼。

……

刘红顺用浴巾擦擦身体,裹上浴袍,走出了浴室。

湮儿坐在沙发上看电视,说:"洗好啦?"

每次刘红顺洗好了,湮儿都是这样坐在沙发上看电视,也这样轻飘飘地问一句。

刘红顺现在明白了,为什么每次他从外面回来,湮儿第一件事就是催着自己去洗澡。

他的心里忽然像被谁捏了一下,又酸又疼。

自从湮儿知道自己不能怀孕生孩子,她就很没有自信,很没有安全感,对他,也非常愧疚。

湮儿曾问刘红顺:"我是不是很没用?世上那么多女人都能生孩子,我为什么就不能呢?"

刘红顺就抚摸着湮儿的头发说:"不要瞎说,谁也做不了自己身体的主,对不对?现在医学发达,我们要有信心,一定会治好的,我们也一定会有我们自己的宝宝的。"

一开始,刘红顺的确有这个自信,可是后来辗转治疗了好几年,仍然一点起色也没有,刘红顺有点灰心了。

刘红顺在湮儿身旁坐下,搂过湮儿的头靠在自己的肩膀上。他若有所思地说:"傻瓜。"

湮儿没听清楚,问:"什么?"

刘红顺答:"没什么。"

3

半个月后的一天深夜,刘红顺应酬回来。

刘红顺的手里提着一个大纸箱,他有点疲惫,但掩饰不住地有点兴奋。

湮儿接过刘红顺的公文包,照例又要他去洗澡。他说:"我先给你看一样东西。"

刘红顺打开纸箱,拿出一台笔记本电脑,还有一个类似投影仪的机器,还有一些连着电线的绑带和夹子。

湮儿疑惑道:"这是什么?"

刘红顺笑着说:"我们先来做个小小的试验吧。"

刘红顺从书房拿出一张空白 A4 纸,撕成十张小纸条,让湮儿分别在上面写上数字 1 至 10。

刘红顺对湮儿说:"你悄悄把其中一个数字藏起来,不要告诉我。"然后,刘红顺把连着电线的绑带分别绑在湮儿的腹部、手腕,再把夹子夹在湮儿的手指上,把机器启动。

"我现在问你,你可以回答是或者不是,或者沉默都可以。"

刘红顺问道:"你刚才藏起来的数字是 1?"

湮儿不作声。

"是 2?"

湮儿还是不作声。

一直问到 10,湮儿都一声不吭。

最后,刘红顺说:"好了,可以了,我知道了。"

湮儿不相信地说:"你知道什么了?我压根儿就没有出声。"

刘红顺帮湮儿解下绑带和夹子,把湮儿轻轻搂进怀里,说:"刚才你藏起来的数字是 6,对吗?"

湮儿在他怀里惊讶得瞪大了眼睛。

"这是我托朋友从香港费了好大劲带回来的测谎仪。以后你要再不放心我的时候,你就用这个测我,我什么谎都撒不了,你就彻底放心吧。我不忍心看到你焦虑不安的样子。"

湮儿已泣不成声。

"对不起,是我不对,我不该怀疑你。因为我不会生孩子,我怕失去你,我怕……所以……我知道我不对。"

"傻瓜,我永远都是你的顺子,不管我们有没有孩子。这世上不也有许多没有孩子的恩爱夫妻吗?孩子是很重要,但我们的感情,比孩子更重要……"

刘红顺去洗澡。

洗澡出来,第一次看到湮儿不在看电视。

湮儿在把那台测谎仪放进纸盒里,打包,封好。

"湮儿,你在干什么?"

"明天把这个机器还给你朋友,让他退掉吧,我们不需要!"湮儿微笑着说,发自内心的。

是的,当然不需要。

真爱,无须测谎。

冰封西瓜

1

她是个精神分裂症患者,人们都叫她"疯子"。

她疯得厉害,她母亲将她穿得整整齐齐,一会儿工夫,又挂布吊片了。刚刚将她的头发梳顺了,一会儿就乱蓬蓬得像稻草。

她年近六十的母亲,常常含着眼泪捶打着自己满是白发的头颅:"老天啊,我这是作的什么孽啊!要报应就报到我老太婆身上来,都是我害了我女儿啊……"

而她,对母亲的伤痛仿佛浑然不觉,依旧呵呵傻笑着,指着冰箱:"西瓜……西瓜……要看……"

打开冰箱冷冻柜,里面是一个圆滚滚的大西瓜,西瓜上裂了好几个深深的口子,里面殷红的瓤,漆黑的子清晰可见。

这是一个圆滚滚的冰封西瓜,殷红的瓜瓤像石头一样硬。

"疯子"的小女儿已经十一岁了。

这个冰封西瓜已经在冰箱里搁了十一年。

2

十多年前,她二十岁出头,在一家水泥厂做工,厂里有个小伙子,长得干净、斯文,她很喜欢。

那时候小镇风气还比较守旧,谈恋爱的男女不敢在大庭广众之下搂搂抱抱,就是拉个手也不敢。他们下了班后就神不知鬼不觉地溜到镇子外面一个小树林里。

那时候,在她眼里,那个小小树林里的风都是甜的,仿佛流着蜜。

他吻她的时候,她闭着眼睛。等她睁开眼睛,忽然发现树梢几只小鸟在歪着脑袋朝他们好奇地瞅,她的脸唰地就红了。

日子像怒放的喇叭花,对着天空和未来吹着悠悠的歌。

谁能料到,冬天一声断喝,严霜扑袭,歌声戛然而止,喇叭花零落成泥?——她母亲终于知道了他们的恋情,极力反对。因为他爱的小伙子是个外省人,母亲绝不同意自己唯一的女儿以后远嫁他乡,一年连个面都见不上。而小伙子家里就这么一个男孩,对方母亲打死也不愿让自己的儿子倒插门。

几番挣扎,几番沉浮,再也不能唱歌的喇叭花除了零落成泥,没有其他去路。

他回了自己的外省家乡,从此,音讯全无。

3

她母亲担心夜长梦多,心想还是将她尽早嫁人,过上全新的生活,也许女儿就能忘记那个外省人。短短几个月后,在母亲的张罗之下,她嫁给了镇上的一个名叫罗盛的年轻人。

罗盛是个忠厚的小伙子,是镇上小学的代课老师。其实罗盛早就悄悄喜欢上了秀丽的她,但那时他也耳闻她与那个外省青年相好。罗盛只能将爱意放在心里。

如今,那只似乎要远飞的风筝忽然又飞了回来,实在让罗盛欣悦不已。

然而,花烛之夜,她是以泪洗面——她已经有了身孕。孩子是那个外省小伙子留下的骨血。

花烛之夜,新郎官借酒消愁——新娶的媳妇,怀着别人的孩子。这让他心里像堵了一块巨大的石块,吞不下吐不出。

然而,他终究是个好心人,他知道,在这个民风保守的小镇上,如果这事情传开来,她将一辈子无法抬起头做人。他的父母也绝不能容忍有这样一个"不干不净"的儿媳妇。

于是,他为妻子默默地保守住了这个秘密。

4

新婚一年不到,她生下了一个小女婴,他给孩子取名晓烨。他说,烨是明亮灿烂的意思,这个孩子将照亮郁郁寡欢的她,也将照亮他们的生活。

丈夫罗盛对这个婴儿视同己出,把屎把尿,一口一个小宝贝地叫。

晚上,怕孩子吵到她休息,他搬到另一间房间睡,把孩子带过去,夜里一次次地起来为孩子冲奶粉、换尿布……而他第二天还要去学校上课。

每当深夜,她听到孩子哭了,他边拍边轻轻地哼歌儿:"兔宝宝,睡觉了,狗宝宝,睡觉了,小宝贝,也睡觉……"然后不久,孩子哭声止住,安然睡去。这时,她的眼角就痒丝丝的,黑暗里,她伸出手背抹一下,一手温热。

隔壁房间里,一夜夜、一声声温柔的"小宝贝",像一团一团小小的火,温热地将她心里的坚冰一点一点融化。

她对眼前的这个男人,由最初的憎恶,到感激,再到慢慢地接受。

到后来,她蓦地发现,不知从哪天起,不见他一两天,就挂念得厉害。

如果这种感觉就叫"爱"的话,那么她是慢慢地爱上了这个忠厚、善良的小伙子罗盛。

从前那些椎心刺骨的过往,那个让她魂梦相绕的外省小伙子,像一块残碑,在岁月的风雨侵蚀下,在她心里逐渐地模糊起来。而后,那个模糊的身影,渐行渐远,渐行渐远……

直到有一天,她忽然惊奇地发现,任凭自己如何回想,也想不起来那外省年轻人面容的模样。

5

晓烨一岁半的时候,她又怀孕了。

罗盛开心得像个孩子,走路都像踩着弹簧,一弹老高。

他陪她出门散步,紧紧地牵着她的手;遇到小陡坡,他怕她累着,竟然把她轻轻抱起来走上去。

他对她的呵护,让邻居陈大姐看得又羡慕又妒忌。陈大姐说:"哪世修来的福啊,嫁到这么知冷知热的男人?我家那个木头,有罗盛兄弟五十分之一的德行,我也不枉做一趟女人。"

听了陈大姐的话,她虽然嘴上为丈夫谦虚着,可心里,是甜丝丝的。是啊,自己何其幸运啊,有这么一个贴心贴肝的男人疼着、捧着。

怀孕三个月里,她嘴刁得厉害,今天要吃酸豆角,明天想吃鲜番茄。

那天差不多半夜了,她忽然说想吃西瓜,那可是初冬啊,这大半夜的上哪儿买西瓜去？可是他却二话没说，吻了一下她的额头，说："乖乖地睡觉，我出去买。"

她本来想阻止他的，可是不知怎么回事，她觉得沉浸在这样被呵护的感觉里面，真好，她不舍得出来。

她在温暖的被窝里听到一阵嚯啷啷啷的声音，那是他骑上自行车的声音。

自行车太破了，一动起来除了铃铛不响哪儿都响，她跟他说过好几回了，让他买辆新的，可是他说要多攒点钱，以后两个孩子用钱的地方多着呢。

嚯啷啷啷的声音越来越远。一阵睡意袭来，她又睡沉过去了。

凌晨，她被陈大姐的砸门声惊醒。陈大姐说："快，跟我走！"

6

路口转弯处，一辆自行车七歪八扭。

一辆大货车停在不远处。从自行车到大货车这段距离，长长的血迹蜿蜒绵长……

她软软地倒了下去。

她不知道自己浑浑噩噩地睡了多久。

她恍恍惚惚看到他走过来，轻轻地吻了她的额头，然后变戏法一样从背后拿出一个青碧光滑的大西瓜："小馋猫，西瓜来喽！想吃多少吃多少，吃得肚儿溜圆。"

可是,她觉得眼睛好沉好沉。等她拼尽全力睁开眼睛,真的看到床头上一团青碧。那是一个大西瓜。

自行车被转弯的大货车带倒的时候,这个西瓜从自行车筐里骨碌碌滚出来,又骨碌碌滚了十几米远,裂了几个大口子。

陈大姐说:"摔裂了,可是还能吃,别丢了,怪可惜的,这季节西瓜很贵的,也是罗盛兄弟对你的一片心。大半夜的也不知罗盛兄弟从哪买到的……"

她的泪泛滥而下。

她没舍得吃这个西瓜。

她把西瓜上面的泥土洗干净,放在鼻子下闻闻,清香,然后,小心翼翼地放进冰箱的冷冻柜里。

一夜之后,它就冻成了冰封西瓜。

她秀丽贤惠,就算有孕在身,亦有异性爱慕的眼神。而她,对此视若不见。

常常,她抚摸着那只冰封西瓜,与它说话。她说:"我的心,将一生为你冰封。"

六个月后,她生下了二女儿,她给女儿取名晓冰。

又过了一年,她开始胡乱说话,不修边幅,举止反常古怪。

她疯了。

也许她明白,身在俗世之中,很多时候她会身不由己。

而只有疯,她的心,才能真正一生为他而冰封。

痛苦的项链

1

女人经常上夜班,难得与男人逛商场。

这个周末,女人拉着男人逛商场。女人买了几件衣服,花了一千多块。女人经过项链柜台,被漂亮的项链吸引了过去。

男人不由得暗暗叫苦,他口袋里仅剩下五十来块钱了,早上出门时,他把自己的积蓄两千多块钱都拿出来了,他想,这总该够了吧。他没想到商场的衣服这么贵,一件小上衣就好几百。

在项链柜台,女人透过玻璃逐个儿看那些项链。售货员殷勤地凑上来,小姐,喜欢哪款项链?可以试试的。

女人指着一串项链说,把这个拿给我试一下。男人悄悄地瞟了一眼标价:五千八。男人心里直打鼓。

那项链的确好看,戴在女人白嫩的脖颈上,越发衬托出她胸前皮肤的细嫩。

售货员满脸堆笑地说,小姐,你的皮肤真配这项链。

女人有点依依不舍地将项链还给售货员,说,我再看看别的。

女人眼睛一亮,她看到一款标价八百一十八元的项链,样式与前一款差不多。售货员说,两个款式相同材质不同,前者是纯铂金的,这一款是成分不纯的白银。

女人喜滋滋地说,就给我拿这一款吧。

男人在旁边惶恐得额头冒汗,连喊了女人几声,她也没听见。项链包好了,等着付钱,男人才硬着头皮把女人拉到一边轻声说,我身上只剩五十来块钱了。他几乎是嗫嚅着说,咱、咱不买了吧?

女人的脸色发灰。她走回去把手里的项链放在柜台上,对那售货员说,我不太喜欢这项链,我,暂时不要了。

那售货员是个见多识广的势利眼,她一眼就看出女人是没钱买项链,于是刚刚还堆满笑的脸立刻呱嗒一下拉了下来,尖着声音说,要不喜欢早点说啊,还折腾了这么半天,我很忙的好不好?没钱就不要充大瓣蒜!

女人尴尬得脸色发青,气得就要上去跟那售货员理论。男人吓得一把拉着女人就往门外走。

女人回家后沉默了许多天。

男人也觉得很愧疚,堂堂一个男人,连一串八百来块的项链都不能买给自己心爱的女人,让自己的女人在大庭广众之下受辱。他决心要努力地赚钱。除了本职工作之外,他还悄悄在外面接了许多私活。

男人每天一早就出门,到深夜才拖着疲惫的身子回家。回到家的时候,女人已经去上夜班了。女人在一家娱乐城上班。

男人已经累得快要瘫倒,现在他只有一个心愿,能够在四个月后的女人生日那天,给女人戴上那串五千八百块的项链。

2

女人的生日到了。女人要早上七点才能下班。

男人这天请了假,他想给女人一个大大的惊喜。昨晚他几乎没怎么睡觉,把简陋的小家好好地布置了一番,还买了一束花、一盒蛋糕。

男人兴冲冲地去接女人下班回家过生日。

男人走到离娱乐城不远处的时候,就看到了女人的身影,女人正在左顾右盼。男人很开心,心想这就叫心有灵犀啊!他刚想开口喊女人,一辆黑色高级轿车疾驰而来,吱的一声停在娱乐城门口。从车上下来一个黑衣男人,女人娇俏地在黑衣男人脸上亲了一下,然后黑衣男人打开车门,女人钻了进去。

男人的脑袋一瞬间像是被人用闷棍狠狠敲了一顿。

女人一天没回家。男人就那样在生日蛋糕前不吃不喝坐了整整一天。男人像一头溺水的野兽,胸口憋闷,无法呼吸,喉头积聚着一声悲怆的怒吼。可是吼声未出,无孔不入的凉水就无情地灌进他的心肺。

他不知自己该怎么办。他离不开女人,他觉得离开了女人自己会死掉。

晚上,女人回来了,一句话也没跟他说,倒头就睡。男人什么也没问,他把花和蛋糕扔进了垃圾桶。

女人睡着了,睡得那样沉。男人坐在她身边,看她熟睡的样子,她脸上有一缕散乱的头发,他轻轻替她拨到耳后。

男人辗转得知了黑衣男人的身份,黑衣男人在县城开着一家工厂,早已有了老婆孩子!男人想,如果他真的能给女人幸福,自己就成全他们。

他找到黑衣男人,质问他,有家有室,为什么要骗女人?要是真心喜欢女人,就马上离婚娶她!

黑衣男人轻蔑地瞟着他说,这叫什么骗?我给她钱,她给我青春,这很公平嘛。你说什么?离婚?哈哈哈,我为什么要离婚?我外面的女人多了去了,都让我离婚,那我不得天天离婚?哈哈。

男人气得咬牙切齿,你这个王八蛋,我今天跟你拼了!没等他动手,几个五大三粗的莽汉将他一顿拳打脚踢扔到了外面。

女人怀孕了。女人对男人说,对不起,我本来怕伤害到你,所以一直隐瞒着你,现在怀孕了,我没办法再继续隐瞒下去。这孩子不是你的。我们,分手吧。

男人对女人说,你不能再傻了,那个人是个王八蛋,他不会离婚娶你的。

女人甩开他的手说,他会娶我的,他说过这个世界上,他最爱的是我。况且,我现在又有了他的孩子。

男人无奈地看着女人渐行渐远的背影。忽然,男人大喊,等一下!

一串项链戴在女人纤细的脖颈上,男人说,戴上吧,这是你喜欢的那串铂金项链,是我为你准备的生日礼物。

女人抚摸着那串项链,项链的底端多了一个漂亮的坠子,她的眼睛有点发酸,她说,是我对不起你……

男人说,是我们缘分不够,你走了,我也没有别的奢望,只希望你一直戴着这串项链,想到我时,摸摸这串项链,就够了。

3

黑衣男人一直哄女人去打掉肚里的孩子,他说只要女人打掉孩子,她要什么都可以。女人说,我现在什么都不要,我就要让我的孩子有个名正言顺的爹。

女人的肚子一天天地鼓起来,在黑衣男人眼里,那就像一颗定时炸弹,说不定什么时候就爆炸,将他炸得血肉横飞。他原本是个初中都没有毕业的小混混,一个偶然的机会认识了现在的老婆,他就动用了浑身的解数狂追起来。其实他老婆长得很丑,一大块青色的胎记差不多占了她的左半边脸,使她的脸看起来颇为狰狞。要搁平时,这样的女人,他避之不及,他之所以狂追,是因为她有一个在县城里握有实权的爹。

和老婆结婚之后,他也就迅速从一个街头小混混摇身一变成为某厂的经理。后来,仗着老丈人的权势,他又成了这家工厂的财产所有人。他心里清楚,如果没有老丈人,他仍是一个一钱不值的小混混。

所以当女人说你要是再不离婚,我就到你们厂里闹,到你老婆那里闹,他就真的害怕了。他说,乖,等忙完这阵子,我马上提出离婚,你放心,我会对你和孩子负责的。

两个月后的一天,黑衣男人一脸喜色地对女人说,我老婆同意离婚了!不过她提出来,下星期是她生日,要我最后陪她出去旅游一次,我想想这也是最后一次了,就答应了。

女人虽然噘着嘴不乐意,但还是答应了。

黑衣男人搂过她说,就知道你最懂事,这样吧,为了弥补,我明天陪你到西郊的森林公园去郊游,那可是我们第一次相识的地方呢。

女人高兴得连连点头,一年前,娱乐城组织去森林公园郊游,他们就是在野餐的时候认识的。

第二天不是周末,森林公园里游人并不太多。

黑衣男人从车上拿出野餐工具,搭炉子、生火,女人看着他忙来忙去的身影,感到心里充满着幸福。黑衣男人把一块烤好的肉串递给女人说,多吃点,怀孕两个人,可得多吃点。女人接过来,咬着滋滋冒油的肉串,幸福满得快要溢出来。

黑衣男人又烤好一块鸡翅,坐到女人身边,亲昵地搂住她的脖子说,来,乖,我喂你吃。

女人半靠在他怀里,迷醉地咬了一口鸡翅。

女人闭着眼睛幸福地嚼着嚼着,嚼碎了,她想咽下去,却发现喉咙那里怎么那么紧,怎么也咽不下去!

女人疑惑地睁开眼睛,她惊悚地看到一张咬牙切齿的脸,那张脸因为用力而五官扭曲。女人透不过气,她的咽喉被一双铁钳紧紧掐住,她拼命挣扎,拼命蹬腿,拼命想用手去掰开咽喉上的那把铁钳,可是,那把铁钳像焊在她的咽喉上,越来越紧。

女人在极度窒息的痛苦中,手无望地拼命到处乱抓,在她意识逐渐涣散的绝望边缘,一个声音出现在她混沌的耳中:想起我时,就摸摸这串项链……

是她的男人!

女人抓到了自己脖子上的项链,抓到了那颗吊坠,窒息的痛苦让她拼命撕扯着吊坠……

突然,整个森林公园回荡着极其尖利刺耳的声音:啾呜啾呜啾呜啾呜啾呜啾呜啾呜……

突如其来的巨大刺耳声让那双铁钳惊慌地猛然松动。

周围人影幢幢。

女人昏死过去。

4

男人送给女人项链上的吊坠是一个微型警报器,拔开吊坠,就会突然发出令人心惊胆战的凄厉警报声。

女人疯狂地寻找男人,她知道,在这个世上,在她的心里,她将永远只有唯一的一个男人。

可是,男人不见了。

男人像一滴露珠,在这个世上,蒸发了。

温暖的铁窗

1

隔着一堵冰如寒铁的玻璃,我与母亲四目相对。

母亲默默地拿起听筒,我也拿起听筒。我们没有说话,听筒里除了嗞嗞的电流声,就是我们时断时续的呼吸声。

良久,母亲说话了:"小虹,在里面好好表现,争取早点出来,家里爸妈你都不用担心,我和你爸身体都还好。"她擦了下眼睛又说:"你爸就担心你在里面吃不好睡不好。"

我入狱有四个多月了,父亲没来看过我,母亲经常来,每次都哭得死去活来。我对她说:"以后少来吧,看你伤心成那样,我更觉得自己该被天打雷劈。你们二老好好生活,就当没生我这个女儿。我这辈子对不起你们,下辈子变成牛马侍候你们。"

听了我的话,母亲哭得上不来气:"虹虹别这么想,谁年轻不犯个错呢?爸妈等你。"

犯错?可是老天,我赔上了十年啊!十年之后出了这门,我还能拥有什么?

自从两年前我与傅炯杰在一起之后,爸爸气急败坏地训我,妈妈流着泪劝我,可那时的我被厚厚的猪油蒙了心,倔强得让父母恨不得撕了我。我伤透了他们的心。

我被判刑十年之后,五十来岁的父母,一夜白了头。

妈妈说:"虹虹,你爸是惦念你的,每次我回去他都仔仔细细地盘问我,恨不得细到你的头发丝。你好好表现,城东的瞎子活神仙说我们老两口老了能享孩子的福,我们都盼着呢。你爸这辈子都不信神啊仙啊的,这次……"

我的鼻子一酸:"妈,你跟爸说十年后我出去好好孝敬他。"

六年前,我从这个城市的财经大学毕业,进了一家证券公司。未来,像一匹锦缎在我的脚下绵延。工作不到两年,我就买了属于自己的车。

下了班,我约上几个女友,开着车去泡泡吧、跳跳舞。我虽然个子不算高,但娟秀端庄、窈窕雅致,公司里已经有几个男同事喜欢上了我。兆明是其中一个。但他们都不是我喜欢的类型,我喜欢的是那种稳重、儒雅、有深度的男人,无须言语,一个沉默的眼神就能将我的心牢牢掳住。

而他们呢,虽然上班时西装革履,故作姿态,但骨子里一个个都是顶花带刺儿的小青瓜,在酒吧里大呼小叫的样子,浅薄得让人发笑。

唐娜每次去约会前都对我说:"我说林虹,咱可去拍拖啦。

你也别端着啦,赶紧地抓一个得了,别到时候好的被挑光,就剩歪瓜裂枣了。我看洪兆明就不错,人家对你多好,天天中午给你买饭,恨不得喂到你嘴里。"

我笑骂:"瞧你臭妞显摆的! 我可不像你,划到篮里都是菜,瞧你家大胡那德行,倒贴我五百万银子我都不要! 我要慢慢等我的真命天子!"

"慢慢等吧您嘞,别等成了老核桃。"

唐娜像想起什么似的,凑过来跟我说:"姐们,看你可怜,给你指条道,咱们这交际圈子实在不大,你可以去交友网站试试,那里可是五湖四海的人,我以前一同学的老公就是网上认识的,现在两人好得跟蜜似的。"

就这样,我在网上认识了傅炯杰。在网上,他叫"浪子手心的舞者"。

2

干证券这行的工作比较紧张,每天客户大笔的资金从我的手头经过,一天到晚与那些花花绿绿的数字打交道,下了班眼前还在花花绿绿地晃。

自从在网上认识傅炯杰之后,我下班后不再去泡吧、跳舞、逛街,而是急匆匆地猫在电脑前。傅炯杰是我长这么大遇到的最有情趣、最能哄女孩子开心的男人。

在网上，我叫他"浪子"，他叫我"千寻"，因为我的网名叫"千千寻"。

我工作上遇到烦心事就跟他说说，他就逗我开心。他说："有一个老公很懒，那天老公舒服地躺在沙发上看电视，在厨房里炒菜的老婆对他说：'老公，帮我把屋子打扫一下吧。'老公说：'亲爱的，我不舒服。你瞧，我的手在打战呢……'老婆扫了他一眼，说：'哦，那正好，先把地毯抖抖吧！'"

傅炯杰打过来一行字："笑了没？"

我在电脑前笑得直抖，可我说："没有笑，还愁着呢。"

他又说："把脑瓜子用来思考就不愁了。问你个问题啊，听着，长颈鹿嫁给了猴子，可是一年后长颈鹿就提出了离婚，长颈鹿说：'我们离婚吧，我再也不要过这种上蹿下跳的日子。'猴子大怒，说了一句话，然后他们就离婚了。请问，猴子说了一句什么话？"

我想破了脑袋，也没想出来。

傅炯杰说："猴子大怒，大声说：'俺也受够啦，离就离！谁像俺一样亲个嘴还得天天爬树的！'"

我在电脑前笑出了眼泪。这个浪子啊！

他说他毕业八年了，在 H 市一所高校任职，总为找不到心仪的另一半而发愁，前些日子受朋友们撺掇来这家网站上注了册。

原来他的情感经历跟我这样相似。渐渐地，我们无话不谈。两个多月，我们几乎天天泡在一起，我们有说不完的话，但我们都没有说到一个"爱"字上面。

两个月后,他说:"千寻,我们见面吧,我去你的城市看你。虽然相识两个多月我们还未见面,但我们已经走进了彼此内心深处。请你不要拒绝我。"

我无力拒绝,也不想拒绝。

当傅炯杰玉树临风地站在我面前时,我整个人都傻掉了——这是我无数回梦里描摹过的那个男人啊。我望着他镜片后温柔的眼神,忽然感动得想哭。我不敢相信,老天竟没有辜负我这些年的等待。我也不敢相信,如此优秀的男人,怎么会还没被别人抢走,而让我来得及拥有他?

我傻傻的时候,傅炯杰搂搂我的肩,怎么啦,小千寻?你比我想象的还要美,真没想到这么美丽的女孩子还能留到今天,属于我。

听了他的话,我又笑了。我们的想法,总是如此惊人得不约而同。

我坠入了恋爱的深渊。

那天我们在一起时,他去洗浴,我发现他的手机在床头柜上,我正无聊着,就随手翻看起来。瞬间我呆了。

我冲进去把手机朝他湿淋淋的手上一丢——那分明的三口之家甜蜜的笑容,像针一样刺痛了我。

我收起东西就要走,他一把把我紧紧搂在胸口:"我没有想骗你,千寻,我没有想骗你,我只是不想让你伤心,我不是有意的。我是真的爱你。"

他告诉我,他是有妻子,还有一个八岁的儿子。但好几年前妻子得病切除了子宫,他们的夫妻关系是有名无实。从与我相识的那天起,他才尝到了这世上还有如此美妙的叫爱情的东西。

他吻干我的泪水。他的怀抱,他紧紧相拥的温度,让我的脑中只有四个字:万劫不复。

当被他的温柔融化之时,我喃喃地说:"浪子浪子,就算跟你做一辈子浪迹天涯的浪子,我也愿意。"

他抚我的发,吻着我:"小傻瓜,爱你就不会让你浪迹天涯,我要给你一辈子的舒适怀抱。"

他睡熟的时候,发出轻轻的鼾声。我悄悄支起身子,柔柔地抚触他轮廓俊朗的脸庞、挺直的鼻梁、浓浓的眉、弧度分明的唇,那里曾给过我最缠绵的吻。

我把头搁在他的胸口,听那悦耳的心跳声,咚咚咚,咚咚咚。

我是如此迷恋着身边这个男人。

3

我与傅炯杰的恋情,我没告诉父母,但敏感的他们很快就知道了。看我成天开心地哼着歌儿,他们也很欣慰,催着我哪天把他带回来瞧瞧,吃顿饭。妈说:"我要做几样拿手的好菜,我倒要看看,什么样的小伙子把我宝贝女儿开心成这样。"

爸说:"带回来让爸妈参谋参谋,爸爸看人很准。"

我的心里,瞬间阴云四起。

我跟傅炯杰说起这事,他有点愠怒地说:"你怎么做事这么不小心,我们的事怎么能让你爸妈知道?"

听了他的责怪,我委屈得眼泪直打转。他立刻又赔着笑脸说:"你跟爸妈说,等忙过这段,小傅带上好礼物去看他们。"

我好气又好笑:"爸妈都叫上啦?你真敢去见我爸妈,不怕他们把你撕了?"

"唉,没有别的办法,这样说也是缓兵之计啊。"

纸里终究包不住火,傅炯杰有家室的事情终于被爸妈知道了。

一生正直的爸爸暴跳如雷,指着我的鼻子:"你马上跟那个人一刀两断!你知不知道你这是在破坏人家家庭,是犯法的,是犯罪!"

我梗着脖子说:"他们早就没有感情了,他对他妻子没有感情……"

"放你的狗屁!"从不说脏话的父亲竟然气得口不择言,"没有感情?你看到他对他妻子没有感情了吗?我的傻孩子,这是骗你的。没有感情他为什么不离婚!"

妈妈也流着眼泪说:"虹虹,千万别做傻事啊,女孩子不能走错路啊,走错一步毁一生啊。跟那个姓傅的断了吧,爸和妈求你了。"

见我一副死猪不怕开水烫的样子,父亲气得大叫:"滚滚滚,滚得远远的,我不想再看到你!"

"滚就滚!"我从屋里收拾几件衣服就要走。妈妈冲过来死命抱住我,回头朝爸爸喊:"你个老不死的,咱俩就这么个女儿啊!虹虹,虹虹,你爸那是气话,你别使性了,你爸有心脏病的!"

我挣脱母亲的手,头也不回地走了。

女人倔强起来,就像那皮球,弹压得越重,跳得越高。

父母的强烈反对,没有浇灭我对傅炯杰的爱,反而像是一壶油,将那炽热的感情烧得越来越旺。我甚至情愿被那爱的烈火焚身。

我干脆搬到公司的单身宿舍去住了。同室的小吴天天回家,我乐得一个人拥有一间屋子。

情人节晚上,傅炯杰悄悄来到宿舍,他为我带来了三枝蓝色妖姬。那是怎样一种纯粹的蓝啊,是明净蔚蓝的四月天,将我的心照亮,将小小的斗室照亮。

傅炯杰在我耳边轻轻吹着气,吻着我的耳垂说:"寻,三枝蓝色妖姬,代表你是我最深的爱恋,我们永远铭记这段美丽的情缘。"

他一直叫我"千寻",不肯叫我"林虹",他说他第一次在网站看到这个名字就心里一动,八尺一寻,千寻幽深,一个拥有千寻内心的女子该是多么令人心折?

他说:"寻,你知道吗?千寻是指爱情,找到了千寻,就找到了爱情。我找到了你,就找到了爱情。"

蓝色妖姬上,有盈盈的水珠,像盈盈的泪滴。

"这世上原本没有蓝色的玫瑰花,寻,你知道后来为什么会有这种美丽的花儿吗?"

我摇摇头。

他目光迷离地望着我的脸说:"有一个男孩,爱上了一个女孩。他很会培育玫瑰花,他的园子里各色玫瑰都有,就是没有蓝色的玫瑰花,他很想送一枝与众不同的蓝色玫瑰给女孩。可是他用尽了方法也培育不出一朵蓝色玫瑰花,他很失落。

"女孩知道了他的心思。一天,女孩对他说:'快来看,你种出了蓝色玫瑰花!'半园子怒放着蓝色的玫瑰,男孩开心坏了。可是晚上突如其来一场大雨,第二天早上男孩一看,园子里一朵蓝玫瑰也没有了,地上流淌着蓝色的浊水。男孩认为女孩欺骗了他,连带觉得女孩的感情也是虚伪的,他走了,女孩再也找不到他。

"女孩很伤心,天天对着满园玫瑰流泪,日渐消瘦枯萎。而那些玫瑰,也随着她一起枯萎。最后,女孩流出了蓝色的泪滴滴落在玫瑰上,枯萎的玫瑰逐渐丰盈润泽起来。

"后来,男孩后悔了,回来找女孩,可是他再也找不到,只看到满园的蓝色玫瑰。其中一朵蓝色玫瑰异常美丽,花瓣不断滚动着盈盈的露珠,像是在不断流泪……"

听到最后,我把头深深埋在他的胸口,我说:"你不要像那个男孩一样,突然离开我,不然我也会泪流成河然后死掉的。"

他怜爱地弹我脑瓜崩:"小傻瓜,我不会离开你。"

这样的男人,就算他有妻室,那又怎么样?我不要世俗的名分,我只要他,只要他的爱,只要他的胸膛。

正当我被自己感动得快掉泪时,房门咚咚响起。

打开门,父亲站在面前。

父亲一眼就看到了屋里的傅炯杰。我看到毫无思想准备的傅炯杰,一下子变得手足无措。

父亲冷冷地盯着傅炯杰:"如果我没有猜错的话,你就是傅先生吧?"

傅炯杰有点诚惶诚恐:"是的,伯父,我就是小傅。本来、本来早想去看您的,一直忙……"

父亲声音冰冷而威严:"不必了。我现在想请傅先生回答我的是,傅先生是有家有室的人,现在又和虹虹保持着恋爱关系,我想知道,傅先生到底有什么打算?!我今天想听到你明确的答复。"

我在一旁带点撒娇地嗔怪:"爸……"

"你闭嘴!我在与傅先生谈正事!"

我充满期待地望着傅炯杰,我以为他会对父亲发誓,对父亲保证会一辈子对我好,对我负责。可我没想到的是,平日意气风发、柔情万种的傅炯杰只是低着头,不作声。最后,他抬起头说了句"对不起林先生,我没办法答复你",就拉门而去。

父亲气急败坏地说:"你看到了吧?这就是你死心塌地跟着的男人!醒醒吧女儿,他根本就是在花言巧语地骗你!"

我根本听不进去,我冲父亲喊:"他不是这样的,他是真心爱我的,都是你把他逼走了!谁让你来的,我的事不用你管!"

4

再见傅炯杰,原本我有一肚子怨气要发,谁料,他几句软语温存,我又再次投进他的怀里。

傅炯杰在上班之余还与人合伙做点生意,他说他要多赚钱,给我买套大房子,让我过着舒舒服服的日子。

他在大学里的薪金基本是固定的,做生意钱不凑手时我经常会把积蓄拿一些给他。

有一次,他突然打电话来,语气急促地说:"千寻,现在有个赚钱的好机会,一个生意合伙人找到一个化工厂的废渣运输工程,如果包下这个工程,每年最起码有三四十万的稳定收益,这个合伙人跟我是好哥们,他有个亲戚在化工厂当一把手,他别人谁也没告诉,把这赚大钱的机会留给我。"

我说:"那是天大的好事啊,得抓住这个机会。"

他叹了口气说:"可是包这个工程要先垫资的。我没有那么多钱,看来这个大好机会是抓不住了。"

"要垫资多少?"

"起码得六十万。"

"这么多!"

我也犯愁了,我顶多能支援他几万块钱,这六十万也太多了。

接下来几个星期,傅炯杰都没来看我。每次通电话他都很失落,他说没钱垫资一个月后这工程就要包给别人了,眼看着到手的赚大钱的机会就白白溜走了。

再见他时他都瘦了,我心疼不已。那天我们在一起时,他用手指在我光洁的背上来回摩挲着:"千寻,我想来想去,这个好机会不能白白丢掉,现在只有你能帮我了。"

"我?我怎么帮你?要是能帮你,我早就帮了,还用你跟我说吗?"

"你不是在证券公司工作吗?六十万对于证券公司来说,那是九牛一毛……"

我打了个寒噤:"不,炯杰,我不能那么做,这是证券从业人员最大的忌讳。要掉脑袋的,不能!"

"傻瓜,我们只是借用一下而已,几个月后资金回笼过来了,马上补进去,神不知鬼不觉的。我们把大事办了,又不出一点问题,何乐而不为呢?"

我还是不答应。

他生气了:"你口口声声说爱我,却看到我天天愁得吃不下睡不着也不闻不问,我从来没求过人,我这样做也是为了我们的将来。既然你不愿意为我们的未来打算,那没什么好说的了。"

他一件件地拿起床头的衣服穿起来。

我一把拉住他:"真生气了? 我……"

"我、我答应你。"

他回转身,脸上绽放出迷人的笑:"我就知道我的千寻是真心爱我的。"

当雨点般的吻落在我的脸上身上时,我却无来由的,有一点颤抖。

我是公司第一营业部的大户管理员。我利用自己掌握的客户交易密码及资金密码,从客户账里取出六十万给了傅炯杰,然后用一点专业手段巧妙地掩盖了。

一个月后,傅炯杰告诉我,工程规模扩大了,厂方要承包人追加资金。我又给了他五十万。

此后,傅炯杰又来看过我两次,他浑身散发着激情,紧紧把我搂在怀里:"千寻,你知道吗? 我爱你,我真的爱你。"

一天,他给我发短信:"千寻,如果有一天,浪子真的要浪迹天涯,你怎么办?"

我回复他:"那就带上俺一起去流浪。如果你不带俺,俺就用薯片割脉,用豆腐撞头,用降落伞跳楼,用面条上吊,俺拼命吃饭把自己撑死。"

原以为,这是情人之间浓情蜜语的嬉戏。谁料到,我真的,把他给丢了。

他的手机关机了。一直关机。

恋爱中的女人智商是零。真的。我也算是个受了高等教育的女人,可是,在我爱上傅炯杰之后,我的智商几乎成了负数。

他说他在H市某大学工作,我深信。他说他跟他妻子有名无实,我深信。他说他要做生意,我深信……

他说他爱我,我也深信,若非如此,怎么解释他那火山般的激情……

可是,我把他丢了,彻底地丢了。

我开始不上班,发疯一样地找他。我去了H市某大学,某大学说根本没有这个人;我去他毕业的那个大学,也根本没有这个人;我去了他说的那个化工厂,根本没有包工程这回事……

我心存一丝希望,在我们最初相识的那家交友网上等他,可是他再也没有出现。

我不相信,我死也不相信,那一切一切的美好,一切一切的甜蜜,都是一场恍如云烟的梦?!

我形容憔悴枯槁,魂不守舍,大病了一场。

那个默默关心我好几年的兆明,那个我从没有用正眼瞧过的兆明,知道了我的事,气得直骂我傻之外,也发疯地满世界找那个叫傅炯杰的男人——为那笔一百一十万的挪用款。

我不上班后,兆明接手了我的客户,他发现了我的秘密,但他没有声张。当务之急是在公司察觉之前,找到傅炯杰。

傅炯杰像一滴水渗进了干渴的大沙漠,彻底地消失了。兆明说:"傅炯杰这个名字,可能都是假的。"

再狡猾的骗子也会有百密一疏的时候,傅炯杰在交友网上的征友照片居然还在!兆明用这张照片,竟然神通广大地查到了这个人的信息:这个人就在本市,从前在某消防器材公司做销售,后来离开了公司,真名叫刘韦杭。

5

尽管已有心理准备,但再次看到"傅炯杰"时,我依然心如刀绞——他和一个高高胖胖的女人一起,牵着那个照片上的男孩。

"傅炯杰"脸上带着笑容,这笑容,我太熟悉。一瞬间,我有一种恍如隔世的感觉——你告诉我你要如何承担,旧梦依然浮现。我哭泣的双眼,你怎么视而不见?

当我站在他面前叫他"刘韦杭"时,他愣呆了一瞬,很快竟又恢复了常态,对旁边的女人说:"你带孩子先回家去,这是我从前的一个同事,找我有点事。"

看女人走远了。他说:"你,好吗?"

我没回答。我望着眼前这个最熟悉的陌生人,冷冷地告诉他,我费尽千辛万苦找到他什么都不为,只为要回那一百一十万元,再拖下去公司发觉了,我要坐牢的。

他没有作声,低下头去……

是该忏悔的,是该良心发现的。毕竟,我们曾经深爱过。

再抬起头时,他的目光忽然变得肃杀而冷酷:"这位小姐,你认错人了吧?我根本不认识你,还有什么什么钱,简直可笑,我根本不知道你是谁!你在说什么?"

"你……"

我一时被哽住。是啊,当时我说打到他账上,他说对方要现金,让我给他现金。我没有留下任何有形的证据。我纵使有一百张口也证明不了我给过他钱。

兆明气得要吐血,带了几个人去强行索要,"傅炯杰"这个恶人先下手,向公安局报案说有人"敲诈勒索",兆明一帮人还没见到他就被荷枪实弹的公安抓了起来。

紧接着,我在证券公司挪用一百一十万巨款的事,石破天惊。

我被判了十年。

6

我在这失去自由的高墙之内,待了近一年了。母亲有一个多月没来看我了。"离开了亲人我失去自由,泪水化作苦水流。"二十多年前的这句歌词,在我身上印证。

而我现在,没有了泪水,只有恨。

"傅炯杰"骗了我。父亲不要我了,现在,连母亲也不要我了。

我跟那些犯抢劫罪、吸毒罪、卖淫罪的女人一起吵架,骂娘,吃没有油的饭菜,抢地盘,抢厕所……

我行尸走肉一样地活着。

那天,兆明来看我了。

我冷冷地问:"我爸呢?我妈呢?他们没了我这个给他们丢脸的女儿,现在过得很开心吧?"

兆明望着我,很久,说:"小虹,其实你不该恨他们。你爸爸他、他过世了。"

我惊愕地张大了嘴。

虽然我心里怨过父亲,但是我自问内心,我是爱他的。

"小虹,你爸一直没来看你,是因为他一直在生病。其实他为你和'傅炯杰'的事,已经发过好几次心脏病了,在你被立案之后,你爸深受打击心脏病发作了,在医院动了大手术才抢回一条命。自从你入狱后'傅炯杰'就举家离开了本市,我后来调查才知道,'傅炯杰'热衷于赌球,曾因为赌球无心工作被单位开除。他赌球输了几十万,后来没钱就在网上以征友为名行骗。你当时单纯地透露出你在证券公司工作,所以……"

"别说了!"我痛苦地说。

"你爸出院之后,发誓要找到害你坐牢的男人,最后终于知道'傅炯杰'去了Y市。你爸就急切地想抓住他,乘飞机时心脏病突然发作,送到医院后,已经来不及了。"

兆明拿出手机:"这是你爸临终时的一段录音,当时他已经不能写字,说了几句话,我赶紧用手机录下来了。"

听筒里传来父亲含混的断断续续的声音:"虹虹……女儿,爸爸……很想你啊。爸爸看着你……在受苦,爸爸却帮不了你,爸爸要……走了,你好好改造,好好……听政府的话,出来后好好照顾妈妈……"

我泪纵满脸:"爸爸……"

我刚想说,爸爸,我也想你啊。

才发现,听筒中,已是,无声无息。

吹过七号监室的晓风

1

清晨5点不到,我就醒了,愣愣地盯着天花板。

在这七号监室快三个月了,我也快由"新收犯"变成"老犯"了。这三个月来,我记不清自己做了多少个噩梦,醒来总是冷汗淋淋。

林晓风悄悄把头探过来:"虹姐,你又做噩梦了?我昨晚也做梦了,梦到我妈了,也不知我妈死了没有,反正我爸妈早就不要我这个女儿了,就算我妈病死了,我爸也不会到监狱来给我报丧的。"

林晓风自顾自地说:"还有那个王蓓莉自杀,死没死痛快,倒害了一大帮子人。我知道虹姐每天拼命干活就想争先进,好上报减刑。是啊,你跟我不一样,你有爸妈在外等着,我却什么指望都没有,这个世上我也没个念想了,判十五年就十五年吧,我也打算把不值钱的身子一辈子交待在这里了……"

林晓风总是亲亲热热地叫我虹姐。我却不太搭理她。我们不是一个层次的人。

我因为轻信所谓的爱情,为那个男人挪用了一百多万证券公司资金,落得个锒铛入狱的下场。但我骨子里的清高,让我打心眼里瞧不起林晓风之类的女犯们。

林晓风以前因为吸毒罪被判了五年。出去后没过半年,又因为故意伤害罪被判十五年。听说她用半瓶硫酸,把一个花样美男的俊脸半分钟内变成了鬼脸。

我听了头皮直发麻。以后还是离这样的社会渣滓远点好。

监室里有两个人是因为经济犯罪坐牢的。一个是我,还有一个是张安希。

张安希原来在一家银行工作,后来不知怎么一个跟头栽到这里来了。她和林晓风都早我两年进来。

监狱这些年也搞干部知识化,因此张安希虽然并不是最早一个来监室,但她还是被任命为室长。

我觉得整个监室里,也只有张安希跟我层次相当,所以我对她一直挺友善,但也不能友善得太明显,怕别人说我拍室长马屁捞好处。但张安希,好像并不买我的账。

林晓风曾对我说:"虹姐,你干吗热脸贴人家冷屁股啊,不值当。那人,虚伪。我们没文化大老粗,她不用防,但她得防你,你对她的地位有威胁。"

林晓风不止一次对我说:"虹姐,你与她们不一样,她们是污泥浑水,你很干净,从那次你帮王蓓莉的事我就看出来了。"

我依旧冷冷的,心想:你别把我带脏了就行。

2

"林晓风,警告过你多少次了,深更半夜不睡觉,当心我报告马警官扣你分!"

监室长张安希压着嗓门一声厉喝,林晓风嘴里虽然小声嘟囔着,但还是缩进了被子里。

张安希话音没落几分钟,起床铃鬼叫一样地响起。五点了。

我们分秒必争地穿衣,将被子叠成四棱四角方方正正的豆腐块,十二个人规规矩矩地坐在板凳上等狱警来开封。

"开封"是行话,就是开监室的门。

监狱里对自杀这件事是严格防范的,因为一旦有犯人自杀成功,从监狱领导到干警,再到其他犯人都要受到处理。领导和干警可能被降职或调离,其他犯人也会"连坐",失去当年的减刑机会。

王蓓莉虽然自杀未遂,但我们监室的罗干警还是被降职调走了,来了个姓马的干警,是个母夜叉一样的四十多岁的胖女人,发威的时候,脸上的横肉一跳一跳的。

背地里我们叫马干警"马夜叉"。

"马夜叉"来开封了。 阵门锁的声响之后,室长张安希一声口令"起立",我们全部噌地从凳子上直挺挺地站起来。

"报告马警官,七号监室十二名学员集合完毕!"

开封之后,我们排队出去洗漱、上厕所,然后回到监室坐在凳子上吃早饭,所有这些事必须在一小时内完成,所以做什么都火烧屁股一样。

上厕所的时候,大嘴巴黄胡敏咧着她的大嘴揶揄我说:"林虹别忘了把肚里那泡水控控干啊,省得等会儿又吃张室长和马警官的瘪!哈哈哈!"

我恼怒地狠狠瞪了黄胡敏一眼,真想朝那一嘴黄板牙抡过去一拳头。

"黄胡敏,闭上你那张臭嘴,找抽是不是?"我还没发作,林晓风忽地过来,挡在我面前,"欺负新来的,算什么本事,有本事来欺负我试试!"

早听说林晓风生得虽不牛高马大,但打起架来是不要命的主,监室里的其他人都怵她三分,就连室长张安希对她也不敢太过分。

黄胡敏之所以这样说,是与一个月前王蓓莉的那件事有关。

那时我进来两个月,王蓓莉比我晚进一个月。

女犯们干的活很杂,除了一些手工活,比如打毛衣、做纸袋、折信封之类的,再有就是踩缝纫机做衣服这些活儿。虽然看上去不算重活儿,但是活儿量大。每人每天都有规定的指标,比如打毛衣,新收犯的指标是每两天一件,新收犯指进来不满三个月的人。老犯的指标是每天一件。

一天一件毛衣！我初听这个指标时瞪大了双眼,我记得那年我给我爸打一件毛衣,打打停停,差不多打了半年才打成。我看到林晓风打毛衣时,快得连针都看不见。林晓风说:"没办法,逼成这样,打不完就不能睡觉。"

要完成这么艰巨的指标,就必须得争分夺秒地干活。像打毛衣、做纸袋等这些活儿可以在监室坐在凳子上干,要踩缝纫机的活儿就必须在工厂车间里干。

在监室干活的时候,一人一个便桶放在床底下,内急了,就当场解决。

但在工厂里,上厕所很麻烦。厕所门是锁的,要上厕所了,先得报告室长,室长再向上报告,等到批准后,干警打开厕所门,还必须要两个人陪同着才能去。

但所有人都在争分夺秒赶指标,每个人都害怕被打断。偏偏那天王蓓莉来了例假,肚子痛不舒服,先上了一次厕所了,过了一个多钟头,她又报告说要上厕所。

黄胡敏开始骂骂咧咧了:"哪个女人不来那东西,来就来了,有什么大不了的！那么娇气的大小姐身子,怎么还到这里来啊？该躺在大别墅里享福！室长,刚才陪她去厕所耽误了我很长时间,这下别让我陪了啊！"

张安希也不耐烦地说:"我说王蓓莉,你消停会儿行不行,我不去报告罗警官了,要去你自己去。"

王蓓莉肚子痛加上气愤,脸白一块红一块,虚弱得直喘气。

我看不过去,站起来说:"大家都是女人,怎么就不能体谅一下呢?"

我对王蓓莉说:"王蓓莉,我帮你去喊报告,我陪你上厕所!"

我的一声报告,没把王蓓莉喊进厕所,倒把自己喊到了罗干警面前。

罗干警睨斜着眼睛,目光像把我脱光了似的,上上下下打量一番,冷冷地问:"你叫林虹? 胆儿挺大的啊,刚来俩月就敢这样目无上级,啊?"

我知道警官没有批准犯人讲话之前,犯人是要请示的。我问:"警官,请问我可以讲话吗?"

"你讲。"

"是的,警官,我叫林虹,是刚来两个月的新收犯。我觉得我为王蓓莉喊报告不是目无上级,是因为室长张安希不肯喊报告,我看到王蓓莉肚子痛得厉害才……"

"还有理了! 别以为你是什么大学生在这里就可以高人一等了,告诉你,我不管你在外面是只虎还是条龙,到了这儿,是虎你得给我趴着,是龙你得给我盘着!"

自从出了那次上厕所的事之后,王蓓莉就像个哑巴一样。

王蓓莉进来时间不长,干活儿肯定会比较慢,而规定是同监室只要有一人未完成当日指标,全监室都不得睡觉,直到帮她完成指标。

这天,已经夜深了,只有她一人指标还没完成,拖了大家的后腿,黄胡敏和另外几个人嘴里不干不净地骂着。

第二天早上,黄蓓莉就被发现用一根磨得很锋利的牙刷柄割脉自杀了。鲜红的血,顺着那只悬垂的手腕,一滴又一滴,地上汪成一大片。

那牙刷柄被磨得很薄很锋利,不是一天两天能磨得出来的,看来她早有此心。

王蓓莉终究没死成。然而,她更沉默了。

进了监狱的女犯,尤其是头一年,许多人无法承受精神上的重压,往往想求死解脱。但想死并没有那么容易,监室里严格禁止使用金属类用具,比如剪刀、针、小锤之类的东西,犯人打毛衣一律用竹针,不用金属针。这里吃饭不用筷子用调羹,有人就把整个调羹吞进肚里,还有人喝缝纫机的润滑油,都死不了。有人闹绝食,四个人一按手脚,把吃食从嘴里灌下去。

王蓓莉事件之后,所有人的牙刷都被换成软塑料柄的,像弹簧一样,看你怎么磨去。

3

破天荒的,林晓风的爸爸在亲属接见日里来看她了。林晓风才知道她妈妈已经瘫痪痴呆好几年了,她爸怕林晓风知道了伤心,就一直瞒着她。

这次医生说大概只有半年活头了,他才决心把这个消息告诉女儿。虽然他对女儿恨铁不成钢,但毕竟是亲生孩子,还有啥不能原谅的?他来,是想问问女儿能不能出得来看妈妈最后一眼。

接见的时候父女俩隔着一面玻璃墙,爸爸头发也花白了,哭得腮帮子直抖。

林晓风看到附近有个两三岁的孩子在那里哇哇哭喊着,对玻璃那边的母亲伸着小手:"妈妈抱,妈妈抱!"那边的母亲心都碎了,却连女儿的脸也摸不到。

看到这一幕,林晓风想到自己的妈妈,心内如汤煮。她觉得自己对不起妈妈,如果不是自己坐牢,妈妈可能不会痴呆,也不会瘫痪。

要想获得出去的探亲机会,必须有立功表现,还要有人上报。

平日诸事不关心的林晓风,仿佛变了一个人,变得无比积极,什么脏活累活她都抢着干。

她就想在这半年里多多表现和立功,争取一个能够出去探亲的机会。

晚上十二点多,刚完成了今天的指标,大家准备休息了。黄胡敏忽然叫了起来:"哎呀,我今天下午刚买的烤肠不见了,我明明就放在床底箱子里的!"

张安希说:"黄胡敏,你再好好找一找。"

黄胡敏又找了一遍,带着哭腔说:"真的没有了啊,我特别爱吃烤肠,这几根烤肠是我花光了这个月的食品配额才买到的。"

在这里的每个人都知道,吃上一顿好的,对于我们的诱惑有多大。

狱里有个小超市,这个超市不收现金,都是用一张狱里配的卡买东西。每个月日用品不限额,但食品限额,一般每月只能买六十到一百元的食品。在外面,一百元也许能买不少食品,但这个小超市里东西很贵,反正就这么一家,别无选择,一百元钱买不了几样吃的。

所以黄胡敏丢了"昂贵"的烤肠哭天叫地,没什么好奇怪的。

张安希说:"监室里不可能有外人来,只有一个可能,那就是被同室的人偷了!"

她严厉地扫视了一遍所有人,说:"谁偷的,请自觉交出来,不要等抓了现行,脸上不好看,再报告到马警官那里处分就更不好了!"

我打了个哈欠,很困,反正不关我的事。我说:"报告室长,你们慢慢查吧,我想先睡了,昨晚我没睡好。"

张安希说:"不行,没查清之前,谁都不准睡觉!"

"又不关我的事,为什么不能睡觉?你知道现在什么时候了?半夜了!明天还要干一天活!"

"你怎么知道不关你的事?没查清楚之前,每个人都是怀疑对象!"

我觉得张安希这话对我构成了污辱,我说:"张安希,你讲话注意点,我还不至于卑鄙到偷几根烤肠的地步!我睡觉了,恕不奉陪!"

正当我又困又累迷迷糊糊之际,一个声音炸雷一样地将我震醒:"报告室长,我今天亲眼看到林虹偷了黄胡敏的烤肠!"

——是林晓风的声音!

她们从我床底下的箱子里搜出了黄胡敏的烤肠。

我百口莫辩。

我被记大过扣分,并给予严重警告处分。

半年前,我最恨的是那个害我坐牢的男人。

现在,我最恨的是林晓风。是她,把我变成了一个人人避之不及的"贼"。

我曾质问林晓风,话刚出口,就被张安希截住:"你还好意思质问人家?你做的事大家伙儿都看在眼里了,你还抵赖,有意思吗?"

我气得腔子里有一口血,咸苦咸苦的,往上涌。

4

我怎么也没想到,两个星期后,张安希自杀了。

但张安希没有死,死的是林晓风。

张安希外面有一个相爱多年的男朋友,她进来前,男朋友发誓会一直等她,等她出来就结婚。

这两年,张安希事事都是积极分子,拼命地努力改造,拼命地拍干警马屁,就是想获得减刑的机会。

她做梦都没想到,那个两年前对天发誓的男人没对她说一个字,就与别的女人结婚了。

张安希一下子觉得眼前一片漆黑。

她处心积虑偷到了小超市里一把专门用来切西瓜的匕首。

半夜,正当她想结束生命的时候,被林晓风发现,林晓风拼命阻止。却不料,拉扯之中,锋利的刀刃割断了林晓风的颈部大动脉。

当林晓风被乱哄哄地抬起来时,她气若游丝地喊我的名字,并在我耳边气若游丝地说了几个字。

林晓风没有活过来。她没有想到,她会比她妈妈更早离开这个世界,而她最终,没能看到妈妈一眼。

5

我从林晓风的床底箱子里,拿到了那本用铅笔写的日记。日记起始日期,就是她指证我偷了黄胡敏烤肠的第二天。

"张安希答应我,只要我指证林虹,她保证把我的积极表现上报马警官加分。我知道张安希是为上次王蓓莉的事对林虹怀恨在心,要报复她。张安希趁林虹不注意,让黄胡敏把烤肠放进了林虹的箱子里。唉,为了早点能出去看妈妈,我就昧着良心当一次坏人吧。

"指证林虹后,我天天睡不好觉,我觉得自己猪狗不如。林虹,对不起,对不起。这个世界上,我最亏欠的就是我妈,二十年前我爸就跟她离了婚,我又一直不争气……好容易坐牢五年出去了,又被那个千刀剐的男人骗。我咬牙用硫酸把那张小白脸变成鬼脸,省得以后再去害别的女人。

"张安希说话不算话,今天又对我说出去探亲太难了。唉,怎么办?我白害了林虹。

"今天我自己找到马警官,把我害林虹的事说了,我心里才轻松点。林虹平反了,她再努力改造,会有减刑机会的,林虹是个好人。马警官别看样子凶,心其实还蛮好的,她让我自己写申请,她尽力帮我往上头报,看能不能批下来,我今天马上就写申请。"

……

泪水,打湿了日记本,林晓风歪歪扭扭的铅笔字,在我的眼前模糊起来。

同监室如果有一个人自杀成功,其他人为减刑所做的所有努力都付诸东流,所以,林晓风为了我早日获得减刑机会,拼命地阻止张安希自杀。

我抬头,眼望七号监室上空那一方灰蒙蒙的天。

有风吹来。

仿佛是林晓风对我说:"虹姐,好好努力,好好改造,争取早点出去。出去的时候,千万记着带个杯子走,千万记着别回头——'一杯(辈)子不回头'。"

嫁个"次优男"

1

一般女孩子找个"五优男"就满足啦——个子高,长得帅,工作稳,性格好,会做家务疼老婆。简直"五好"模范了。

可丸美是个十足的"完美"主义者,十八岁的时候,她就宣布:"我要找就找'六优男',少一优都是'次优男',坚决不嫁,本姑娘宁缺毋滥!"

丸美的所谓"六优男",就是前面五优之外,再加一个"爱干净"。

就为等这"六优男",丸美把自己从少女等成了剩女,再等成了剩斗士。

经过无数崎岖峥嵘,丸美终于以三十三岁"高龄"结束了自己剩斗士的生涯,嫁给了"六优男"迟游。

迟游一米八,长得有点像歌星游鸿明,在机关工作,性格温顺,丸美让他到东他不敢往西,叫他追狗他不敢撵鸡。他还烧得一手好菜,一盘黄油土豆泥香得差点让丸美把舌头吞下去。而且,迟游还很爱干净,每次约会他都清清爽爽,里里外外都散发着悠悠的男人香。

丸美背地里无数次合掌感谢老天——这样的"六优"极品男居然还能轮到我剩斗士,不是老天眷顾那是什么!这样的"六优男"岂能让他溜走?于是谈了不到一年恋爱,丸美就把自己变成了迟夫人。

2

新婚的新鲜像是那随开即萎的昙花,转眼消失不见。新婚不到两个月,丸美就发现迟游的一大缺点:不拘小节,不讲卫生。恋爱时迟游的干净原来是彻头彻尾的假象和伪装。现在的迟游,可以三天不洗头,可以一周不洗澡,对这,丸美深恶痛绝,严重警告他。他赔着笑脸当面诺诺,一转身又忘得精光。

丸美想,难怪鬼才李敖说:"别说我没告诉你,婚姻就像'黑社会',没有加入者不知道其黑暗,一旦加入又不敢吐露实情,逃出来的保住小命就算不错哪敢多话?所以婚姻的内幕永不为人所知。"

原来真是如此。

丸美特别爱干净,买菜都一定要买超市用保鲜盒装的净菜,早上上班前洗一次澡,晚上下班后洗一次澡,连数九寒冬都天天如此,连她亲妈都说她洁癖症过头了。丸美的妈妈警告丸美:"大冬天的,迟游三天没洗头,一周没洗澡,也不是什么十恶不赦的罪过啊!迟游这孩子妈看挺好,你可不要小题大做坏了夫妻感情。"

可丸美依然耿耿于怀,心想,挑了半天还是挑了个"次优男"。

那天,迟游工作上遇上点不顺心的事,在客厅拿了根烟抽,左手是拿了烟灰缸的,可是心思恍惚不小心落了一点烟灰到地板上,丸美马上声色俱厉地数落起他来。

工作上的憋闷和丸美的喋喋不休终于让迟游一改往日的温顺,火山一样地爆发了,他将烟头猛地掼到地板上:"我他妈早受够啦!活着多累啊!单位单位受气,想回家来安静会儿,还是一刻不停地受气!这是家,不是天堂,有点灰咋的了?这也天天洗,那也天天洗,不费水不费电?没办法,我这人从娘胎出来就不是干净人,你要找干净的你找去,我不拦你!"

丸美愣怔怔地看着迟游,像不认识他似的,从恋爱到结婚,他从来没对她说过半个"不"字,如今结婚才半年,他就原形毕露。难怪结婚前好友小曼就警告她:"男人是变色龙,结婚前你是他心口美丽的百灵,你在卫生间洗澡洗了一个小时,他会温柔地叩门,'亲爱的,洗好了赶快穿衣服,小心别着凉感冒';结婚后你是他口袋里的乌鸦,你洗澡二十分钟,他就粗鲁地砸门,'洗个澡快赶上蜗牛上天了,浪费水电不要钱啊!'"

悔不该当初猪油蒙心,千挑万选还以为他是个什么"六优男"！丸美越想越伤心。她喉头发硬地收拾衣服,摔门而去。迟游知道她回了娘家。他想,走了倒好,耳朵终于清静了！

3

丸美的爸妈出去旅游去了。那晚,丸美怎么也睡不着,这是她与迟游结婚以来第一次一个人睡。她想起,每天晚上她都是枕着他的臂弯入睡的,头挨着他的胸膛,夜深人静听得见他胸腔里咚咚咚的心跳声,这有节奏的声音陪伴她做着一夜夜安恬的梦。

好容易挨到天亮,她起床准备上班,洗漱时总感觉少了什么东西,才想起原来少了他剃须水的香味;洗漱好后,她很自然地走到餐桌边吃早餐,却发现桌上空空如也,平时都是迟游准备好丰盛的早餐,捏着调门儿叫:"老婆大人请用膳！"出门的时候,丸美老觉得有什么事情没做,再一想,哦,原来是没有与迟游吻别。

其实那晚,迟游也是一夜未眠。这也是他婚后第一次一个人睡觉。起初,他开心于这种舒坦。可是莫名其妙,他到夜里十二点还睡不着,他想起,每天晚上她都是枕着他的手臂入睡的,脸庞靠着他的胸膛,丝丝的发香幽幽地钻进他的鼻,伴随他一夜夜的好梦。

他和她都惶惶然、空落落过了一天。想给彼此打电话,手机拿在手上,终于没有按下拨通键。他想:咱做一回男子汉大丈夫,看你还能憋几天,小样!她没接着迟游的电话,也赌气:想我先打给你,门儿都没,连窗户都没!

下班走到小区门口时天已黑透,丸美来到自家那幢楼下,摸索着上楼,这几天楼道灯坏了,黑咕隆咚的,她小心翼翼地上楼走到自家门口,从包里摸出钥匙摸索着开门。忽然,腰被人从后一把抱住,她大惊,刚喊出"迟游救我……"唇却被另一张唇堵住了……

"迟游可救不了你,只有'次优男'救得了你!"

"你个死'次优男',开门,看本夫人怎么修理你!"

亲爱的蚜虫你快长出翅膀

1

当启光从江西老家回上海的时候,一切都变了。

娅儿向他提出了分手,不是亲口告诉他的,是发来了短信。事实上,自启光从江西回来,娅儿就拒绝见他。

接到娅儿短信的时候,启光的身子晃了晃。

在这之前,他打电话给她,一直无人接听,他担心得要死,一遍遍地发短信给她:"娅儿,你怎么不接我电话?收到这条短信,立刻复我。"

没有回复。

启光耐不住,虽然已经知道娅儿请假了,但他还是抱着一丝侥幸跑去了娅儿的公司。

娅儿平时挺要好的同事,用一种同情的眼光看着启光说:"娅儿两周前开始请假了。"

"你知道她请假去哪儿了吗?"启光问。

同事有点不好意思地欲言又止。启光说:"没事,你说吧。"他心里有了一种不祥的预感。

"娅儿跟男朋友去国外旅游了。"

虽然已经有了一些心理准备,但真的听到,启光的身子还是不由自主地晃了晃。他勉强挤出一丝笑意,冲娅儿的同事点点头,扭头就走了。

走到外面,阳光刺得他眼睛睁不开。他干脆闭上眼睛,任时间裹挟着十月的风从他的耳边呲呲而过。

这次回老家,是为父亲办丧事。半年前父亲得了重病,那时他工作实在太忙,父亲生病期间,他只回去看望过父亲一次。

父亲在医院快不行时,他正在公司加班,姐姐给他打电话,他撂下手头的事情直奔火车站。他这才发现,平时以为大过天大过命的工作,到这时候却轻如鸿毛。此刻什么都不重要了,只有见上父亲最后一面最重要。

他在路上祈祷父亲等等他,等他这个不孝的儿子见父亲最后一面。

然而,父亲终究是没有等及。他乘的火车进入江西境内的时候,他收到了姐姐的短信:"小光,爸走了,你路上慢点吧,不要赶了。"

身边坐满了不相识的人,他的心里积郁着浓重的悲,喷薄欲出。

他装着去洗手间。他扣紧火车洗手间的门,捂住脸大声呜咽起来,泪水顺着他的指缝滴落在便池里。他知道他的泪水是留存不住的,那便池直通地面,强劲的疾风会瞬间将他的泪滴吹向虚无。

他风尘仆仆地赶回家中,父亲已经穿上了簇新的衣裳躺在了一块门板上,脸上盖着黄表纸。父亲头边摆着一把小椅子,椅子上点着一盏小油灯。这是他家乡的风俗,人去世后灵魂要升天,在头边点燃一盏灯,是为了照亮他的灵魂,顺顺当当地走从家里到天堂的路。

瘦小的母亲一见到儿子回来了,原本已经哭红的双眼里再次滚出大颗大颗的泪珠。启光把母亲紧紧搂在怀里,他能触摸到瘦小的母亲那硌棱人的肩胛骨。

启光轻轻掀开父亲脸上的黄表纸,说:"爸爸,原谅儿子的不孝。儿子回来晚了,爸爸你一路走好。"

晚上守灵,凌晨一两点,白天累了一整天,启光让家人都去睡了,他一个人却睡意全无。这一天攘攘扰扰着,也没来得及给娅儿打个电话,连个短信也来不及发。他这一天,手机放在包里就没打开过。

他想,应该会有娅儿的关心短信吧。

他打开手机,除了跳出几个同事、朋友的短信之外,娅儿一字也无,他的心里生出淡淡的失落。他想她应该在睡觉,不打电话了,就发条短信吧。他发:"娅儿,你好吗?今天忙了一天。父亲永远走了,心里很痛。打开手机发现没你的消息,心里有点失落。你保重好自己,我办完爸爸的丧事就回上海。"

一夜都没收到娅儿的回信,启光的心里七上八下。第二天早上八点多,他估摸着娅儿应该上班了,便悄悄躲到一边给她打电话,手机是通的,却一直无人接听。

他焦急地又发了几条短信过去,仍是没有回音。打电话去娅儿公司,对方说娅儿请假了,问他知道她请假去哪儿了,对方说这就不知道了。

他在患得患失的焦急中,办完了父亲的后事。

2

失去了娅儿,启光的心里像破了一个大洞,空荡荡的。一想到娅儿与另一个男人在国外的碧海蓝天下携手同游,他的心就像被撕扯着一样疼。

他无法静下心神来工作。娅儿以前在她公司不远处租了个小房子,这间房子是一间私房,已经规划在市政拆迁的范围。

启光找到房东的电话,试着给房东打个电话问问,得知娅儿还没有退房,他的心里又生出了希望。他知道,只要房子没退,她迟早会回这里的。

他每天下班要穿过大半个城市,从郊区的公司到娅儿的租屋前看看,然后再乘公交车回自己的住处。

一个多星期过去了,这间小屋仍是静默紧闭着。

这天是星期六,他一早就来到小屋前坐着。早饭也不想吃,临近中午,秋阳照耀着,四周明亮耀眼,而他的心里却灰暗萧瑟。

世事变幻无常,人心难以捉摸,他做梦也不会想到,朝夕相处四年多的恋人,说变心就变心。这个世界,还有什么是他能够相信的呢?

他与娅儿是大学同学。他来自江西,她来自河南,两个都是农家子弟。虽然在各自的家乡,他们都是令人羡慕的天之骄子,然而在那些衣着光鲜的城市同学面前,他们却感觉自己是那么格格不入。

大一的时候,他们并没有什么交集,那时候,同学们都还没有从高三的紧张学习惯性中解脱出来,一个个都还是埋头苦学的好学生。大二时,学习氛围就大大降低了,那时候学校里流行一个说法:大一不学习的是傻瓜,大二傻瓜才学习,大三傻瓜都不学习,大四全体都成了傻瓜。

还有一个异曲同工的说法,借用鲁迅作品的名称:大一是呐喊,大二是彷徨,大三是伤逝,大四是朝花夕拾,如果有大五,就是坟。

还好启光与娅儿仿佛是个另类。他们知道自己除了学习好,没有任何优势。就算将来毕业要想留在这个城市,他们靠不了任何人,能靠的只有自己。

大一时的启光与娅儿只顾埋头学习,没有留心到对方。到大二时,班里忽然流行过生日聚会送礼物。几十块钱百把块钱的礼物对于那些城市同学来说算不了什么,但对他们这样的农家子弟来说,却是一笔不小的数目。

原本他们上大学能凑足学费,就已经把家里弄了个底儿掉,而且还欠了外债。平时吃菜他们都拣最便宜的打。一次百十来元的开支,就已经够他们受的,何况全班三十五个同学,每人每年都有一个生日,这让启光和娅儿这种农村学生叫苦不迭。

娅儿难以面对这种难堪,所以常常同学生日聚会前,她都提前溜掉,拿上一本书躲到学校后面的一片树林里去。

而对于启光来说,这种时候学校后的那片小树林也是他最好的去处。

于是,他们慢慢熟识了。从最初的相互微笑,到互打招呼,再到简单地聊天,直至谈心。

恋爱之后,他们就把钱合在一处,饭菜也打在一起,本来两块钱只能吃一份菜,现在两个人凑在一起四块钱,就能吃两份菜了。

虽然娅儿知道启光的家庭情况,但她从不以为意,学生时代的爱情不就是这样单纯的吗?他们就这样相濡以沫,并以爱互相勉励,学习上并未荒废,两个人都以优异的成绩毕了业。

毕业后,优异的毕业成绩单,为他们找工作增添了不小的筹码,很快他们就各自在上海找到了工作。他们想着,两个人都好好工作,然后攒钱买个小房子,不需要太大,够住就行,等以后经济更好些,再换也不晚。

未来,像画卷在他们眼前绵延伸展。

因为娅儿的单位在市中心,而启光的单位在市郊,为了工作方便,他们就各自在公司附近租了房子。娅儿是个比较传统的女孩,虽然在学校里,就有不少学生情侣在校外租房同居,但娅儿不。就算毕业之后,她也不愿同居。启光是农村孩子,思想也不算开放,也能理解娅儿的想法。

周末时,他们会一起逛逛街,做做饭。启光配了一把自己屋子的钥匙给娅儿。娅儿却没有主动配钥匙给他,他也没好意思要。

3

无论生活欣悦也好,痛苦也罢,时间都是那样不紧不慢地流逝。

转眼几个月过去了。

这几个月,启光被巨大的痛苦笼罩着。世上最痛苦的事,莫过于被自以为是最亲的人无缘无故地无情抛弃。

每天下班后,反正别的也不想干,就跳上公交车,去娅儿的小屋前看看。虽然知道终究是失望,但他还是忍不住。仿佛只有这样,才能让自己好受一点,才能让自己还能留存一点渺茫的希望。

这天,启光下了班像往常一样乘公交车穿越大半个城市。

公交车快要到娅儿屋子附近的站点时,启光的眼睛一亮,从车窗蓦然看见一个熟悉的身影。他的心狂跳着,他揉了揉眼,再仔细看,不错,正是娅儿!他激动得差点叫出声来!

然而很快,他就由激动转为悲愤了——娅儿不是一个人,她的身边有了一个男人,那男人扶着娅儿,娅儿走路有点鸭子似的蹒跚着——启光脑袋里轰的一声——她都怀了别人的孩子了!

恋爱四年多,她一直拒绝与自己有肌肤之亲,他一直认为她是个传统而羞涩的好女孩才会如此,如今在这样开放的大环境下,这种女孩已经极少了,所以他不仅不怪她,还对她更加心生敬重。没想到……

这样算来,在与自己保持着恋爱关系的同时,娅儿早已与这个男人在一起了。他一瞬间觉得血冲脑门。

他看见那男人扶着娅儿进了小屋。公交站与小屋隔着一条马路,启光在公交站能将小屋尽收眼底。

大约过了一个多小时,小屋门开了,那男人从屋里走出来。启光猜想,男人大概是出来给孕妇买点什么东西。他的嘴角掠过一丝苦笑,好恩爱的一对。

启光目送着那男人拐过一个街角,然后快步穿过马路,来到小屋前。

他轻轻一推,出乎他的预料,门竟然没有上锁。

他的心剧烈地怦怦跳着。他推门进去,看见娅儿正坐在一个小椅子上背对门收拾着什么,听见响动声,她头也没回,说:

"馄饨这么快就买回来啦?"

启光没有作声,靠在门上默默地望着她。一瞬间,他心里云水苍茫。

她觉出了空气里的异样,回过头来。她啊了一声,手里的几件衣服掉落在地上。

启光眼里闪着冷而怨的光:"很意外是吧?很不愿见我是吧?躲了我这么多天,连孩子都被别人怀上了……"启光忽然就哽咽了,有点说不下去。他很恨自己的软弱,恨自己的不争气,本来想好进来首先给这个女人一记响亮的耳光的,可是,一见到她,他的心里竟然就涌起了许多的柔软,涌起在一起四年多的日日夜夜。

几个月没见,她比以前憔悴、苍白了一些,想必怀孕很辛苦。

"娅儿,"他叫了一声她的名字,眼里就不争气地泛起了泪意,"为什么?你好狠心,四年的感情,你说扔就扔……"他有点说不下去了,心里像被尖尖的芒刺戳着。

"娅儿,你心里清楚,这四年来我对你的感情怎么样。你不在的这几个月,你知道我是怎么过来的吗?我像在炼狱里一样,爸爸死了,你走了,我觉得我就是一具行尸走肉。是的,我没什么钱,可这是从咱们认识起你就知道的。"

他苦笑了一下,环视着小屋:"你离开我,我不怪你。但你要找,也要找一个比我有钱千百倍的吧,那个人,也不像什么有钱人……别的不说了……"

他顿了顿,像是很艰难地吐出一句话:"我、我今天只想问你一句,这四年,你真的爱过我吗?"

娅儿低着头,看不到她的表情,她低声地说:"现在说这些还有什么意义呢……你,快走吧……不要让我为难……"

他想,她是怕他待会撞上那个男人吧。

他不动,望着她。

其实他是不敢迈出这个门,他怕迈出这个门,他以后就真的再也见不到他深爱的娅儿了。

她仿佛看透了他的心思,忽然抬起头来,眼中闪烁着泪花,望着他说:"我答应你,我以后还住在这里,你还能看到我,你快走吧,我求求你!"

他看到她的泪,他的心在一瞬间很疼,他的坚持也在瞬间崩塌。"好,我走。"

4

启光这些天心里恍恍惚惚,晚上在床上烙饼,直到东方放白也合不上眼睛,脑子里全是娅儿那双含泪的眼睛。白天头脑昏昏沉沉,工作差错频出,上司汪总监找他谈话,汪总监说:"启光你父亲过世了,我们大家都很理解你的悲痛,但这不能成为你工作频频出错的理由。"启光诺诺连声,并说下次不再犯。

可等到下次,还是犯。平时犯点小错误,汪总监也就睁只眼闭只眼,补救过来也就算了。但这次的娄子捅得大了点,被启光得罪了的那个客户来头不小,一状告到老总那里去了,连带汪总监都挨了一顿批。这下汪总监罩不了他了,启光知趣地办了离职手续,离开了公司。

不用上班了,他囤了一箱方便面回到出租屋,整天整天把自己关在屋子里,饿了就吃点方便面,吃完就蜷在床上昏昏沉沉地睡。说是睡,其实是睡不着的,似乎只有闭着眼睛,他才能把自己封闭在一个没有痛苦的壳里。

这一天,当他的脑海里再度浮起娅儿那双泪眼时,他腾地从床上坐了起来,他坚信她还是爱着自己的,否则她不会对自己的心思一击即中,否则她不会流泪。至少,她对他还是怀有旧情的。

他为这个发现,激动得一夜彻底无眠。

"可是,她已经怀着别人的孩子……"心底一个声音在提醒他。

"只要娅儿能再回到我的身边,我就当那是我自己的亲生孩子。再说,那孩子身上也流淌着娅儿一半的血。"他说服自己道。

5

525公交车站对面的人行道上,隔不多久就会出现一个男人牵着一个穿着大棉衣戴着绒帽、走路蹒跚的女人,然后一起走进一间小屋里。

这一天,已经薄暮四合了,男人将女人送到小屋前的时候,跟女人说了几句什么,女人点点头,男人就急匆匆地走了。

女人一个人慢慢地走到小屋门前,慢慢地从棉衣里掏出钥匙……

就在她把钥匙插进锁孔打开屋门的一刹那,后面突然冲来一个人将她推进屋里,等她缓过神来想喊救命时,她的眼睛和嘴巴都已经被胶带牢牢地封住了。

她在一片惊恐的黑暗里,嘴里拼命地发出呜呜呜呜的声音。一会儿,她嘴上的胶带被撕掉,她的耳边传来一个低沉的男人声音:"老实点,只要钱,不要命,只要你老老实实地按我说的去做,就可保你不死!马上把你男朋友的电话号码给我,我要他拿钱赎人。"女人犹豫了一下,报出了一个手机号码。

绑匪拨了号码,低沉地说:"听着,你女朋友现在在我手里,半小时内拿两万块钱来赎,否则后果自负!"

绑匪把女人用被子裹起来,然后用胶带一圈圈绑死被子,再把女人背到小屋拐角处的一个角落里。临走时,又把女人的手机带走了。

二十多分钟后,启光的手机突然急促地响了起来,是一个陌生的手机号码,他接起来,电话里传来一个声音,是娅儿,娅儿在电话那头哭得上不来气:"启光,快来救我……我被绑架了,我给了绑匪你的电话,你不要拿钱来……"

"我已经报警,警察马上就要来了!娅儿,不要怕,我马上就过来……你用谁的手机打电话的?"

"是一个邻居的手机,我嘴巴被封住了,我拼命喊出一点声音,有一个邻居出来扔垃圾发现了我。"

启光赶到的时候,已经有三个警察在娅儿的小屋里。

受了不小惊吓的娅儿,一见到启光,就扑到启光的怀里,大哭起来。

启光紧紧地抱住她,轻轻拍着她的背:"不哭,不哭,没事了,有我在,不怕,啊。"

6

派出所里。

黄队长坐在桌边,望着对面坐在凳子上垂着头的启光。

"说吧,小伙子。"

启光不作声。

黄队长微笑着:"不说是吧,那我替你说吧。你先雇了个小偷把娅儿哥哥的手机偷走,让他不得不再去买手机,这招调虎离山用得不错嘛!小伙子,你不当警察都可惜了。说说吧,为什么要这样做?你的小把戏瞒得了娅儿,还能瞒得了我们警察的眼睛吗?"

启光仍是低着头,不作声。

黄队长说:"我知道你在担心娅儿,她没事,我们已经把她送到医院去了。"

启光抬起头,已是满眼泪水:"黄队长,对不起,给你们添麻烦了,我、我没有任何恶意,我……只是想挽回她的心。"

黄队长过来,拍拍启光的肩说:"小伙子,我理解你。但是,你误会娅儿了,她突然离开你,不是什么变心……"

启光疑惑地望着他。

黄队长停了一下说:"我们已经去医院了解过娅儿的情况了,她的状况很不乐观。她没有怀孕,只是得了大病。"

"你说什么?"启光惊得从椅子上弹了起来,"娅儿没有怀孕?得了大病?!"

"是的,昨天我和所里的张警官去医院了解情况了,娅儿得的是白血病。"

凌空一记闷棍一样,击得启光脑袋一麻。

黄警官说:"娅儿是个很善良而且很有大义的姑娘,昨天我与她谈了不少。她也是半年前才知道自己得了这个病,那时候你们还在一起,但是她一直没有告诉你她的病情,她一个人独自承受着巨大的心理负担,下不了与你分手的决心。

"直到你父亲过世,你回老家去了,她才下定了决心要和你分手。她知道你很爱她,让你知道真相你一定不肯分手,她不能耽误你一生的幸福。刚好那时候医院要求她住院,她就住到医院里去了。其实她的心里也很不舍得你,虽然去住院了,但一直舍不得退掉那个小房子,她说那里有着她和你的回忆。那个经常陪她回小屋拿东西的男人是娅儿的亲哥哥,他边打工边陪着妹妹治病……"

启光心痛得拿拳头捶打自己的脑袋:"我真浑,我竟然还怀疑她……我应该了解她是个什么样的好姑娘啊……"

黄警官说:"现在不是自责的时候,我也知道你假装绑架她,是为了要演一出英雄救美,让她感动而回心转意。这个事情的真相我们就不告诉她了。现在你要做的,就是好好地跟她在一起,陪她一起渡过这个生命的难关。"

黄警官伸出手,握了握启光的手:"小伙子,加油,一定会好起来的!"

7

日子兜兜转转,仿佛又回到了原来的轨道。

启光和娅儿再一次走到一起。苦难仿佛是黏合剂,将他们的命运更加紧密地联结在一起。

过去的事情,他们都心照不宣地不再提起。现在要做的,就是他紧紧攥紧她的手,朝前看,往前奔。

娅儿已经化疗两个疗程了,身体变得很虚弱。这样的身体,是否还要再继续化疗,启光拿不定主意。

娅儿的主治医生戴医生对启光说:"化疗这个东西呢,的确是把双刃剑。化疗说浅显点就是以毒攻毒,用毒药来毒死癌细胞;但同时这些毒药通过病人的脉搏进入身体,不可避免也会对病人的心、肝、肺等等各个脏器都产生一定的毒副作用。但是不化疗,癌细胞没有了天敌,可能会生长得更快。"

戴医生又说:"另外,我们医生也要客观地告诉你,就目前的医学科技,化疗也是不能断根的,只能说是延长病人的生命,化疗后如果找到配型成功的骨髓,就进行移植。从这些年的治疗经验上看,即使移植了骨髓的病人存活率也只有一半。费用也是要解决的一个问题,你要做好心理准备,几十万是肯定需要的。现在娅儿的预存医疗费大概还能支撑一个月,是否继续治疗,主要还是由你们自己决定。"

从戴医生办公室回来,看到另一个病房里护士正在给一个三十来岁的男青年在脊椎上抽骨髓,那年轻人哀哀地呼痛。启光心里一凛,不敢再看,急急地回到病房。

娅儿睡着了。昨晚她还在发烧,今天好容易退烧了,现在昏昏沉沉地睡了。

他坐在床头,默默地望着她苍白的脸。

他一直以为这个可怕的疾病离自己远得像是在另一个世界,只存在于电影或电视屏幕里。

小时候看山口百惠主演的《血疑》电影,他才第一次听说那个可怕的名字——白血病。

后来看韩剧,也听到过这个可怕的名字。但是他死也不会想到,这个可怕的名字会与自己最爱的人联系在一起。

如今,他也不知道这个世界是到底怎么了。这个医院里,血液科的床位根本不够,还有人没有床位就只好住在走廊里。

不幸生了这个可怕的疾病,除了经受精神和肉体的巨大痛苦之外,棘手的还有钱的问题。

启光从小生长于农村,虽然一直没钱,每年还会为那点学费愁烦,但那种感受不是刻骨铭心的。解决了学费之外的问题,无非是有钱就多吃点好的,没钱就吃差点,穿差点,但肚子总归是能哄饱的。

但现在不一样,没有钱就意味着眼睁睁地看着心爱的人走向死亡。

上午隔壁床的小王打了一针,一针就是三千块钱,她已经连续打了五天了,一万五就没有了。

一针三千块是个什么样的概念,就是几秒钟时间花去启光几乎一个月的工资。

为了给娅儿治病,启光把自己工作两年来的所有积蓄都拿出来了,娅儿父母已经将老家的一块宅基地卖了,她哥哥把准备结婚的新房也卖了。新房卖了,说好的媳妇连同从前给女方的彩礼钱都一起打了水漂。娅儿那憨厚的哥哥对启光说:"给妹妹救命要紧,媳妇没了就没了,以后还可以再找。"

戴医生说预存的医疗费最多只够维持一个月,那以后怎么办?启光感到胸口很憋闷,就轻轻走到外面,坐在医院后门的楼梯口,看着病人和家属进进出出。

他想起托尔斯泰说,幸福的家庭都是相似的,不幸的家庭各有各的不幸。可是不幸的家庭也是何其相似呢?就像这个医院里的病人和家属,有的满面愁容,有的眼睛红肿,还有的就像他自己一样,背着自己的亲人默默地流着泪水。

不知从哪里飘来一缕二胡的声音,是《二泉映月》。以前启光听到这首二胡曲时,只是有一些薄凉的感觉在内心汩涌。而今天听到这个曲子,他的眼前浮现出瞎子阿炳那孤苦无依、瘦长伶仃的身影,在清冷的月色下形影相吊。

他想现在的自己何尝不是像瞎子阿炳一样呢?内心孤苦,像一株碎萍在茫无涯际的汤汤河水里漂。甚至,他觉得瞎子阿炳比他好,阿炳反正是没有一个亲人,无牵无挂,哭笑无碍。而他呢,想哭还要躲起来哭。

天上忽然飘起了细雨,雨越来越大,启光没有动。他多想让这冷雨淋淋自己昏沉沉的脑袋之后,就能够想出什么办法渡过眼下这个难关。

既而又一想,不能淋,淋湿感冒了会传染给娅儿的。她化疗之后身体虚弱,抵抗力很差,传染上感冒可不是闹着玩的,要引起内出血就更要命了。

8

启光回到病房的时候,娅儿刚刚醒过来。他深吸一口气,然后绽开笑脸,用欢快的声音说:"娅儿醒啦!肚子饿了吗?"

快要没有钱支付医疗费的事,他没有对娅儿提起。

看到他进来,她虚弱地对他笑了笑,说:"不饿。"接着,娅儿又若有所思地望着启光,说:"王晓姐姐刚刚被抬到抢救室抢救了。"

启光这才注意到隔壁床上没人,他惊道:"王晓怎么了?"

"王晓姐的男朋友又找了一个新女朋友,她一下子受不了,突然发起四十度的高烧导致严重的肺炎,浑身痛得把心电图氧气管都拔掉了,她说她不想再活受罪了……"

王晓男朋友姓周,大家都叫他小周。启光见过小周,他是个高高的年轻人,听说在一家外企里工作。王晓去年得病之前,他们已经谈了两年多恋爱了,正准备谈婚论嫁,没想到王晓突然生了这个大病。

听娅儿说,一开始,小周对王晓应该说还是很不错的,为了照顾她,他连去德国培训深造的机会都放弃了。那时候王晓化疗过后,吃什么吐什么,小周都不嫌弃地为她清理那些秽物。娅儿私下里还对王晓说:"晓姐你好有福气啊!有周大哥这么疼你,受点痛苦也值了。"所以王晓病情虽比较严重,但在全病房她是最乐观的一个,常常挂着氧气还哼着歌儿,要不就打游戏。

那个游戏机也是小周买给她的。王晓也说过,她就希望自己快点治好,然后快快乐乐地与他结婚,为他生个小宝贝。那该多幸福啊!

王晓说这话的时候,目光透过窗户,遥望着远天的那抹浮云。

然而半年后,小周来的次数就慢慢少了。来一次,就不断地说工作实在太忙,脱不开身,让王晓理解。王晓理解来理解去,最后得到的却是他与别人订婚的消息。据说是小周的妈妈要儿子跟王晓断,说不能耽误儿子的青春。娅儿说:"放屁,他自己如果真的念着女朋友不愿意另寻新欢,天王老子也绑不住他!"

王晓的精神支柱在一瞬间訇然倒塌。生与死其实就在一线之间,那口精气神儿在,就活着;精气神儿没了,也就活不成了。王晓活不成了。

她高烧四十度,引起肺炎,全身剧痛,但她拒绝医生的救治。给她输液,她把针头都挣扎断了。她不断地喊:"求求你们,让我解脱吧。"医生无奈只得让许多人摁住她,给她注射了强效镇静剂,然后拉到抢救室抢救。

医生给小周打电话,说:"现在只有你能救她,你先答应等她两年吧,按照她的情况,两年都不一定挺得过去。"

可终究小周还是没有露面。医生再打,手机就换了号码⋯⋯

"真不明白男人怎么这么心狠,女朋友在鬼门关受苦,他还能搂着另一个女人逍遥快活,这世上的爱情,靠得住吗?"娅儿忽然抓住启光的手,幽幽地说:"你会离开我吗?"

启光点点她的脑门:"小傻瓜又说傻话。别多想了,躺一会儿,想吃什么,我去买一点。"

"我想吃馄饨。"

"好,我去买。"

路上,他想到娅儿的话,这世上的爱情,还靠得住吗?

是啊,连已结连理的夫妻,大难来临都各自分飞,何况仅仅是恋爱中的男女呢?

9

戴医生又提醒过一次启光该交费了。

可是,去哪儿找钱呢?娅儿家是不可能了。娅儿被查出这个病的时候,她原本身体就孱弱的母亲听到女儿遭此大难就一病不起,娅儿的父亲只得在老家照顾着生病的老伴。该卖的都卖了,不能说把两个老人最后栖身的老屋也卖了吧?

娅儿哥哥每个月打工的收入都交到医院来了。

这些苦恼,他不能对娅儿说,只能一个人埋在心里。这几天娅儿的状况又不太好了,血小板跌得挺厉害,起来上厕所的力气都没有,昨天刚刚给她挂了一袋血小板,今天感觉精神好了点。

戴医生说不能再这样拖下去了,要赶快交费尽快采取措施,否则情况比较危险。

启光哀求戴医生尽快给娅儿采取必要的措施,钱他一定尽快去筹然后补上。戴医生也叹了口气说不是他不肯帮,和病人相处这么久都有感情,但医院规定就是如此,再说就算他自己垫费,他也是拿工资生活的,拿不出那么多钱啊。

这天中午,启光喂娅儿吃了点饭,看她睡着了,他赶紧回到娅儿的小屋里想眯会儿。他太困了。

他感觉好冷,这么多天,他没有睡过一个囫囵觉,他蜷进被子里,用被子紧紧地裹住身子,还是忍不住地打寒战。他想到娅儿两只手挂各种点滴都挂肿了起来,护士要找半天才能找到一个稍微好点的脉管。

想到有一天晚上他实在是太困了,趴在娅儿的床头睡着了,娅儿半夜想上厕所,不忍心叫醒他就悄悄去了,没想到就摔倒了。从那以后,他就告诫自己为了娅儿的安全,要保持警醒,不能贪睡。

想到戴医生悄悄跟他说,娅儿这种情况如果不继续化疗,既而进行骨髓移植的话,大概最多只能挨过两年。这还是乐观的估计。

昨天,隔壁病房里的那个小男孩死了。正准备拉到太平间的时候,他给娅儿买吃的回来时正好撞上,那男孩的母亲披头散发,连哭的力气都没有了。

启光记得那个小男孩大概十三四岁的样子,眼睛大大的,挺可爱,前阵子在走廊里碰到他时,还脆生生地喊"大哥哥好"。

在这里,死亡真的是如影随形。

当时启光回到病房,他抚摸着娅儿的脸,说:"娅儿,一定会好起来的。"娅儿还微笑着说:"你怎么啦?"启光心里很伤感。一个生命就那样无声无息地、永远地离开这个世界,甚至无声无息到住在隔壁的人都不曾知晓。

此刻,在娅儿小屋的启光,多么希望自己最心爱的娅儿永远不要走到这一步。哪怕她永远就这么病着,也是好的,只要活着就有希望,生离总好过死别。但他心里清楚,这是多么大的一个奢望啊。戴医生说过,就算骨髓移植,也只有三分之一的生存率。

想到这,他的泪水就无法控制地往外涌。

平时,在娅儿面前,他一直是坚强的。只有他自己知道,他忍得好辛苦。

现在他终于能够号啕大哭了,他把自己蒙在被子里尽情地呜咽着。

他以前看《第8号当铺》时,觉得过于魔幻和诡谲了,没有放在心上。他记得里面有一个谭永仁,是一家医院的院长,因为独生儿子不幸得了血癌,谭永仁为救儿子一命,到第8号当铺典当自己的十年阳寿来换取儿子的骨髓配型成功。没想到骨髓移植后,儿子又不幸术后严重感染,他的妻子林蕙芬又典当自己的十年阳寿来换取儿子的平安。

启光知道第 8 号当铺只是一个流传了千百年的传说而已，相传只要找到第 8 号当铺，无论任何需求，都能够如愿以偿，只是必须付出等值的代价而已。

可是，没有人知道此刻的启光，是多么希望这个传说是真的。

他愿意用自己的十年阳寿，不，二十年、三十年都成，来换取娅儿的健康。

启光哭着哭着，真的是累了，竟迷迷糊糊睡过去了。

等他一激灵醒来的时候，他竟然恍恍惚惚，不知自己身在何方。

他睁开眼睛，环顾室内，才想起这里是娅儿的小屋。

他的目光停留在屋里一张小桌上的一盆盆栽上，那是一盆月季。启光记得以前娅儿把它照顾得很好，枝繁叶茂的，几乎一年四季都会开出几朵绯红的花儿来。月季在启光老家又叫月月红，大概就是因为它不论季节都会绽放开花的特性吧。

可是现在这盆月季花因为长久没有人照料，枝叶即将枯萎。那即将枯萎的叶片上，还逗留着十几只长了翅膀的蚜虫。他注意到，有些蚜虫已经飞到窗户缝那里去了。因为很少有人回来，窗户也是紧闭的，但这些蚜虫还是在窗户那里不断寻找着通往外面的出口。

而窗户缝的那些蚜虫，都长着薄薄小小的翅膀。

启光知道,当这株月季还是苍翠葱茏的时候,这些蚜虫都是没有翅膀的。

现在,这些小生灵知道它们赖以生存的植物马上要枯萎了,它们即将面临绝境时,竟然就神奇地长出了一对翅膀。

这些小生灵,竟然懂得长出翅膀,飞离绝境来拯救自己,走向新生!

他想了想,用手机把这棵月季连同上面已经长了翅膀准备飞翔的蚜虫一起拍了下来。他要把这些照片给娅儿看,告诉她,小小的蚜虫在面临绝境时,都能够长出翅膀,拯救自己,娅儿你一定也能。

临走时,他把那盆枯萎的月季放到了门外,让那些长翅膀的蚜虫赶快飞走。

他又把窗户打开,放那些在窗户上寻找出口的蚜虫飞出去,飞往它们的新生。

10

启光开始上班了。在一家美资外企做财务工作。

在娅儿即将因为欠费而被迫离开医院的紧急关头,启光终于说服姐姐卖掉了老家县城的一套房子。那套房子是前些年姐姐单位分的,姐姐在老家县城一家事业单位工作,平时姐姐一家人都住在姐夫分的那套房子里。姐姐分的那套房就租给人家当仓库了。

姐弟连心,看到唯一的弟弟为钱愁苦成这个样子,姐姐终于不忍心,做通了丈夫的思想工作,把那套房子卖了。小县城的房子不值钱,再加上卖得急,被人狠狠砍了价,六十平方米的房子只卖了十来万块钱。

姐姐汇钱给启光时,叹了口气,说:"我的傻弟弟,这个病是个无底洞,咱尽力不愧心就行了,别把自己弄得太苦,唉……"

自从父亲去世之后,启光母亲就一个人守着老房子过,两个女儿接她去县城住,但老太太住不惯,非要回老宅子。这回老太太听说儿子在上海的情况,坐不住了,他让儿子安心去上班,自己要来照顾娅儿。

启光过意不去,担心母亲身体不行。老太太说:"没事小光,妈七十岁还没到呢,妈健康得很,妈一个人在家还闷得慌,也没个说话儿的人,到了你那儿还能跟娅儿说说话。你就安心工作吧,妈保证把娅儿照顾好。"

说着说着,老太太就哽了声音。

放下电话,老太太用衣袖擦了擦眼睛,看到儿子为了那个还不知治不治得好的女朋友,把姐姐的房子都卖了,她说不清儿子做得对还是不对。虽然嘴上嘀咕着怎么生了这么个傻儿子,但她是真心疼儿子,她要去帮儿子一把。再说儿子老这么不工作照顾娅儿也不是个事儿。

启光让姐姐把母亲送上来上海的火车,他到火车站接母亲。

母亲一到上海,放下行李,就忙叨开了。别说,母亲的腿脚还灵光得很,照顾娅儿细致周到,比启光照顾得好。

这天启光下班回来,在病房门口,他站住了。

前几天娅儿化疗了,食欲很不好,吃点就吐。母亲让启光买了个小电磁炉,她把电磁炉放在医院的开水房里,自己包点小馄饨啊、煮点银耳汤啊之类汤汤水水的东西喂给娅儿吃。还真管点用,娅儿吐得不是特别厉害了。

此时母亲正在喂娅儿吃东西,大概是小馄饨吧,母亲一勺一勺地喂,娅儿一口一口地接,吃得挺香。汤水从娅儿嘴角漏下来,母亲用手帕轻轻蘸干。

启光不禁红了眼眶。他悄悄退回来,走到医院的一个窗户边,看外面的华灯初上。

他对生活的要求不高,他脑中又浮现出刚刚母亲喂娅儿的温馨画面,他甚至幻想那是因为娅儿生了一个可爱的小宝宝坐月子时,母亲喂娅儿吃东西。

他多想亲爱的娅儿能够好起来,然后他们一家人能够在夕阳西下的黄昏里开开心心地围成一桌吃着晚饭,絮絮地聊天。

11

启光在办公室里接到了戴医生的电话。戴医生声音低沉地说:"小陈,你马上来一下医院,娅儿情况不太好。"他惊得手机都差点掉在地上——娅儿化疗后引起肺部严重感染。

病房里,娅儿发着高烧,脸烧得通红,鼻翼在不停地翕动。她的床边围着好几位医生。护士正在给她挂药液。戴医生见启光赶回来了,说:"我们到外面去说。"

走廊里,启光问:"娅儿没事吧,前几天化疗时不还好好的吗?怎么突然就肺部感染得这么厉害呢?"戴医生说:"这个病的化疗本身并不是最可怕,可怕的是化疗之后的感染并发症。娅儿以前也做过几次化疗,她的身体已经很虚弱,免疫力很低,病菌很容易乘虚而入。如果今天能把她的高烧退下来,问题就不是特别严重,如果高烧总是不退,就可能会有危险。现在给她用的是最好的一种消炎退烧药,希望能退下来。"

戴医生顿了顿说:"解决问题的根本办法还是要骨髓移植,娅儿哥哥和你上次抽血进行化验,都没有配型成功。现在只有在外面找了。"

启光一把抓住戴医生的手:"求求你戴医生,你一定要救救娅儿,她才二十几岁啊,太年轻了,还没结婚,还没生孩子,人生该经历的都还没经历啊,戴医生你一定要救救她!"

"这个不用你说,我们当医生的,一定全力以赴。这样,我这边抓紧寻找配型的骨髓,你那边把费用准备好,到时候一找到骨髓源,就马上进行移植。娅儿这种情况不能再拖了……费用嘛,你最少要先准备四十万,仅仅手术可能用不了这么多,但要准备着以防方方面面的突发情况。"

晚上的时候,谢天谢地,娅儿的高烧慢慢退下去了。

启光坐在床头,抚摸着娅儿的额头,感谢老天,终于退烧了。娅儿虚弱地睁开眼睛,眼角流出了泪水,说:"今天用的药一瓶就一千多,我们哪有那么多钱啊?"

启光的心像被揪了一把。刚刚从高烧昏迷中醒来的娅儿,第一句话说的竟然是这个。他说:"好娅儿,这不是你担心的问题,你快快好起来,就可以把钱再赚回来呀。"

第二天,护士来给娅儿打吊针,打好吊针护士把启光叫到外面,说现在打的是两性霉素,娅儿现在肺炎只能用这个药。但这个药在打的过程中,人会比较难受,可能会有眩晕、打寒战、恶心等反应,如果反应不严重就不要紧,严重的话就赶快叫护士。

护士的话让启光听得胆战心惊。启光说既然副反应这么大,换别的不行吗?护士说,目前就这种最好了。

启光忽然想起前几天另一个病房有一个男病人吵嚷着拔掉了针头,说不打了,宁愿死也不打这个针。现在才明白,那男病人指的就是这个吊针。

娅儿打吊针时启光一直守在她床边,看她闭着眼睛,痛苦地皱着眉头,却咬着牙不吭声。启光知道她难受,就轻轻地唤她:"娅儿,难受就叫几声吧。"

听护士说,这个吊针要连打三天。

到第三天的时候,娅儿的手和手臂都肿起来了,护士只好在她脚上扎针。启光不忍看到娅儿痛苦的样子,他走到外面,仰面看天。十二月的寒风往他的脖子里无情地灌,但身冷,如何堪比心冷?

戴医生那边正在积极寻找与娅儿配型的骨髓。启光盼望戴医生马上有好消息,可又害怕——那四十万的费用到哪儿去弄?

现在的花销惊人,姐姐卖房子的十几万块钱在一天天地减少。前阵子娅儿血小板低、发烧、出现肺炎,一天的费用就要四五千块。一瓶只有二三十毫升的药水就要一千多块钱。启光不知道是不是没有其他有疗效又便宜一点的药,但人家护士说了,就这个药最管用。他还能再说什么呢?

人生最痛苦的莫过于,看着自己心爱的人在受煎熬之苦,自己却束手无策。

三天吊针打完,肺炎终于抗过去了。启光稍稍放点心回去上班,娅儿由启光母亲守着。

上午启光在银行办完单位公事,忽然想起附近不远处有一个寺庙。从前启光是个彻底的唯物主义者,从来不信这些。他坚信这个世界是由基本的物质组成的,人也只不过是高级一些的动物而已,哪来的什么前世今生,什么三生石上旧精魂?只不过是文人墨客们杜撰出来的幻象罢了。

但现在不知为什么,启光很想去庙里求支签。启光乘公交车来到那个寺庙,正逢中午,人并不多。启光进去买了香、蜡烛,然后虔诚地跪下来,心里默默地祈求一番,然后求了一支签。

签文是:"抱薪救火大皆燃,烧遍三千亦复燃。若问祸福并出入,不如收拾枉劳心。"

是支下下签。

出了寺庙,他心里沉重如铅。

经过一个绿地时,他看到一个背风处,竟然长着几丛稀稀朗朗的三叶草。启光想起很早以前与娅儿去公园时,在一大片长满三叶草的坡地上,娅儿蹲下来,仔细地寻找着什么。

他问娅儿找什么,娅儿说:"如果一个人在三叶草中找到一株四叶草,那这株四叶草就能为这个人带来幸运。右手的两只手指轻握四叶草,慢慢地转动,许下愿望,这个愿望就会实现……"

看着娅儿煞有介事的样子,他忍不住为她的孩子气感到好笑。

而今天,他在这片三叶草丛中仔细搜寻,他多希望自己能找到一株四叶草,那么他会握它在手指间,虔诚地许下心愿。

初冬的三叶草,本来就稀稀朗朗。找到最后,他失望了。

他一屁股坐在地上,捂住了自己的脸。

12

戴医生带来了一个天大的好消息:找到了与娅儿配型成功的骨髓!

这个好消息振奋了颓靡了很多天的启光。自从上次去寺庙求了支下下签,他的心里一直压着一块大石头。他没有告诉母亲和娅儿去求签的事。但这已经严重影响了他的心情。

这次戴医生的好消息,让他振奋的同时,更坚定了他唯物论的观点:一切只能靠自己,菩萨看来也是靠不住的。

当头脑从巨大的喜悦中慢慢冷静下来时,他知道自己还面临着一个几乎难以逾越的巨大鸿沟,鸿沟的那一边,是娅儿的健康。这个鸿沟就是:钱。至少三十万块钱。

戴医生说,三十万元已是很保守的算法了。

娅儿家中该卖的已经卖得差不多了。两家的亲戚也都借遍了,加上娅儿姐姐又拿了两万,也只凑了不到五万。

戴医生说,得赶快把费用凑足,骨髓库里的骨髓不等人,娅儿一旦过了最佳移植期,效果也会打折扣的。

娅儿这几天明显有些烦躁。如果说骨髓配型没找到之前,她的心是一团即将彻底熄灭的死灰,但现在配型找到了,她看到了生的曙光,她求生的欲望像那死灰里的微小火星,被一阵清凉的风一吹,又熊熊燃烧起来。

可是,如果没有这笔钱,那么她会再次堕入心如死灰的深渊,甚至比心如死灰更可怕。好比一个判了死刑的犯人,原本一心一意等着一声枪响,可是突然听到被赦免的消息,正当他为捡回一条命而欣喜若狂时,突然又被告知赦免取消。这样的精神折磨是要翻倍的。

娅儿躺在床上想,在这世上也活了二十多年了,老天真要收她,她也没有办法,但总觉得还有一件事没做。如果这件事做了,死了也就死了,毕竟还有另一个自己留在这世界上。

这阵子她看了一本书,是关于意大利女记者法拉奇的。看完那本书之后,她忽然就有一种强烈的渴望——想要一个属于自己的孩子。

法拉奇是意大利一位具有传奇色彩的女记者,也是世界最知名的女记者。那一时代的政界要人,她几乎都面对面采访过,基辛格、邓小平、阿拉法特、英迪拉·甘地……她敢对抗宗教领袖,她敢嘲讽政界要人。这个睥睨众生的女人,你很难想象她还会羡慕谁,她还会嫉妒谁。

可是,在她生命的最后几年里,她说:"只嫉妒羡慕那些有自己亲生孩子的女人。"

年轻时,为了全身心致力于自己的工作,她发誓不结婚,不生孩子,因为她深信:爱的锁链是自由最沉重的羁绊。

她爱吸烟,爱穿男装,具有男性的思辨力与分析力。她像狩猎女神阿尔忒弥斯那样,终身不嫁,没有羁绊,行动果敢,背着箭囊,随时奔跑于丛林与溪流边。

然而在她四十三岁那年,她电光石火地爱上了她的采访对象——一个连散步都怀揣着炸弹的抵抗运动组织领袖,一个危险分子。

几个月后,她惊喜地发现,四十三岁的自己竟然怀上了一个小生命!

当那个小生命在她身体里慢慢长大的时候,以前信奉"爱的锁链是自由最沉重的羁绊"的她,竟然无比欣喜地说:"有了爱,宁愿没有自由,宁愿背上这沉重而甜蜜的锁链。"

可是,她没有想到,他却不愿要这个孩子,他说他这种刀刃上行走刀口上舔血的生活不适合有孩子。他们爆发了激烈的争吵,暴怒的他一脚踢在她的腹上。

孩子没了。她的心,也碎了。

从此,她的身体和心灵深处,那个小生命停驻过的地方,永远留下了一个空洞。这个空洞蔓延至她此后所有的孤独岁月。

她为这个未来得及降临的小生命写了一封信,《给一个未出生孩子的信》:"我已经看过你五周时的最后一张图片,你还不足二分之一英寸长,你的身体正发生着巨大的变化,那朵神秘的花消失了,你现在看上去像一条非常逗人喜爱的幼虫……孩子,我正在对你说话,但你不知道,因为黑暗包围着你,你甚至不能感觉到你自己的存在……"

她说,女人天生不是革命家,没有什么比做一个实实在在的女人更令女人幸福。

……

娅儿用了一个多星期时间断断续续看完了这个名叫法拉奇的女人一生的遗憾。

娅儿忽然感觉自己也好遗憾。她从来没有像现在这样,如此地渴望自己有一个亲生的骨肉。她想,就算她死了,还有一个延续着她一半生命的生命在这美丽的世界上活着。

她把这个想法讲给启光听。她说:"法拉奇说,没有后代而死的话,就等于死了两次,就像无花的植物、无果的树木一样可怕,这意味着永远的死亡。"

启光捂住她的嘴,说:"娅儿,说什么呢!这么不吉利的话,呸呸呸!"他此刻全然忘记了自己是个无神论者。"娅儿你会好起来的,等你完全康复了,我们再要一个,不,两个、三个我们自己的宝宝。你想生几个就生几个。"

"生一窝。"娅儿说。

"对,生一窝。"

娅儿睡着了,启光给她掖好被子,退出病房。

他忍了又忍,不争气的眼泪还是冒出了眼眶。

这个问题其实早在几个月前戴医生已经告知过启光了,那时候戴医生是被启光对娅儿不离不弃的感情感动了。他对启光说,他从医这么多年,见过太多太多原本好好的情侣,一方突然得了这个病,最后基本上都劳燕分飞了。

戴医生说,他很感佩启光对爱情的忠贞,但有些事情还是早说明比较好。戴医生说娅儿的病谁也不敢说一定能治好,就算万幸治好了,但一般白血病患者很难妊娠,也就是说很多白血病患者就算治好了,也很难怀上孩子。可能是因为白血病细胞浸润破坏了生殖系统,使受孕的概率大大降低。

而且因为化疗过程中大量使用有毒化学药物,可能会引起病人体内遗传物质的基因突变,这种突变也有可能会对后代产生影响,所以一般情况下,医生建议病人一定要慎重考虑备孕,甚至有的医生直接建议不能要孩子。

13

实在是筹不到钱了。

眼睁睁地看着妹妹因为没有钱移植而死去,娅儿的哥哥急得直捶自己的头。他甚至要准备卖肾,被戴医生阻止了。戴医生说:"如果你妹妹没有了,你父母至少还有你。你要是再有个三长两短,你父母靠谁去?"

想起老家病重的母亲,还有苍老的父亲,娅儿哥哥蹲在戴医生的办公室里,头深深地埋在膝盖间,泪水滴在黄白的瓷砖上,慢慢洇开,像一朵苦涩的苦菜花。

戴医生说:"移植的手术方案已经初步定好了,真可惜啊,唉。"

启光在旁边听着,不发一言,像一尊雕塑。

戴医生过去,拍拍启光的肩:"如果不做移植的话,就没有必要再住院了。这几天把出院手续办办吧,省下住院的钱买点好的给娅儿吃吃,尽量带她去她想去的地方看看……"

……

一个星期后,启光没有办娅儿的出院手续。

他把移植费用交了。

"一个朋友帮忙,向一个做建材生意的老板借的。"启光对戴医生说,"尽快给娅儿安排手术吧。"

14

娅儿移植手术那天,天气格外暖和,阳光也格外灿烂,像一个小阳春。

前面的路依然未卜。

前几天,启光听到一个同病室的病友移植失败的消息。

在签署手术知情书的时候,他也知道移植的造血干细胞也不一定能够如期在娅儿体内正常生长,如果不能正常生长,她自身的免疫能力不能抵御病原体入侵,极易因再度感染而丧命。

启光站在手术室外的走廊上。

走廊的窗台上,有一盆已经快要枯萎的植物。植物快要干枯的叶片上,有几十只已经长了翅膀的蚜虫。有蚜虫已经飞到窗户的缝隙去,努力寻找着新生的出口。

他再一次被这些小生灵感动。

他帮它们打开窗户:飞吧,飞吧,去寻找新的生机吧。

……

一名护士小姐领着几名公安人员来到启光面前。

为首的公安人员亮出证件:"你是陈启光吗?"

"是。"

"你涉嫌私自挪用单位巨额公款,请你跟我们走一趟!"

启光跟随公安人员离开的时候,他匆匆再看了一眼那紧闭的手术室。

他在心里说:"亲爱的娅儿,一定要挺住,快快长出翅膀飞起来吧。看,外面的阳光多灿烂,往外面的新世界奋力飞去吧!"

你站在我的身后

1

今天是周五了,一放学,我就赶快背上书包朝校门口跑。路上,碰到英语老师周老师,周老师微笑地说:"汤安,你爸爸又来接你回家啦?"我几乎是有些自豪地一甩马尾辫:"是啊,周老师,我爸刚给我发短信了,他在校门口等我。""周末愉快,汤安。""周末愉快,周老师!"

快到校门口时,我一眼就望见人群里的爸爸,他正扶着助动车伸长了脖子朝校门里张望,他的这种努力张望让我的心里倏地涌出一股心酸的暖流。

爸爸个子很矮,一米六左右,十六岁的我站在他身边,已经高出他快半个头了。爸爸黑瘦,他在市第二人民医院做绿化工兼室外保洁员,经常在大太阳下炙烤。我还有一个哥哥在另一个城市上大学,为了供我和哥哥上学,爸妈这些年真的是很辛苦。

妈妈在市第二人民医院做护工，专门照顾手术后住院的病人，老人居多。这是个很辛苦的活儿，妈妈瘦瘦的，有时候遇上比较胖的病人，她就累得直喘气。但妈妈一直任劳任怨，深得家属们的信赖。

"安安，坐好，爸爸开车了！"我坐在助动车后座上，搂住爸爸的腰，爸爸稳稳地开了起来。学校离家不远，骑助动车大概半小时不到。其实我是可以不用住校的，但爸妈认为家里总不如学校里的学习氛围好，再说每天这样来回跑第一不安全，第二也耽误时间，所以上了初二，我就成了一名住校生。

每个周五放学的时候，爸爸就会来接我回家过周末。在满眼的小汽车中，爸爸的旧助动车显得寒碜而落伍，可我却从来毫不在意，大大方方地坐上后座，搂住爸爸的腰。

我爱我的家，虽然它只是个四十来平方米的蜗居，但我有了亲人们的爱，就算是蜗居，也温暖啊。是谁说过"没有亲人的地方，房子再大，那也是死的房子；有亲人的地方，房子再小，那也是家"？

2

走进楼道，我就闻到一阵酥炸茄盒的香气，那可是我最爱吃的菜啊，我亲爱的妈妈又在厨房里为我忙乎开了。

"妈，我回来啦！"一进门，我丢下书包，跑进厨房就给妈妈来了一个大熊抱。妈妈挓挲着粘着面粉的双手,微笑地说:"妈妈的安安宝贝回来啦! 先去洗个手,待会就开饭了。"

妈妈的微笑还是那个微笑,可是我总觉得妈妈的微笑有点异样,可是却说不出异样在哪里。

哇,妈妈做了一大桌子菜,可都是我爱吃的啊! 我也顾不上什么淑女了,甩开腮帮子大快朵颐。妈妈和爸爸却不大吃,拿着筷子一个劲儿地往我碗里夹菜。妈妈说:"安安多吃点,学校的伙食肯定不怎么样,看看把咱们安安都饿瘦了。"她又转过脸对爸爸说:"安安住校对学习倒是好,我就是担心她吃不好。安安,学习紧张,衣服就不要自己洗了,周末带回来妈妈给你洗。"

我嘟着满嘴的食物不满地哼哼:"妈,要那样还不被同寝室的那几个丫头片子笑死? 她们原本就吵吵着你们快把我惯到天上去啦。哪有爸妈隔三岔五送菜到学校的? 妈你以后别送了,丢死人了!"

"这丢什么人! 加强营养也是为了更好地学习啊!"妈妈说。

我不想跟她啰唆了,低头猛吃酥炸茄盒:"妈,今天的茄盒做得真好吃,肉馅喷香,茄皮酥脆,老妈的手艺就是一流!"我向妈妈伸出了大拇哥。妈妈摸了一下我的头:"小馋猫,好吃就多吃点。"

我唔唔着:"啊! 我汤安真幸福啊! 一辈子都能吃到妈妈做的茄盒……"

我话音末落,发现妈妈突然捂着嘴巴抽泣起来。爸爸赶紧站起来说:"你干什么,把孩子吓着了!"

妈妈竭力想止住呜咽,可是就是忍不住,她起身到卧室里去了。

我用探寻和疑惑的目光盯着爸爸:"爸爸,怎么了?发生什么事了?"爸爸红了眼圈,低下头,不说话。

"爸爸,到底怎么了嘛!你说话呀,急死我了!我妈不舒服?你不舒服?要不哥哥有事?"

我进卧室问妈妈,妈妈一把抱住我,抱得紧紧的,抱得我喘不过气来:"安安,我的宝贝,你不能离开妈妈呀!没有你,妈妈可怎么过呀!"

"妈你说什么呢?我怎么会离开你呢?我一辈子也不会离开妈妈呀,我还要吃一辈子妈妈做的茄盒呢!"

我为妈妈拭着泪水,妈妈的灰白头发散落在额前,我轻轻把它们拂到妈妈的耳后。

我拍着妈妈的背:"妈妈,出什么事了?我长大了,有什么事就说出来吧,我懂的。"

爸爸颤抖着手,打开一个上了锁的抽屉。

我的面前,摆着一份法院判决书。

我被判给了一个名叫于军的陌生男人。据说这个名叫于军的男人是我的亲生父亲。

开什么国际玩笑?拜托,开玩笑不是这么开的好不好?

我长到十六岁,忽然有人告诉我,我朝夕相处的双亲不是我的父母。而且,还要这一纸冷冰冰的法院判决书来告诉我。你说滑稽吧!

爸爸低着头,喃喃地说:"安安,这是真的,你的亲生父亲的确是这个于军。"

3

十六年前的一个寒冷的夜晚,已是凌晨一点时分,市第二人民医院的产房里,一位名叫杨琳华的产妇正在艰难地分娩着,剧痛与用力已经几乎耗尽了她的精力,完全被汗湿的头发贴在额头上,随着助产士一声声地命令:"用力,再用力,再用力!"她艰难地呻吟着,一次次用尽全力弓起身子。

"杨琳华,我们能看到胎头了,再努力一次,快,你马上就要见到你的宝宝了,加油!你是勇敢的妈妈!"在助产士的鼓励下,这个叫杨琳华的女人像一条涸辙之鲋一样,弓起身子,圆瞪双眼,大张嘴巴,从喉咙深处发出一声沉闷而决绝的低吼……

哇哇哇——一声嘹亮的婴啼响彻午夜的产房。

"杨琳华,看看,六斤八两,你的宝宝,一个漂亮的小公……"助产士"主"字还没说出口,突然哎呀一声,她眼前的这位产妇像被冷风呛着一样剧烈咳嗽起来,不停地打寒战、抽搐。更为触目惊心的是,鲜红的血像泉涌一样染红了产床。接生的几名助产医生大惊:"不好,羊水栓塞了,马上抢救!"

半个多小时的抢救,都是徒劳,这位名叫杨琳华的新妈妈,在尖叫一声之后,呼吸心跳骤然停止了。

她还没有来得及仔细看一眼自己历尽艰辛生下来的宝宝,就离开了这个世界。望着怀里这个粉嫩的小婴儿,几名助产医生心情沉重。

虽然作为妇产科医务人员,羊水栓塞的案例她们不是没有经历过,但在她们的助产生涯中,产妇遭遇羊水栓塞,不仅是对产妇,对她们医务人员来说也是个极其可怕的梦魇。

羊水栓塞是由于产妇在生产过程中,子宫收缩偏强,宫内压力过高,在胎膜破裂后,羊水由裂伤的子宫颈内膜静脉进入母亲的血液循环,而引起母亲急性肺栓塞、过敏性休克、肾衰竭等导致短时间内猝死的严重分娩并发症,往往是在毫无征兆中突然遇上,死亡率极高。

而让几位医生心情沉重的另一个原因,是婴儿母亲杨琳华临终时拼尽最后一丝力气的嘱托。她艰难地、断断续续地说,孩子的父亲在监狱服刑,老人们年老多病根本没有能力抚养孩子,希望医院能给孩子一条活路,想想办法收留她可怜的孩子,孩子父亲的刑期是二十年,二十年后让孩子去认亲生父亲。

她拼尽最后一丝力气说完这些话,看到医生们面露难色,她突然一把抓住张敏医生的手,眼睛睁得很大,大口喘着气:"求求您答应我,求求您……"张敏医生无奈地点了点头。

她如释重负地放开医生的手,溘然而逝,嘴角留下一丝宽慰的笑意。

4

那个粉嫩的小婴儿,医生们给她取了个小名"安安",希望这个不幸的孩子能够平平安安长大。

在安安生命的最初三年,儿科病区就是她的家,儿科病区的十七位护士都是她的妈妈,十七位妈妈专门排了值班表轮流照料她。

今天这位妈妈带来一套小棉袄棉裤,明天那位妈妈带来一罐婴儿奶粉。上班的时候护士妈妈工作忙得脚不点地,下班了还要给安安洗整盆的尿布、衣服,晚上搂着安安睡觉,一夜警醒着,生怕压到她。

那时候儿科病区里的保洁员是何庆美阿姨。何阿姨每天都能看到活泼可爱的小安安在病区里跌跌撞撞地跑来跑去,小安安看到她也会喊妈妈。小安安在儿科病区里,见到女性的大人都会喊妈妈,这一声妈妈常常让何阿姨心里不是滋味,想想这个小娃娃,生下来就没了亲妈,真是可怜。对安安,她就格外有了一种爱怜。

有一次安安发高烧,不巧的是那天正好轮到值安安夜班的林护士因为一台紧急手术下不来,就拜托何阿姨照顾一下安安。那一夜,何阿姨衣不解带地一直守在安安身边,发烧的安安小鼻翼轻轻翕动着,在睡梦中迷迷糊糊一遍遍叫着"妈妈",何阿姨亲着安安的小额头流下了泪水,她第一次觉得她与这个孩子之间有一种莫名的缘分。

转眼安安三岁了,该上幼儿园了,再这样待在医院不现实,也不是长久之计,医院准备要找一个合适的家庭收养安安。何阿姨听说此事后就与丈夫汤师傅商量收养安安,可是他们已经有一个在上小学的儿子,多一个孩子的话,不仅经济上负担加重,而且要费精力照顾安安。好在医院答应给安安每个月数百元的生活费,这样何阿姨负担会轻一点。

白天,何阿姨把安安送进幼儿园,她把安安软软的小头发扎成两个小辫儿,安安就顶着两个颤悠悠的小辫儿蹦蹦跳跳地跑进幼儿园大门,回头来对着何阿姨嫣然一笑:"妈妈再见!"何阿姨的心,刹那间融化成了一泓温暖的春水。

晚上何阿姨下班比丈夫晚,汤师傅就去接好了安安再去接哥哥汤涛,哥哥比安安大八岁。汤师傅结婚比较晚,儿子出生时他都四十多岁了。每天黄昏接孩子的时候是汤师傅一天最快乐的时光,助动车前面坐着安安,后面坐着儿子涛涛,他就觉得日子像那原野上的迎春花,一茬接着一茬黄灿灿地开放着。

回到家,汤师傅去厨房做饭,他允许涛涛和安安在这段时间里自由玩耍,等吃过晚饭,就要做功课了。他原本想给孩子们买台电脑,但一来电脑太贵,要好几千;二来听人说孩子容易上网成瘾,他就没买。他给两个孩子花了几百块钱买了个学习机,那上面也有游戏什么的,边玩还能边学,挺好。

等晚饭做好,孩子们吃过之后,差不多何阿姨就回来了。两个孩子欢呼着扑向妈妈怀里,拉妈妈到沙发上坐下,然后一个拿毛巾,一个端杯水给妈妈。端水的那个一般是安安,安安边端水边唱着幼儿园里学的歌:"我的好妈妈,下班回到家,劳动了一天,多么辛苦呀!妈妈妈妈快坐下,请喝一杯茶!让我亲亲你吧,我的好妈妈!"然后在何阿姨的脸上叭叭亲上几口。何阿姨擦了脸、喝了水,两个孩子便一左一右坐在妈妈的大腿上,撒撒娇。

每当这时候,何阿姨和汤师傅就相视而笑,那笑里,似乎有着幸福的泪光在闪动。

……

岁月如河水奔流。涛涛考上了大学,长成了一个大小伙子。安安也长成了一个美丽可人的少女。

这本是该高兴的事,可是最近几年,何阿姨两口子常常会半夜睡不着,辗转反侧,他们内心的那个隐忧越来越明晰,越来越压迫着他们,让他们叹息声声。

安安已经十多岁了。她的亲生母亲临终前曾说,她亲生父亲的刑期是二十年,二十年后他会来领走安安。

一想到某一天,他们的安安会从此从自己的生活里消失,他们就憋闷得透不过气来,他们的心就像被生生地挖了一个大洞。

好多次了,两口子半夜睡不着,相对而垂泪。

5

他们多希望,时光,就这样一直缓缓流淌下去,不要节外生枝,该多好。

可是生活不是手里的面团,你想圆就圆,想方就方。

安安十六岁生日刚过不到一个月,一天,医院方副院长突然把何阿姨两口子都叫到了办公室。

从方副院长办公室出来,两口子默然无语地走着。走到一个僻静处,何阿姨突然放声大哭起来:"老汤啊,这可怎么办啊?这是要了咱俩的命啊! 我的安安啊……"

老汤轻抚着何阿姨的肩宽慰她,忍不住也默默拭泪。

哭了一阵,忽然何阿姨发狠似的说:"不行,世上没这么容易的事,他没有尽过一天做父亲的责任,这会儿说要就要,一个活生生的大姑娘,她是喝风长大的? 我不给,说破大天我也不给! 老汤你要跟我站在同一条阵线上,坚决不能把安安给他!"

后来,方副院长又找了两口子好几次,两口子咬紧牙关,就两个字:"不给!"

方副院长发急了,他说:"人家的确是亲生父亲,这点你们不能不承认吧? 亲生父亲要回亲生女儿,这是天经地义的事儿吧? 你们跟孩子的确感情深,这我们能够理解,但你们也要理智地清楚,对于孩子,你们只是寄养关系,不是收养,连养父养母都算不上!"

最后一句话像个炸雷一般,击得何阿姨一瞬间呆在那里。

方副院长觉得自己的话重了些,赶紧缓和语气说:"这些日子你们一直不松口,据我了解,对方已经请了律师,你们可能要走司法程序了。"

6

开庭的日子到了。

原告席上,坐着我的亲生父亲。

被告席上,坐着我的养父养母。

我该如何抉择?

亲生父亲于军的眼光自始至终胶着在我的身上,虽然无可避免有一种陌生的隔膜,但我依然读出了那一份血浓于水的亲情的分量。

养父母的眼光也自始至终胶着在我的身上,想起与他们在一起的十多个风风雨雨的春秋,冷暖寒凉,我们的血早已融汇在一起。

当最终法官将选择权交到我的手上时,我站在那里,感觉到自己内心翻江倒海一样澎湃。

我说:"海伦·凯勒是一个又聋又盲又哑的孩子,但后来她在她的老师安妮·沙莉文的全心全意帮助下,成了一名伟人的作家。有人问海伦,谁对她的人生影响最大。海伦毫不犹豫地回答:'安妮·沙莉文!'可是没想到,安妮却立刻说:'不,海伦,对你、对我的人生影响最大的人,是蒂尼斯伯利史福利院的一位清洁女工!'

"原来安妮在幼小的时候患有严重的眼病,脾气也很暴躁,她被人关进了福利院的笼子,这让安妮更加恐惧和暴躁。多亏一位清洁女工同情小安妮,经常钻进笼子去安抚她、关心她。小安妮的心灵慢慢地被滋润了,眼病也减轻了许多。后来她离开了福利院,成了一名教师,她最关心的一位学生,就是海伦,她用自己的生命陪伴着海伦,让她完成了生命的蜕变,从一个盲聋哑的孩子,到一位著名的作家。

"海伦的身后站着安妮,安妮的身后站着清洁女工,而清洁女工的身后,也一定站着更多的好人。正是这些身后的好人,最后成就了海伦。

"而我,汤安安,一个一出生母亲就离开了世界的小婴儿,之所以能活到今天,是因为我身后站着我的养父母,站着那十七位护士妈妈,他们身后呢,站着医院,站着许许多多善良的人。

"当然我的身后站着的,还有我的亲生父母,没有他们,就没有我最初的生命,是他们给了我最初的生命。

"可是,让这最初的生命延续下去的,是我的养父母。在这十多年的相濡以沫中,我与我的养父母早已是血肉相连,任何力量也无法把我们分开。

"所以,法官先生,我今天的选择是:我选择继续与养父母何庆美女士、汤恩年先生一起生活。

"对于给予我生命的生父于军先生,我也一定会尽一份子女责任,我会常常去探望他、关心他、照顾他。

"希望我的养父母与生父尽释前嫌,互敬互爱,就当又多了一位亲人……"

说完这些话,我如释重负地微笑了。

我看到了妈妈眼角的泪花,像早春爆开花苞的迎春花,历经严寒,终于守来了春的消息。

你是房子我是车，缠缠绵绵到天涯

1

梅莎吵着要跟张亮离婚。

几乎每个星期她都要跟好姐妹林达控诉一番张亮的"罪大恶极"。

都说北方的男人粗线条，我可是领教了，人家的老公一下班回来，系上围裙就钻进厨房，煎炒烹炸，老婆坐在沙发上看着电视等开饭。他呢，唯一一次给我煮锅速冻水饺，还给煮成了一锅粥。

我们结婚十周年，他竟然忘得干干净净，还在公司里开什么破会，我打电话过去，立马被掐，接着飘过来一个字：忙！我跟他结婚十年了，鲜嫩的小青瓜快变成满脸褶子的老黄瓜了，就这么个纪念日，他还忘得一水儿干净。你说他心里要是还有我，那真是半夜说梦话了！

让他陪我逛街买衣服，走了不到两条街，就吵嚷着累死了。

我试衣服,试一件,问他好看吗?他胡任务一样地瞟一眼,挺好的。再试一件,问他,还是说挺好的。我知道他那是糊弄我,都是一样的答案,我问他干吗呀,我干脆去问个木头机器人好啦。以前谈恋爱的时候可不一样,我只管买,他挎着、背着、拎着跟我转十条街,屁都不放一个!

……

最后,梅莎总结似的说,他一定是觉得我已经是他剁进篮里的那棵菜了,再怎么蹦跶也蹦不出去了。我就不信这个邪,我倒要让他看看,十年前我被他剁进篮子,十年后我照样能从他的篮子里蹦跶出去!

电话里梅莎连珠炮一样发着狠地豪言壮语,林达默默地听着。一直等到她不说了,林达问,说完了?

梅莎说,说完了。

要我说啊,这离婚也不是一天两天就能搞定的事,与其你这样烦恼来烦恼去,倒不如明天出来陪我一天。

陪你?你这个忙得恨不得两腋生风的白骨精,还用得着我来陪?拿我开涮呢吧,姐们儿?

明天就陪我一天,我有一朋友明天要卖房,让我帮着参谋参谋,这卖房是大事儿,你也陪着我一起参谋参谋吧。

2

林达的朋友名叫萧芬,老家在外地,十年前大学毕业后就直接留在这个都市里参加工作了。

虽然刚参加工作时没什么钱,但萧芬与别的同事女孩不一样,那些本地女孩对于一个月几千块的工资大部分都是实行"三光"政策——吃光、用光、玩光。

但萧芬没有,她深知自己与她们不一样。那些本地女孩,一个月几千块工资"三光"不算,到月底还要向老爹老娘伸手掏那么几个。

萧芬不仅不能"三光",还得贴补家里。老家父母总得每月给点儿吧,弟弟还在读书。父母辛辛苦苦把她这个女儿供到大学毕业,不容易,她现在参加工作了,这反哺之恩无论如何都不能忘。

萧芬是个坚强而刻苦的女孩,她卖力工作,业绩节节攀升,两年之后,就做到了营销部副经理的位置。

又一年之后,她被猎头高薪挖到一家房地产公司去担任营销部总监,报酬构成是薪金加销售提成。

年纪轻轻的她,竟成了一家房地产公司的营销总监,让人赞叹不已。

赚到钱之后,萧芬什么也没干,立刻买了一套房。

促使她下决心在这个城市立刻买房的一个很重要的原因,是大学里那一场无疾而终的恋爱。

萧芬在大二时谈了一个男朋友,名叫丛军。丛军也是来自一个偏远的省份,家里也比较贫寒,他上大学的学费家里没有负担一分,都是丛军自己做一些诸如家教、图书馆管理员之类的勤工俭学挣来的,另一部分就是学校的奖学金和助学金。

同样来自贫寒家庭,萧芬与丛军就有了同病相怜之感,虽然他们并不同班,但两颗心还是慢慢就接近了。

两个人好了近三年。

萧芬一直以为他们会一辈子好下去。

大四第二学期,班上同学实习的实习,找工作的找工作,萧芬也找到一家实习单位,是一家外企公司,她大学学的是市场营销专业,在这家公司比较对口。

丛军到了另一家科研所实习。他在大学里学的是高分子科学,在这家科研所实习,也比较对口。

萧芬对丛军说,我们在实习单位都好好表现,好好努力,争取能够留下来长久工作。

半年之后,他们的确都被各自的实习单位留下来成为正式员工。

萧芬还没来得及高兴,就接到了丛军的分手信。

丛军在信中说,他没有勇气面对面向她提出分手,用这种书面方式对两个人都比较好。他说感谢这二年,她给予他的关心和爱护,说他会一辈子牢记在心。他现在的新女朋友是他科研所的同事,是一位本地女孩,父母都是科研所的骨干、高级知识分子,女孩是独生子女,在这个都市有好几套房子……

萧芬将那封信撕得一条条的,扔进垃圾桶。

三年的感情,一张薄薄的纸就宣告灰飞烟灭,不留一丝痕迹。

他感谢她三年来给予他的关心和爱护,说他会一辈子牢记在心。

她笑自己傻,曾经用兜里有限的一点钱,在食堂咬咬牙买了一份肉菜,尽管馋得流口水,硬是一口都不舍得吃,端给他吃;为了让他安心做家教,一到周末,她就把他里里外外的衣服、被褥全部洗晒,他同宿舍的男生羡慕嫉妒恨地说,丛军这小子真是烧了八辈子高香,得了一位这么贤惠的媳妇儿……

那女孩凭什么几个月时间就把他们三年的感情一笔抹杀,把他抢走?就因为她父母是知识分子?就因为她在这个城市有好几套房子?

那一刻,萧芬发誓,她一定要在这个城市尽快买下一套属于自己的房子。

公司这次开发的这个楼盘,很大一部分是七八十平方米的小户型。

在一次营销企划会议上,萧芬提议,将这种小户型的主要营销对象定位在单身女白领、女金领身上,这种类型的女客户一般都比较干练、有智慧、经济独立、有自我的内心世界。

这个楼盘项目的文案企划语是她亲自拟订的：

在这个爱情脆如玻璃、幻如泡沫的年代，一套温暖的房子，远比老公或者男朋友来得可靠，来得真实。你的房子九成会增值，最重要的是，就算它的身价提高了也不会嫌弃你，你更不用担心它会包二奶、三奶、四奶。首付三成，轻松月供，无论你如何计算，房子都比男人可靠。

果然，小户型的房子一个月就告售罄。

当然，萧芬会记得给自己留一套，而且是公司内部价。

3

梅莎跟着林达去了萧芬的小户型房子里。虽说是八十来平方米的小户型，但是萧芬将它装修打理得精致而温馨。

这么好的房子，为什么要卖啊？多可惜啊！梅莎感叹地说。

林达说，萧芬这个白骨精啊，找到了她的真命天子啦，他们在新世界广场附近买了一套大房子，这套小房子，萧芬打算把它出手掉，然后把现在开的那辆车换掉，换一辆跑车。

萧芬熟门熟路地去了一家房产中介公司，梅莎一看，眼睛都直了，乖乖，五年前萧芬这套八十平方米的房，每平方米不到两万块，现在已经每平方米五万多了。萧芬这套八十多平方米的房，现在价值四百多万了！

四百多万是毛坯房的价钱,再加上萧芬的房是精装修房,出手大概得接近五百万。林达说。

我的天!梅莎一路咂着舌头。

萧芬说,走,再去看看二手车行情吧,趁着今天有空,赶紧地把两件事一并了了。

二手车交易市场,梅莎还是第一次来。那些车一排排整齐地排在那里,崭新、锃亮,像是等待检阅的仪仗队,精神极了。

这些都是二手车?这不明明是新车嘛!

一位二手车销售人员听到梅莎的话,说,是啊,这里许多车确实是没开几年啊,一部没开几年的车,可不就还是新车嘛!

那二手车销售人员大概以为她们是来买车的,殷勤地说。

萧芬指着自己开来的车说,麻烦您帮我看看,这部车现在能值多少钱?我买了不到四年呢。

销售人员前前后后围着萧芬的车转了一圈,说,最多十万块,顶天了。而且这款车型已经有点过时了,十万都不一定会有人愿意买。

刚才在来的路上,梅莎觉得萧芬的车挺好,稳当,空间又宽敞,就问萧芬,这部车买时花了多少钱,萧芬说五十万不到。现在突然听到销售员说十万顶天了,她又瞪圆了眼睛。

怎么会呢?买的时候五十万呢,才开了四年,像新的一样,怎么会只值十万了呢?

那没办法小姐,车就是这样的,一部新车哪怕你刚买走,在外面马路上遛一圈回来,那价值就打对折了。

梅莎又瞠目结舌。

4

回去的路上,梅莎抚摸着萧芬那几乎崭新的车座椅说,萧芬,这车咱别卖了,太亏了,才开四年就损失了四十万呢,太可惜了。

萧芬笑了笑,若有所思地说,梅莎,你觉得这车是不是有点像我们女人呢?

梅莎一头雾水,像我们女人?

嗯,对呀。

你想呀,咱们女人呢,未结婚那会儿就像刚刚出来的新款车一样,新潮、崭新、漂亮,往那一站,闪瞎一大片。这时候,咱的出身就是品牌,相貌就是车型,素质就是那发动机。

男人娶个又漂亮又有内涵的老婆,倍儿有面子,老婆刚娶回来,呵着护着疼着,就像那新车刚买回来,摸摸这摸摸那,不舍得开,开时也小心翼翼,不小心磕一下心疼得直撞墙。

刚结婚的女人好比那刚开出店门的新车,看上去是新的,但其实已经折价折得厉害了。

婚后的柴米油盐酱醋茶,孩子工作家务三头忙,就像那越来越多的刮、擦、磕、碰,以及灰尘,新车不再新了,新人不再新了,皱纹慢慢上了脸，乱发渐渐蓬了头，风头很快被刚上市的那些新潮、新鲜的新款车盖过，就像男人的目光常常会被那些风情万种、青春无敌的小姑娘吸住走不动路一样。

结婚十年二十年的女人是被男人行驶了十几万公里的旧款车，这时你跟最新上市的新款车比外形是肯定比不过了，这时你就要比发动机，你这发动机如果用了十年二十年，照样动力十足，一踩油门，噌，就出去了，老马识途，老姜辣舌，你就牛逼。

有些男人不懂，以为弃了旧的，来了新的，就从此更加风光无限，人生快意。其实，再新的车，也有旧的时候，再说万一遇到一个金玉其外，败絮其中的，你就晚节不保，老来受罪吧。

就像二三十年代旧上海滩上的"青帮老大""流氓大亨"黄金荣一样，在他还是一个街头小瘪三的时候，发妻林桂生不嫌弃他穷，毅然嫁给他，除了一卷铺盖，什么都没有。

林桂生凭着自己的干练精明，甚至用自己的私房钱辅佐黄金荣在上海滩打下一片天地，成为炙手可热、一手遮天的"青帮老大"。

可黄金荣在六十多岁时，竟然迷上了小自己三十多岁的唱京剧的伶人露兰春，而且是迷得昏头昏脑，五迷三道。为了她，黄金荣跟人争风吃醋，被人差点打残了身体。为了把露兰春娶进门，黄金荣竟然将陪伴辅佐自己大半生的发妻林桂生赶出了家门，然后又吹吹打打，八抬大轿将露兰春风风光光明媒正娶地娶进了门。

当年林桂生嫁给他,只有一卷破铺盖。如今新人进门,八抬大轿,风光无限。只闻新人笑,哪闻旧人哭?

活该后来不到三年,露兰春就跟着一个年轻的洋行买办好上了,非要跟老头子离婚。老头子深受打击,从此人生一蹶不振。

上海解放以后,曾经一手遮天,而今风烛残年的黄金荣拿着大扫帚吃力地扫大街。晨曦中,衰朽的他挂着扫帚站在垃圾车边的颓唐样子,令许多人感叹沧海桑田,河东河西。

试想,如果黄金荣当初没有无情地赶走发妻,说不定精明的发妻还能为他出点谋划点策呢。

……

扯得有点远啊。

萧芬轻轻拍着方向盘说,唉,所以说,男人有时候,他就意识不到,那些新款车虽样子好看,但绝不如陪伴了他十年二十年的这部老车,用着顺手,陪着顺心。

就像我这部车子,说实话,我还真有点不舍得出手。

不得不说这二手车,还真他妈不值钱。你们琢磨一下,觉不觉得这离婚的女人像极了二手车,转一手起码降三分之二,二手、三手之后,没的转了,直接拉废品收购站。

我单位一姐们儿,那老公还可以吧,就是人木了点儿,姐们儿老说他没情趣,像个榆木疙瘩,最后离了,姐们儿带着个五岁的儿子。

姐们儿一离婚,就成了她父母老两口的一大块心病,成天唠叨,姐们儿哪受得了这个?说得得,你们别再叨叨了,叨叨得我耳根子疼,我再找,再找行了吧。

没想到,找了大半年,没找到。好的吧,一听说她离了婚,还带个拖油瓶,立马连见面都免了。赖的吧,尽是些歪瓜裂枣,被别人挑剩了的货,姐们儿说,倒贴我十万大洋我也不要。

到最后,想想还是以前那榆木疙瘩老公好,厚着脸皮托人去传达想复婚的意思,没想到那榆木疙瘩已经有了女朋友!那一刻,姐们儿死的心都有了,妈的,还说你榆木疙瘩,你他妈的谈起恋爱,泡起小妞来倒贼快!

可不,林达说,这离婚的老男人倒他妈的一个个成了抢手货。

萧芬说,离婚的男人是被女人花了几十年时间精心装修、精心保养过的房子,能不好吗?

那没结婚的男人就像那刚到手的毛坯房,粗糙生硬,青瓜蛋子一个。

女人进了这个毛坯房,大锤敲墙、大刀阔斧地装修改造,终于费了九牛二虎之力改造好了,又花去无数心思去软装饰,这里放盆花儿,那里挂幅画儿,那里再放一个电动加湿器,雾气朦胧,缥缥缈缈,多好,像仙境一样。

最终装修、装饰好了,粗糙生硬不见了,房子那叫一个美轮美奂,设施齐全。青瓜蛋子不见了,而且在你的精心保养与打磨之下,男人又事业有成,荷包鼓胀,那叫一个成熟稳重、魅力四射。

这时候,这样一个装修精良的房子,对于那些还没有房子的女人,非常有吸引力。她们会千方百计、费尽心思地将你扫地出门,然后鹊巢鸠占。

占了你的巢之后,她们中大部分人会对房子进行重新装修,力图把你的功劳、苦劳,甚至是影子和丁点儿气息都从这所房子里消灭得干干净净。

……

林达说,可不是,梅莎,像你老公张亮这样的男人,五毒不侵,在外企里当着高管,拿着高薪,让你过着衣食无忧的日子,你还嘴噘到天上去。

再说了,你们结婚十年了吧,十年了你说不要孩子,怕生孩子影响你那小蛮腰,人家张亮都听了你的。就你那点儿破事,人家张亮不会做饭、不记得纪念日、不陪你逛街,你还天天吵着要离婚。要换作我呀,早一大耳刮子上去了,然后马上跟你离,第二天就立马再娶过美娇娘回来,气死你。

要我说呀,你那是……

贱人就是矫情,萧芬接过去阴阳怪气地拉长着调门儿说。

5

从萧芬那儿回来之后,梅莎折进家门口的菜市场,买了许多菜后,就钻进厨房叮叮当当起来。

晚上,张亮下班回来,进门梅莎就在他脸上啄了一口,老公,累了吧,快洗洗手,开饭啦,咱们今天晚上吃松鼠鳜鱼,瞧瞧我的手艺精湛了没?

张亮洗手的时候,悄悄拧了一下自己的脸,疼,不是在梦游啊。

梅莎把鱼去掉刺儿塞进张亮的嘴巴,脸凑近张亮的脸说,老公,咱们……要个小宝宝吧……

啥?张亮惊喜得眼睛都直了。

张亮嘴里有鱼肉,更加嗫嚅着说,亲爱的老婆,小亮子不会做饭、不记得结婚纪念日、一逛街就累……亲爱的老婆大人,不生小亮子气了?

生气?咱老婆大人什么时候生过小亮子的气?

喊,不会做饭、不记得日子、不爱逛街什么的,这些都是浮云,干大事儿的男人心思才不在这些芝麻绿豆的小事儿上呢!

窗外不知谁家音响里飘出,你是风儿我是沙,缠缠绵绵到天涯……

梅莎把头倚在张亮肩膀上,说,小亮子,你是房子我是车,缠缠绵绵到天涯。

张亮起身,跑到阳台上,使劲朝外探着身子。

你,干什么,那样危险,要掉下去的呀。梅莎急煞。

我看看,太阳公公今儿是从哪边落下去的!

坚守之恸

1

秦明对洪玲说:"我们分手吧。"

洪玲没说什么,眼光像一把凿子一样凿向了秦明,她多想让自己的眼睛变成一把凿子,凿进秦明的心里,然后那儿再有一个机关,一扭,就可以把他的心拉回来。可是,她知道没用。自那天洪玲看见秦明从那个高级别墅区大门出来时,她就知道没用了。

洪玲与秦明是一个县的,那年他们同时考上了长沙的一所大学。最初洪玲并不知道秦明是老乡,在一次学校的联欢活动中,洪玲才听说这个全校知名的帅哥竟是老乡。

洪玲是南方女孩,长得娇小可人,虽然是农村出身,但多年来形成的读书习惯,让洪玲自然有了一种不同于其他女孩子的独特气质。秦明与洪玲做了半年朋友之后,他便开始主动追求洪玲。事实上,洪玲对他也早就有好感,只是碍于女孩子的羞涩,一直将对他的感情放在心里。

就这样,洪玲光明正大地成了秦明的女友。

秦明的家也在农村,家庭条件也不好,他的母亲患有肾病,但没钱医治,只好拖一天是一天。秦明是家中老大,底下两个妹妹,大妹妹为了支持哥哥读书,早就辍学种地了,小妹妹还在读初中。

也许正是这样的家庭状况,促使秦明的奋发。许多人考上了大学之后,就六十分万岁,多一分浪费,然而秦明依然是刻苦学习,这让他很快在大学里脱颖而出,当上了学生会主席,成了许多女生的梦中情人。

成为秦明的女友之后,在许多女生又羡又妒的目光里,洪玲感到幸福就像春光明媚里飞舞在油菜花上的小蜜蜂,在耳边嘤嘤嗡嗡,不绝如缕。

秦明是个好男人。在大学里,他除了担任学生会主席,还在外面做家教,一来支持自己的生活费,二来还寄些钱给家里。记得有一年洪玲过生日,他给洪玲买了一个小蛋糕,在学校门口的小饭馆里,他为洪玲插上蜡烛,满怀愧疚地说:"玲玲,对不起,上次家里要用钱,手里一点钱都寄回去了,不能为你买更贵更好的生日礼物,我感觉很惭愧,等我毕业后一定会努力挣钱,让你过上好日子。"

看着烛光闪烁里秦明闪闪发亮的眼睛,洪玲在心里暗暗对自己说:"这是上天赐给我的好男人,我会一辈子对他好。"

2

2001年，洪玲和秦明大学毕业。他们学的都是政法专业，像他们这样没有任何背景和关系的学生，想要留在长沙政法系统谈何容易？因为秦明的优秀，学校提出来要他留校，但他婉言拒绝了。秦明向往的是更大的世界，他相信自己是只雄鹰。

毕业后几个月，秦明就带着洪玲一起去了上海。

最初到上海的日子并不容易，他们举目无亲，连个住的地方都没有。租房子也不便宜，而且先要交三个月的押金，他们没有那么多钱。于是他们就找了个最便宜的小旅馆住了下来，里面除了一张简陋的床和一把椅子之外，就什么也没有了。唯一的好处是便宜，一晚上只要二十元钱。

为了省点钱，洪玲只好和秦明住在了一起。从小生在农村，长在农村，虽然后来考上了大学，但骨子里洪玲是一个传统而守旧的女孩子。小旅馆的床很窄小，和秦明睡在一张床上的第一个晚上，洪玲的手心都在冒汗。说实话，洪玲是爱秦明的，如果他把持不住一定要洪玲，洪玲可能会心软。但一想到大学舍友吴丽琼的遭遇，洪玲的心就立刻硬了起来。

吴丽琼在大三的时候经不过男友的软磨硬泡，和男友在校外租了个小房子过起了同居生活，吴丽琼原本想生米做成熟饭，与男友的感情就会地久天长了。没想到半年之后，那个男人就把吴丽琼给蹬了。

吴丽琼声泪俱下地对姐妹说:"千万不要上男人的当,男人堆成山的甜言蜜语无非是想要你的身体,可是男人的本性又是吃着碗里看着锅里的,一旦他吃腻了你这碗里的,就会扔了你这个破碗。"

洪玲想起吴丽琼的话,心里禁不住打寒战。洪玲爱秦明,洪玲不想成为被他以后扔掉的"破碗"。洪玲要坚守最后一道防线,把神圣的时刻留到他们的新婚之夜。

秦明知道洪玲是一个保守的女孩,三年多的恋爱,他们除了抱抱吻吻,从来没有过真正的肌肤之亲。大学里的恋人像他们这样的并不多。秦明也说过,因为爱洪玲,所以尊重洪玲。

小旅馆也没有多余的被子,他们睡在一个被子里。毕竟秦明是一个血气方刚的小伙子,当他触碰到洪玲细嫩光滑的肌肤时,一股火焰像遇到了汽油一样腾地熊熊燃烧起来。

他呼吸急促,眼睛里都泛起了红丝,他一把扯掉洪玲的上衣、内衣,两只雪白的小白鸽呼啦啦地飞进了他的眼睛,他的眼睛都直了。洪玲羞红了脸,用双手一把护住,此刻的秦明鼻孔喷火,哪顾得了许多,三下两下把洪玲来了个玉体横陈。

洪玲没想到平日温文尔雅的秦明突然如此,洪玲用尽力气挣脱开他的手,然后使劲一用力将他蹬下了床,洪玲含着泪大叫一声:"秦明,我恨你,你给我滚!"

秦明扑通一声跌下床的时候,一桶冰水也瞬时浇灭了那股烈焰。他蓦地惊醒了,有些羞愧地说:"对不起玲玲,是我不好。"

第二天晚上,秦明就去街上买了一床廉价棉被,睡在了地上。

3

他们每天奔波着找工作。延安路上的上海展览中心经常举办大型的人才交流会,他们就往那儿跑,还往中山西路的固定人才市场跑,又订了一份《上海人才市场报》。有时候他们连一碗牛肉面都不舍得吃,虽然俭省得不能再俭省了,俩人口袋里的钱还是越来越少。肚里没油水,胃口就特别大,有时候他们合吃一碗牛肉面,吃完了,他还去问老板要些牛肉清汤。

因为是刚出校门的应届毕业生,没有工作经验和业绩,所以他们找起工作来比较难。两个月后,秦明终于找到了一份律师事务所的工作。过了一段时间,秦明又把洪玲介绍到另一家律师事务所。两人都住在单位的宿舍里,终于算在上海暂时安定了下来。

虽然在大学里学的就是政法专业,但那些理论大多属于纸上谈兵的范畴。在实际代理形形色色案件的过程中,他们也见识了形形色色的人或事。见识了人与人之间的尔虞我诈,见识了什么叫前面拥抱背后捅刀,见识了亲情和爱情有时候在金钱面前的薄脆,也见识到权力与金钱的威力……有从事这一行业多年的同事私下半开玩笑说,做这一行久了,人心都会变得坚硬和冷漠起来的。

秦明在上海这个繁华十里洋场浸浴得越发俊逸逼人,凭着过人的头脑和勤奋,他渐渐在这一行崭露头角。到事务所来找秦律师代理案件的越来越多。

看到秦明越来越忙,越来越顺风顺水,洪玲替他高兴的同时,心里莫名地有了一丝隐忧。

这个隐忧来自秦明一个名叫陈凤仪的客户。

十年前,陈凤仪随丈夫戴维从澳大利亚来上海投资,两年前戴维突发心脏病离世,陈凤仪后来就与小叔子打官司争遗产。

陈凤仪虽然年近四十,但因为长期养尊处优保养得好,看上去比实际年龄小不少,有一种用金钱堆砌起来的富贵气。一开始洪玲并没有在意,因为代理律师与客户走得近沟通得多是很正常的,这是处理案件的需要。

但是后来洪玲越来越感觉不对劲,以前洪玲过生日,秦明无论怎样都会记得,然而洪玲的二十五岁生日,秦明竟忘得干干净净。那天晚上洪玲打电话给秦明,他说他在外面会见客户,但女人的直觉告诉洪玲他的身边有另一个女人。洪玲挂了电话,到他的宿舍等他。他竟一夜未归。

4

洪玲质问秦明,秦明说那天晚上他和客户喝高了,然后就直接睡在外面宾馆了,所以没回来。洪玲没有再继续追究,后来洪玲对他说现在他们可以不住宿舍了,他们的收入足够在外面租房了。秦明说宿舍是免费的,还是省些钱留着在上海买房吧,不买房永远都游离在这个城市之外。洪玲觉得他说得也有道理,就同意了。

然而秦明夜不归宿的次数越来越多。有一天,洪玲看到他离开事务所打了辆出租车,她就悄悄地也打了一辆尾随其后。出租车进了上海西郊一个有名的别墅区,下了出租车,秦明进了一幢豪华别墅。

洪玲先还自我安慰地想秦明只是去谈案子的,很快会出来的。然而洪玲在别墅区大门口悄悄守了一夜,第二天一早,洪玲看到秦明从大门出来。

洪玲的心,如坠冰谷。

洪玲找秦明质问,他用一种陌生的眼光看着洪玲说:"你跟踪我,你竟然跟踪我!"

洪玲说:"你这样夜不归宿,我是你的女朋友,为什么就不能过问一下?我现在知道你为什么不肯与我在外租房了,你是有了别的女人,是那个陈凤仪?!"

秦明竟然承认了。他说："本来我还觉得对你愧疚，还偷偷摸摸的，现在看来不必了。我们分手吧。"

洪玲说："我与你恋爱六年，经历过那么多风雨日子，你怎么能说分开就分开？你以前不是这样的，你不是这样的人。"

秦明忽然眼睛红了，说："我妈肾病又重了，生命危在旦夕，医院说只有换肾这一条路可走，你知道我们这点钱救不了我妈，现在只有陈凤仪能救她。陈凤仪爱上了我，她说我们打赢这场官司之后，就跟我结婚，她的所有财产都是我的。"

秦明说："洪玲，我承认我对不起你。但是虽然我们恋爱六年，但你并没有真正成为我的女人，所以我的愧疚感也小些，如果我与你有了夫妻之实，也许我会对你负起责任。在这段感情里，你并没有失去什么，你还可以去寻找自己的幸福。"

他竟说与陈凤仪是"我们"！

他竟坦然地说，陈凤仪让他懂得了男欢女爱，尝到了做男人的滋味，或许也有这一方面原因，他也爱上了陈凤仪。

秦明与洪玲彻底分手了。2005年初，秦明和陈凤仪一起去了澳大利亚，从此再也没有了消息。

5

分手之初，洪玲甚至有过轻生的念头。这个打击对洪玲太沉重了。曾经洪玲把贞操看得神圣，觉得最甜蜜最神圣的时刻要留到新婚之夜,与秦明分手之后,她无数次问自己:难道,我真的错了吗?如果那次在小旅馆我真的给了秦明,是否可能他不会迷上陈凤仪而抛弃我?

痛苦的洪玲独自默默地吞咽这杯苦酒,无数个夜晚,她黯然落泪,她把全部心思都放在事业上。两年之后,洪玲在业界也享有了一定的名气。然而,对待感情,洪玲仍是退避三舍,独来独往。

不久,洪玲代理了一桩商业案件,原告方是某房产公司的董事长蒋斌。洪玲全力以赴帮蒋斌打这场官司,第二年,终于帮他打赢了官司。

蒋斌非常高兴,屡屡约请洪玲,他告诉洪玲,她是位美丽与智慧并存的女子,这样的女子并不多,并暗示洪玲是否能做他的情人,跟了他之后,洪玲还可以继续发展自己的事业。

蒋斌五十多岁了,有老婆孩子,两个孩子都已成人。他说这些年之所以没有像其他老板那样在外有女人,是因为实在没有遇到可心的人,那些上赶子的漂亮女人大多有胸无脑,无非是盯上他鼓鼓的荷包罢了。他说:"洪玲,这么些年在商场打拼,我见过的女人无数,没有真的爱上谁,但这次我是真的爱上你了。"

洪玲对蒋斌说:"对不起,我从没想过要做见不得阳光的二房,你好好守着你的老婆过日子吧。"

蒋斌还是不断约请洪玲,在洪玲身上花尽了心思。说实话,有时候洪玲真的有点感动,这世上,有一个男人对自己如此死心塌地,就算是当见不得光的情人,又怎样?

……

洪玲接到家里的电话,他大弟弟在家乡谈了个对象,人家女方一定要在老家城里买套房子,否则可能就吹灯拔蜡。爸妈急坏了,在农村像大弟弟二十九岁的人,早已成家,孩子都会打酱油了,就是因为家里穷……这几年洪玲往家里寄钱还好点,但她自己也想存钱在上海买房。

蒋斌不知怎么知道了这事,立刻写了张一百万的支票给洪玲,说如果不够再告诉他。

洪玲坚决不要,蒋斌沉思良久,说了一句话:"如果你觉得没有理由收这一百万,那就陪我……一夜吧,就一夜,那样可能你心里会平衡一点。"

为这事,洪玲矛盾了一个星期。最后,洪玲想,算了,豁出去吧,自己也不小了,都三十出头了,还当自己是什么贞节女子?当初那样为一个男人守着,结果呢?再说正如蒋斌说的,也许有了这一夜,收那一百万也心安理得一点。

6

夜色旖旎,在蒋斌豪华卧室阔大的床上,香云纱的帐幔朦胧映出洪玲酡红的脸。

蒋斌春风满面,公正地说,作为男人,蒋斌是成功的,也算帅的,五十多岁的人,还是那样意气风发。

他过来轻轻地吻洪玲的发,吻洪玲的额,喃喃地说:"感谢上帝,你终于肯与我在一起,知道我是多么想你念你吗?这么多年,从没有哪个女人让我如此倾心。"

在他的软语情话中,洪玲闭上眼睛,任由他轻轻吻自己的脸。他将洪玲小小软软的耳垂含进嘴里,轻轻吮吸,轻轻吹气,一阵阵战栗传遍她的全身。

……

狂暴的海浪终有平息之时。

当蒋斌看到那朵殷红的桃花之时,他都不敢相信自己的眼睛,他激动地紧紧搂住洪玲,用力吻洪玲,说真没想到她竟如此纯如净水,他说谢谢洪玲,说到后来,他都热泪盈眶了,他说他会一辈子对洪玲好。

当洪玲睁开眼睛看到蒋斌的脸时,不知为什么,那张脸竟幻化成秦明的脸。洪玲想,如果现在身边的人是秦明,该多好。

洪玲开始后悔没有早点将自己交付给秦明,如果早点的话,也许他们会在这样的鱼水之爱中升华感情,也许,他就不会离开洪玲了。

后来,洪玲还是离开了蒋斌。洪玲受不了与蒋斌在一起时,脑中总是浮现秦明的脸。无论蒋斌怎样央求,洪玲还是离开了他。

又是两年过去,洪玲换了单位,换了联系方式,蒋斌找不到洪玲了。洪玲依然单身一人,她忘不了秦明。

　　洪玲觉得自己就像苏格拉底说的那个去麦田摘麦穗的人,人生越往前走,越觉得生命中最饱满的那株麦穗还是曾经的秦明,所有的麦穗与秦明一比,都黯然失色。

　　那天是洪玲三十三岁生日,她独自一人看一张影碟《柏拉图式性爱》,她知道这是一部日本AV女优饭岛爱的自传电影。最后,伊藤在发给小爱的短信中说:"给我最珍爱的人:生日快乐!知道你还活着,我很高兴,如果我们还能相见,一切可能还是一样的,会彼此造成伤害,会生气,会哭,会笑,但我仍然想再一次握你的手,没有你我不会幸福,谢谢你还活着……"仿佛,洪玲听到秦明的声音从虚空之中传来。再细听,却什么也无。

　　已多年没有尝过泪水滋味的洪玲,在那一刻,泪涌决堤。

两张生死状

1

姐姐出嫁了。

她回到和姐姐共同住了六年多的小出租屋,默然凝思。小小的后院飘来一阵清香,是那棵她和姐姐一起亲手栽下的橘树开花了。花儿白白的、小小的,像单瓣的栀子花,却没有栀子花香得那样浓烈,香得那样横冲直撞。

这棵小橘树第一次开花的时候,她惊喜地大喊大叫着让姐姐来看。那些柔弱纤细的小白花簇拥着,无限依恋似的。

姐姐轻轻抱抱她说:"花儿像我们姐妹一样,抱在一起相依为命。"

姐姐说这话的时候,喉头沙哑着。

2

人家闺女出嫁时,得有自己的亲娘哭嫁。女儿穿着出嫁的盛装,母亲边哭边絮絮叨叨,告诉女儿到了婆家要懂得孝敬公婆、敬爱丈夫、贤惠持家等等,然后在满堂宾客的祝福声里,由新娘的兄长背起新娘上到门外的轿车上。

可是这些,姐姐都没有。她只是带了几件自己的衣服,去几十里之外一个名叫洪泽的镇子,嫁给一个男人,那个男人三十多岁了,妻子几年前去世,有个七八岁的男孩。

姐姐找条件好的找不到,因为姐姐是个瘸子。

她和姐姐原本有一个完整而幸福的家,爸爸、妈妈,还有弟弟。六年前,她在镇上读初一,姐姐在读初三。

六年前的那个初夏深夜,狂暴的洪水突然冲破堤坝,瞬间卷走了几十条尚在睡梦中的生命,其间就有她的父母和弟弟。

生命的重击让她与姐姐愕然、懵懂。思维清晰之后,姐姐说的第一句话是:"别怕,家没了,还有姐在,姐挣钱供你上学。"

姐姐退学了,她放弃了半年之后的中考,去一家砖厂做了搬运工。那一年姐十七岁;她十三岁。

3

那是一家规模不大的制砖厂,几排简易平房,只有二十来个工人,姐是里面最小的一个。起初砖场老板不肯要姐姐,说她年龄太小,又是女的,胜任不了这个重活。姐姐几番软磨硬缠,老板才勉强应承下来,但他拿出一张纸,让姐姐在上面签个字。姐姐看了看,咬着嘴唇签上了名字。那纸上写着:"若在做工过程中,出现意外或是死亡,由本人负责,砖厂概无责任。"

姐姐明知这意味着什么,但还是签了,她要为妹妹筹学费,筹生活费。以后妹妹还要考高中,上大学,要花的钱大把,得赶快多挣点存着,心里才不慌。

砖厂做工时间很长,早上六点就要上工,晚上还要经常加班加点,姐姐本来想就在砖厂里找个小平房住着,这样上班也方便一点。可是还没住几天,半夜里就被人撬了门锁,当一个臭气熏天的嘴巴拱到姐姐脸上的时候,姐姐拼死挣扎才逃了出来。

惊魂未定的姐姐就在离她学校不远的地方租了一间小屋,她也一起过来陪姐姐住,这样一来可以互相照应,二来她也省了学校住宿费。

姐姐每天早上五点起床,为她烧点稀饭,蒸几个馒头,自己也吃一些,就骑一辆旧自行车去砖厂上班。

她初三了,学习任务很重,姐姐去砖厂上班好久了,她还从来没有去看过。她对姐姐说过要去厂里看姐姐,可姐姐每次都说,安心学习,我做工有什么好看的,我们厂长看我是个女孩子,给我安排的活不重。

她想也是的,每天晚上姐姐回来时,头发顺顺的,也穿得干干净净的。

那是一个大热天,班里给每个同学发了一瓶盐汽水解暑,她没舍得喝,盐汽水她没喝过,姐也没喝过。她午饭也没顾上吃,就紧赶慢赶到了砖厂。

正午烈日之下,砖厂的工人还在干活,每个人头上搭一条已经辨不清颜色的毛巾,再戴一顶草帽,脸上的汗与灰交织在一起。她想找姐姐,可是却找来找去找不到。

她的到来仿佛是个另类,衣着整洁,唇红齿白,像一堆断垣残壁之间忽然开了一朵粉白的花。工人们不由自主地放慢了干活的速度,朝她这边张望。

她被看得有点窘,就红着脸问最近的一个工人:"请问,张明堇在哪里干活儿?"

那工人向右边一指:"哦,你找张明堇啊?她在那边码砖装车。"

她顺着工人手指的方向望去,看到一辆灰扑扑的卡车,几个工人一头灰一头汗地在往卡车上搬砖,却没有姐姐的身影。

姐姐怎么会在那里呢?这个工人一定搞错了。她想。

她又找了一圈,还是没找到姐姐。太阳很毒,她失望地抱着那瓶盐汽水准备回学校了,下午还要上课。

忽然,她听到一个男人的声音:"咦,张明堇,你躲在这儿干啥?"

她蓦然回头。

姐姐再也没法躲了。面前的姐姐,晒得黑红泛紫的脸在破旧的大草帽下忽隐忽现,厚厚的灰沾在脸上使五官都看不清楚了,汇集在下巴上的混浊汗水正往脖子里淌。

她瞬间明白,姐姐每天晚上回家的清爽与整洁,都是事后姐姐用心收拾出来的,姐姐怕她担心影响她学习,才说自己在砖厂里做的是一份轻巧事。

由于在砖厂干重活,姐姐这两年来几乎没怎么长个子,而她个子蹿了不少。她默默地将盐汽水塞到姐姐手里,一声"姐"还未出口,泪就先流了下来。

一年后,她考上了高中,费用更多了。姐姐更加努力地干活。那一天,姐姐实在太困了,干活时没注意到一堆砖在身边摇摇欲坠。轰然倒塌的砖堆,将姐姐砸伤,左腿也砸折了。

在医院治了好久,出院时,这几年姐姐辛苦攒下的钱没了,姐姐的左腿也永远瘸了。

她去砖厂讨说法,砖厂说当时不肯收,是姐姐硬要来,砖厂还拿出那张生死状——若在做工过程中,出现意外或是死亡,由本人负责,砖厂概无责任。

下方,是姐姐的签名——张明堇。

4

刚上高三,学习压力骤然增大。有一阵子,她老是感到很累、头晕、心慌,有时候还有点低烧,她想可能是学习压力大的缘故,也没怎么放在心上。一天,她陪同学去学校医务室拿创可贴,医务室的刘医生说:"张明惠,你抽空到医院去检查一下。"顿了一下,刘医生又问,"最近是不是身上老容易瘀青?"

"是的,刘医生你怎么知道?"

"你可能得了再生障碍性贫血,赶快到医院查查。"

她昏昏沉沉地去了医院,检查结果证实了刘医生的预测:慢性再生障碍性贫血。

医院的那个医生也姓张,这让她有了一点点的亲切感。张医生说好好治一般来说可以治好,但是需要长期大量输血,费用高昂。

她不知道自己是怎样走出医院的。自从姐姐瘸了以后,砖厂只象征性地拿了几百块钱出来。为了给她挣学费,姐姐拖着一条瘸腿东奔西走,终于在一家塑料厂找了个活儿,听说活儿不是特别累,就是味儿大。她担心对姐姐身体不好,姐姐却说:"没事的,别人都能做,我为啥不能做?"

告诉姐姐自己得病的那天晚上,她在床上搂着姐姐啜泣得肩膀直抖。姐姐将她紧紧抱在怀里,安抚她:"惠,不怕,只要有姐在,一定会治好的。"

那晚在姐姐的怀里,她睡着了,睡得很香。

第二天早上醒来时,姐姐已经上班去了。姐姐那一边的枕头上,有一大块湿迹。她的心,像被揪了一下。

很意外,医院的张医生竟将电话打到学校,让她到医院去接受治疗。

她去了,张医生安排给她输血。输完血,张医生嘱咐她每隔一个月来输一次血。

就这样输了几次血之后,一个疑问像一棵春天的草籽在泥土下蠢蠢欲动。那天在又一次输血结束时,她忍不住问:"张医生,我每次就这样接受输血很贵吧?可我也没怎么交费呀!"

张医生笑笑说:"你只管来输血就是了,别问那么多。怎么样,最近身体感觉好多了吧?"

日子一晃就好几个月过去了,又到了深秋季节。她感觉身体好多了,晚上睡得也很香。

那天早上,姐姐起来准备去上班。朦胧中,她突然听到扑通一声沉闷的声响,她吓了一跳,睁开眼睛,看到正要出门的姐姐,倒在了门口。

5

当姐姐醒来的时候,她抱住姐姐失声痛哭:"姐,你怎么这么傻?"

姐姐苍白的脸上露出一丝微弱的笑意,抚摸着她的头:"姐不是傻,在这个世上,姐就你这么个亲人了,不为你,还为谁呢?"

她想起昨天把姐姐送到医院抢救,她急得像热锅上的蚂蚁,哭个不停。好心的张医生对他说:"别哭,要像你姐一样坚强。"

当张医生将一本本红得刺目的无偿献血证放在她面前时,她的脑子一时反应不过来。待翻开献血证,每一本上都赫然写着"张明堇"的名字时,她一下子就明白了。

在医院输血很贵,姐姐没有钱给她输血治病,无奈,姐姐想出了一个办法。根据规定,无偿献血者献到一定血量时,直系亲属在需要用血时部分减免费用。

张医生指着献血证上用血量一栏里医院盖上的公章说:"这些盖了章的说明可用的血量已经用完,你以后再要输血就要付费了。前几天,我告诉了你姐这个情况,你姐很着急,又去血站献血,血站鉴于你姐的身体状况不让献。你姐没有办法找到我,求我帮帮她,说如果她不献血你就不能再接受输血治疗了,她就你这么一个亲人……"

张医生取下鼻梁上的眼镜,翕了翕鼻子又说:"后来我托了关系,采血站写了个免责声明,也就是生死状:你姐再献血可以,但如因献血引起任何后果,由你姐本人负责。你姐签了字。"

当她颤抖着手将那张生死状捧在手里,看到下面"张明堇"三个字的签名时,她的眼睛模糊了。

两年前,在砖厂,姐姐为了能让她上学,签了一张生死状。

现在,姐姐再次为了能让她好好活下去,又签了一张生死状。

她仰起脸,努力将泪咽下去,是的,她要坚强,像姐姐那样坚强。她的目光越过医院的窗户,看到医院花坛的灌木丛在秋风里已经萧疏,有个流浪猫妈妈正在弓腰竖毛向一个入侵的大黄狗示威,它知道自己的身躯与黄狗比起来小得可怜,可是它依旧那样无畏地用自己的生命保护着自己的孩子。

这多像自己的姐姐啊!她知道自己瘦小的身躯与残酷的命运巨手比起来,是多么弱小,可她坚强地签下两张生死状,用生命保护自己的妹妹。

6

如今,姐姐出嫁了。她也考上了省城一所大学,她申请了助学金,另外可以靠勤工俭学完成学业。她对姐姐说:"姐,这几年,你太累了,我去省城念书,你也找个人照顾你吧。"

姐答应了。

待会儿房东就要来收屋子了。

姐姐走了。这间空荡荡的出租屋,仿佛仍旧响着姐姐的笑声、姐姐的哭声、姐姐炒菜的哧啦声……

她在清香环绕的橘子树下,轻轻地说:"姐姐,你一定要过得好。"

忍住眼泪

1

林敏冲经常怀疑自己是不是投胎投错了时代。

林敏冲觉得他应该生在唐朝或者宋朝,至少应该生在有科举考试的朝代——写一篇文章就结束了考试,多爽!林敏冲就想,中国的科举考试从隋朝一直延续到清朝光绪,一千三百多年哪,咱妈她老人家啥时候不好生俺,偏在这时候生俺。

林敏冲的妈妈要听了这话,又要指着林敏冲鼻子训他了:"你别身在福中不知福,生在新社会,长在红旗下,你头上长俩幸运角,你知道不?"

说实话,林敏冲没觉着新社会不好,可他就觉着新社会有一样不好——高考要考数学!

就这点不好。一讲到"数学"两个字,林敏冲就牙疼,不仅牙疼,头也开始疼了。这两个一疼起来,他就得歪起腮帮子咝咝吸气。

林敏冲就闹不明白,你说咱长大了也不想当啥数学家之类的,为啥要这些祖国的花朵拼了全身的力气去学那些什么"复合函数""值域""升幂降次""棣莫弗公式"……说句心里话,这些东西等花朵们一毕业都还给老师了,谁在日常生活和工作中用到它们呢?

既然以后用不到,现在这样拼死拼活地学它,浪费无数的宝贵光阴又不能学以致用,套用小沈阳一句话:"这是为什么呢?"

小沈阳闹不明白,林敏冲就更闹不明白了。

那天晚上,林敏冲正在数学题海里苦苦泅渡着,忽见一衣袂飘飘之人打马而过,口中豪迈吟哦:"仰天大笑出门去,我辈岂是蓬蒿人。"林敏冲定睛一看,是李白,他赶紧大呼:"太白兄救我!"李白将林敏冲从题海中拉上来,道:"吾正欲进京面圣,不如你我同行如何?"

到了京城,见到玄宗皇帝,林敏冲与李白各施身手,李白一句"名花倾国两相欢",林敏冲一句"常得君王带笑看",把皇帝和贵妃乐得眉开眼笑。真是"十年勤苦无人问,一日成名天下知"啊!李白老兄已经四十出头年纪一大把了,不比林敏冲十八小伙正当头,整个大唐的姑娘都将林敏冲当作了梦中情人。

那天,林敏冲和李白正在豪饮,高力士来了,说皇帝有请上船游湖。李白和林敏冲都醉了,林敏冲大着舌头说:"长安市上酒家眠。"李白一挥手说:"天子呼来不上船。"然后伸出腿要高力士帮他脱靴子,林敏冲趁机会也把脚伸了过去,心想:这唐朝就是好,不用考数学就能当皇上跟前的红人儿,还能叫高力士脱靴……

啪,林敏冲腿上挨了重重一巴掌。这高力士,活腻歪了不是,也不睁开狗眼看看俺姓林的是谁!

"冲冲,冲冲,数学题集做完了没有?嘴里嘟囔什么呢?脚还踢来蹬去。这么不专心,都高中了,离高考还远吗?"

是妈妈恼怒且掺杂着失望的声音。

哎呀,林敏冲倒吸了一胸凉气。奶奶的,原来是做梦!

谁能知道,林敏冲是多想永远在梦里不出来啊!

妈妈说,都高中了,离高考还远吗?妈妈真神,她老人家肯定不知道雪莱,却一不留神得了雪莱的真传。是啊,"冬天来了,春天还会远吗?"

可是,有那该死的数学和高考,林敏冲的春天,还会来吗?

2

真的是怪,林敏冲一看到方块字,就觉得那是一朵一朵小小的花,美丽地在纸上次第绽放,他立刻变得头脑澄明、心宽气顺。

可是一看到那些奇形怪状的数学符号,他脑中就一片糨糊。

可是那些有着美丽文章的书,林敏冲妈通通斥之为"闲书",一概没收没商量,她说看这类书太耗费时间,耽误正事。她所说的"正事",就是做她给林敏冲买回来的永远也做不完的数学习题集。

十多年前,林敏冲的爸爸和妈妈在同一个大型国企上班。说老实话,小时候林敏冲的生活条件很不错,父母都是国有大厂捧铁饭碗的职工,工资也算稳定而丰厚。林敏冲在上幼儿园的时候,当别的小朋友连哈根达斯还没看过的时候,林敏冲就隔三岔五吃一回哈根达斯。

可是父母的单位效益跟林敏冲的成长成反比,林敏冲一天天长大,父母的厂子一天天地衰落。林敏冲考上初中那一年,有一天妈妈失魂落魄地回到家来,躺在床上不吃不喝哭了三天。从那天开始,林敏冲才知道这世上还有"下岗"这个词。

"下",也就简单三笔,林敏冲一直对这个字很有好感,"人归山郭暗,雁下芦洲白"。瞧这"下"字,多美。"岗",《在那桃花盛开的地方》里,蒋大为唱得多好听啊:"无论我在哪里放哨站岗,总是把你深情地向往。"这个"岗"字,多美。

可如今这两个字组合在一起,就令妈妈痛不欲生,令无数人愁眉深锁。

爸爸本来也要下岗分流的,后来妈妈找到厂领导说:"我已经下岗了,老林再下岗,我一家子靠什么活下去?既然活不下去,我不如今天干脆死在这里算了。"

爸爸终于留在了厂里保卫科,但工资比以前少了很多。林敏冲问为什么要减工资,爸爸叹了一声:"一个看大门的,能值多少钱?"

家里的日子一下子拮据了许多。妈妈下岗后在路边摆过煎饼摊,可是不久就被城管给连锅端了,连本都赔了进去,后来想去农贸市场卖点菜,一打听,摊位费贵得吓人。最后妈妈终于托一个厂子里的同事介绍去超市做了理货员,累是累点,但相对稳定一点。

初一期末考试,林敏冲考了全校第二名,全班第一名,还拿回来一张奖状和几百块钱奖学金。

爸爸无限欣慰地拍着林敏冲的肩膀:"好儿子,爸爸妈妈就亏在文化不高上,这次厂里下岗的都是那些没文化的,高学历的几乎一个没动。儿子,爸妈这辈子没啥出息,就指望你能有出息为爸妈争口气了!"

林敏冲满怀豪情地说:"爸、妈,你们放心,我以后一定要考上一流的大学,长大后赚多多的钱养你们的老。"

日脚,日脚,日子长了脚,它会跑。林敏冲跟着日子的脚步如愿以偿考进了一所重点高中。

这次中考,林敏冲的数学成绩还不错,林敏冲承认是题海战术起了作用。刚升进初三,班主任严老师对林敏冲说:"林敏冲,到了初三你文科不要再费精力学了,凭你的底子,中考文科没问题,你要重点攻克数学这个难关。"

整个初三,林敏冲都泡在数学题里。林敏冲想,我无论如何都要考上重点高中。

妈妈在超市里做得还不错。离开了国有单位的论资排辈、盘根错节,妈妈发现自己在超市里找到了人生的坐标。她工作努力,很快就涨了几百块钱工资。

与妈妈的人生进入春天相比,林敏冲的人生却进入了肃杀的秋天。如果说初中时候因为他的勤奋,用笨办法将数学学得还算过得去,那么到了高中,林敏冲发现他成了那头可怜的黔驴,终于被高中数学这只老虎给看出了破绽,它要一口将林敏冲这只技穷的黔驴吞掉。那些艰深的公式,对于林敏冲那本来没有多少数学细胞的大脑来说,是一种巨大的折磨。他记得住一整本《唐诗三百首》,却记不住十个数学公式。

高一第一学期期末考试,林敏冲的数学就挂了个红彤彤的大红灯。这让他爸妈尤其是妈妈惊恐万分。妈妈万万没想到在初中成绩那样优异的林敏冲会挂红灯。她的第一反应是林敏冲上高中后学坏了,没有好好努力学习。

上初中时学校离家近,林敏冲每天回家。高中在这个城市的另一个区,要乘地铁还要乘几站公交车,所以林敏冲就住校了。妈妈认定,林敏冲的退步是因为住校没有了她的监督。

高中的第一个寒假,爸妈都上班,林敏冲一个人在家。林敏冲很喜欢这种自由,他做了个作息时间表,规定上午在家温习功课,当然主要是做数学题。下午出去自由活动,打打篮球,玩玩滑板,偶尔和同学聚聚。

那天上午,林敏冲做着枯燥无味的数学题,忍不住从抽屉里拿出《三重门》来看,那个聪明活泼的主人公林雨翔,那个数学不好的林雨翔,在情窦初开的青春季节里,能否找到一把钥匙,去打开人生、心灵、爱情这三重门呢?

还有韩寒,林敏冲不知道当时韩寒在初中时七门功课挂红灯,他爸妈有没有打他骂他?他高中只读了高一,而且还留级一年,他的爸妈有没有失望过?肯定也失望过的吧?他爸爸就曾说韩寒初中时没交作业,气得他在教室外对儿子拳打脚踢,那是恨铁不成钢的咬牙切齿吧。韩寒爸爸说最后一次打韩寒是因为蚊子叮儿子,他拍了儿子一下,瞧,多幽默,那肯定是韩寒"一朝成名天下知"之后吧,否则韩爸爸恐怕也幽默不起来……

就在林敏冲怔怔地想着林雨翔和韩寒时,不知什么时候,妈妈已经出现在林敏冲的身后。她愠怒地盯着林敏冲,林敏冲下意识地想将《三重门》藏在数学题集下面,可还是被妈妈劈手夺去。

"什么时候了,还有心思看闲书?数学没考及格,还不知反省,我跟你爸都急得头发开叉你知道吗?马上就高一下学期了,高二滑一年就过去了,到了高三再想提高就来不及了!"

"妈妈……"林敏冲有点心虚地嗫嚅着。

"冲冲,爸妈一直把你当成骄傲,爸妈全部的希望都在你身上,你怎么能这样骗妈妈?前一阵子没回家是因为妈妈相信你不用监督,今天中午有点空,怕你中午吃不好,就在超市里买了红烧肉送回家,路上要换好几趟公交车这你不是不知道,没想到,你就这么骗妈妈……"

妈妈说着眼圈红了,竟呜咽着说不下去了。她丢下红烧肉,抹着眼睛,外门带着愤懑砰的一声重重关上。

林敏冲站在那里,心里忽然惭愧得想扇自己一耳光。妈妈为了自己能吃上一口红烧肉,换三趟公交车回家,而自己呢,都做了些什么……

从此,妈妈会经常搞"突然袭击"。有时她甚至在上午或下午上班时间溜出来,换三趟公交车悄悄回家"暗查"。妈妈到了家门口,轻轻用钥匙打开家门,蹑手蹑脚进来,屏息站在林敏冲身后看他手里在做什么,在看什么书。

好几次,林敏冲被吓得差点背过气去。林敏冲说:"妈,你干什么,想吓死人啊!"妈妈却理直气壮地说:"在自己家里有什么好怕的,能进到家里的人,除了我和你爸,还能有谁?"

渐渐地,林敏冲发现自己变得有点神经质。经常好好地学习着,耳朵里就听见有人捅防盗门的声音,他赶紧跑过去看,却什么也没有。

林敏冲把自己的房门关上并上了保险,当天晚上就被妈妈明令禁止。妈妈说:"关门可以,但不可以上保险,你上了保险,谁知道你在屋里做什么?"

林敏冲说:"妈,我已经不是小孩子了,我知道自己该做什么。"

"既然那么光明正大,要上保险干吗?"

林敏冲无言以对。

3

高二下学期开始,妈妈就给林敏冲做了一个"高考倒计时牌"放在写字台上。每天晚上妈妈都会督促林敏冲做完所有的习题才能睡觉,她搬个小板凳就坐在儿子身边看他做题。林敏冲说:"妈,你去睡吧。"妈妈说:"冲冲,妈没事,妈陪着你,只要你好好复习考上好大学,我和你爸就放心了。我和你爸尝够了没有文凭、没有能力被人欺负的苦,你一定要给爸妈争口气。妈现在陪你,明天还要上班,累是累些,但只要你学习好,妈就心甘情愿。"

妈妈不知道,她的这些话,给林敏冲造成了巨大的心理压力,这种压力压得林敏冲喘不过气来。

一看到妈妈,林敏冲就想到了高考,一想到高考,就有一种泰山压顶一样的压迫感窒息住他的心。所以,每天晚上表面上看林敏冲学习到很晚,可是只有林敏冲知道自己的学习效率很低,效果也很差。林敏冲的脑袋里昏昏沉沉的,有时候看着数学题中的许多符号,就像无数的蚊蝇在嗡嗡乱飞。

可是这些,林敏冲都不敢跟妈妈说。

终于熬进高三了。每个人都感受到一种黑云压城城欲摧的压抑与紧张。林敏冲觉得连空气仿佛都成了浓稠的东西,胸口憋闷。

第一次高三摸底考试之后,林敏冲的成绩很不理想。班主任找到林敏冲,严肃地说:"林敏冲,怎么回事?以前你只是数学跛跛腿,怎么这次连英语也考得这么差?赶快要迎头赶上,否则就凭这样的成绩,别说进重点本科,连进好点的大专都成问题!"

林敏冲恍恍惚惚地走出老师办公室。望了望天上,天还是蓝的,云还是白的,可是他心里,一片死灰。

林敏冲开始失眠,晚上闭上眼睛,脑子里像唱京剧堂会一样钹儿铙儿一齐咚咚咚响。胃口也差多了,在食堂打二两饭都吃不了,什么菜到嘴里都味同嚼蜡,没有一丝味儿。

林敏冲将试卷藏在书架的隐秘处。他晚上不用妈妈督促就自觉延长了学习时间,妈妈看了很高兴,还给儿子做夜宵,为儿子拿湿毛巾擦脸。林敏冲有时学习到凌晨一两点,妈妈也一直陪着,林敏冲让她去睡觉,她也不肯。

看到妈妈因为白天上班,晚上陪自己而累出的憔悴脸色和青紫的眼袋,林敏冲心里内疚得厉害。唯有"学习"到更晚,让妈妈看了高兴,才能稍稍减轻一点他心里的负疚感。

可是,妈妈并不知道,无论林敏冲磨蹭到晚上几点,他的脑袋里都是一片糨糊。

林敏冲也不知道怎么办,趁着妈妈去厨房的时候,林敏冲使劲捶打自己的头:"林敏冲,你不能这样,你不能这样啊。"

有一天,林敏冲在上课的时候记着笔记。忽然,老师黑板上的字全部都像长了翅膀一样,毫无章法地飞了起来。老师的脸在旋,教室也在旋,一切都在旋……

医生说林敏冲是过度疲劳加上低血糖引起的暂时性休克,要多注意休息和营养,开病假一个星期。

妈妈请了一个星期的假照顾儿子。林敏冲不让她请假,她不听,说已经营养不良了,再不补补怎么能有好身体备战高考?妈妈买菜做饭,换着花样给林敏冲做吃的,他却仍是吃不下去。

妈妈虽然没说出来,但林敏冲看得出来她内心的焦灼,她担心林敏冲因请病假耽误了学习,赶不上别人。所以病假还没满,林敏冲就去上课了。

高三下学期,空气紧张得达到了爆炸临界点。几次模拟考试,林敏冲都考得一次不如一次。最后一次模考林敏冲竟然三门功课都不及格。班主任显然是对他失望了,也可能是怕给他造成更大的压力,没有再找他谈话。

这时,林敏冲又忽然从同学刘宏那里知道爸爸被减薪的消息。刘宏的爸爸和林敏冲的爸爸在同一个厂子里,不过在技术部门工作。原来这次厂子说今年效益不好,要集体减薪,对于高工资的岗位来说,一个月减几百块无所谓,但对于原本工资就低的爸爸来说,一减薪真的连家里基本开销都成了问题。

爸妈怕林敏冲担心,一直都瞒着他。他们把所有的希望都寄托在林敏冲身上,希望林敏冲能考上一个好大学,有知识有本事,将来不会再走他们任人宰割的老路。

坏事无脚走千里。那天妈妈无意中从林敏冲一个同学的妈妈那里听到最近进行了两次模拟考试,回到家,妈妈就问林敏冲怎么没告诉她这事,又追问成绩怎样。

林敏冲不敢告诉妈妈真相,怕她一下受不了,只得用了个缓兵之计,说成绩还没出来呢。

4

这天是周六,爸爸在加班,妈妈也去超市上班了。妈妈早晨起个大早把中饭做好放在冰箱里,让林敏冲中午放微波炉热下就行。临走时,妈妈摸摸林敏冲的头,眼圈有点发红:"冲冲,一定要努力向前冲,好好学习,妈妈相信咱们家冲冲。"

上午林敏冲读了一会英语,然后开始做数学题。这次老师发的这本习题集上的数学题真的是太难了,他做了几题就觉得脑袋发涨。他想休息一下可能会好点,就合上习题集,去冰箱拿了瓶可乐,打开电脑想看点喜剧换换脑子。

"先生,我左青龙,右白虎,老牛在腰间,龙头在胸口,人挡杀人,佛挡杀佛!"《唐伯虎点秋香》里的星爷周星驰把林敏冲笑得差点一口可乐喷出来。这部秋香片子拍的时候是一九九二年吧,林敏冲想,那时我才刚出生呢。岁月不饶人啊,当年的星哥现在也成了一头灰白头发的星伯了。

咣当一声响。咦,周星驰正跟老夫人神吹,没摔盆子啊!

林敏冲从大笑中猛然醒悟,回头一看,妈妈气得脸发青,手里的饭盒已经摔到地上。林敏冲没想到妈妈十点多钟就回家了。

"妈……妈……"林敏冲语无伦次地边关电脑边想跟妈妈解释一下,可是妈妈只是定定地看着林敏冲。妈妈从来没有用那样的眼神看过林敏冲,妈妈的眼神看得林敏冲直打战。

妈妈一字一顿地说:"我怎么生出你这么个不争气的儿子!我在外面受什么气受什么罪我都认了,只要你上进,只要你能考上好大学,我和你爸怎么苦都无所谓。你爸现在减薪了,每个月拿那点工资你也知道,你的学费,家用开销,都是钱。我还要千方百计保证你的营养……我的苦谁知道啊?"

妈妈顿了一下,抹了一把眼泪,说:"你知不知道,妈妈为了你把工作都弄丢了,妈妈晚上陪你学习到深夜,第二天又要上近十个小时的班,理货员是什么?就等于搬运工,妈妈撑不住啊,经常在做事的时候忍不住打瞌睡,两个多月前被视察的老板看到了……怕你学习分心,妈妈一直都瞒着你,现在妈妈天天在菜市场边摆摊卖菜,没有摊位,城管一来就得躲,怕你同学看见,妈妈特地去离家远的菜市场卖……

"妈妈恨不得变条虫子钻进你肚子里。你自己看看,离高考还有多少天了?你现在还有心思喝可乐、看电影?一学习你就这里疼那里痒,怎么喝可乐看电影你就那么开心啊?……天啦,我怎么生了个你这么没用的儿子,你小时候那聪明劲儿上哪儿去了?……"

妈妈倚着门框软软地瘫坐下来。

林敏冲的脑中一片木然。眼里酸涩,却没有泪。

离开考还有两个月。林敏冲的写字台上和教室后面黑板上的高考倒计时牌,像两道催命符,上面的数字一天天往下减,林敏冲心里的重压却一天天加重。

林敏冲开始夜夜做噩梦。

一会儿是厉鬼吐着长舌头张牙舞爪地向他索命,一会儿是他在考场上,考卷发下来他一题都不会做,交卷的铃声却响了……醒来之后,他浑身汗水淋淋。

林敏冲明显地消瘦下去,脸色蜡黄。这倒没有引起谁的注意,因为高考之前,许多高三学生都会消瘦,气色不好,这算不了什么。

林敏冲不能听"高考"二字,一听到,就胸闷气短。而林敏冲的妈妈天天在他耳边一遍遍地说着这两个字。林敏冲想逃离这两个字。林敏冲想永远逃离。

林敏冲听不进去课,黑板上的字老是长着翅膀在他眼前飘,他也做不了题,大脑木木的,根本不能缜密思考。越急,他越做不出来;越做不出来,他越急。

林敏冲觉得自己快崩溃了。

有一天晚上,妈妈兴冲冲地带回一套习题集:"冲冲,这套题人家都说好,我今天下午都没卖菜,在书店抢了一套,你赶快做。"

书里面有模拟题,在妈妈充满希冀的眼神里,林敏冲逼迫自己沉下心去做。可是,最后他只做对了几道题。离高考只有一个多月了,前所未有的巨大恐惧感紧紧地攫住了林敏冲的心,那是一种濒死的绝望,林敏冲突然哇地大哭起来,把习题集撕得粉碎。

林敏冲哭着对目瞪口呆的妈妈说:"妈妈,我求求你,放了我吧,我不考了行吗?妈妈,不考大学我也能养活你和爸爸,我去卖菜,去做力气活儿,妈妈……"

一耳光扇过来,林敏冲脸上一辣。"你这个没出息的东西,你给我滚,我再也不想看到你!"

高考前的最后一次模拟考试之后,林敏冲离开了学校。

林敏冲没有回家。在火车站的广场上,所有的喧嚣与他无关。林敏冲孤魂野鬼一样游荡在清冷的月光下。他想逃离,可是逃到哪里去呢?都说月亮上很冷,可是林敏冲觉得月亮上应该比生活的这个世界温暖。这个世界好冷。

林敏冲的兜里连一毛钱也没有。他很饿,却没有办法。

夜深了,人声渐渐消散。林敏冲紧紧裹起单薄的衣服,用书包当枕头,在一张长椅上躺了下来。

噩梦又来了,一个厉鬼从林敏冲胸口掏走了他的心,狞笑着,林敏冲佝偻着腰身,追,追,一跤跌倒……

林敏冲真的是从长椅上跌到了冰凉的地上。头下枕的书包不见了!林敏冲大骇,发现远处一个人影仓皇逃窜,等林敏冲追出去时,偷包贼早已不见踪影。

书包没了,我拿什么高考?书包没了……林敏冲坐在冰凉的水泥地上,抱住肩膀,身体筛糠一样地抖个不停。

5

一个警察说:"他醒了。"

立刻,两张熟悉的脸围上来:"妈妈,爸爸。"

林敏冲喃喃地说:"我不要高考,我不要高考……"

"不考了,不考了,冲冲,只要你好了,咱们不考了,咱们现在就回家。爸爸如释重负地说。"

妈妈在旁边抹着泪:"回家……"

医生说林敏冲身体严重虚弱,回家后要好好静养。回家后,爸爸去上班,妈妈没去卖菜,留在家里照顾林敏冲。爸妈答应林敏冲不高考了,没有了如山的数学题,没有了高考的梦魇,林敏冲的健康状况立刻神奇般地好了起来,以前所有的不适一扫而空,胃口也好得出奇。

妈妈惊奇地看着林敏冲说:"冲冲,你恢复得这么快,妈妈真是没想到,到底是年轻人身体底子好。"

林敏冲说:"妈,我想好了,我现在身体好了,我想写点文章。妈,你知道我的文章一直不错的,老师还经常表扬我呢,我一定好好写,写出点名气来给妈妈争争光,说不定到时候写出第二个韩寒或者郭敬明也说不定呢！"

林敏冲踌躇满志地说着。妈妈牵着嘴角笑了笑，没作声。

离高考还有二十天。但这一切已经与林敏冲没有一点关系了。他心里无比轻松，而且这几天思路奇好，写了好几篇文章，还寄给了市内的晚报几篇，编辑还给林敏冲回信，说准备采用其中一篇。林敏冲高兴得手舞足蹈。

晚上妈妈回家时，林敏冲迫不及待地把这个好消息告诉妈妈，要与她分享，要知道，这是林敏冲人生中将要发表的第一篇文章啊。想象着自己的文章变成铅字印在晚报上，全城的人都看到林敏冲的名字，妈妈的脸上该多有光啊。

妈妈听到这个消息却没有林敏冲想象中的高兴，妈妈递给他一个书包说："明天开始去学校上学，你还要参加高考，妈妈今天跑了一整天，托人买到了所有的书和资料……"

林敏冲脑子里轰的一声，那种窒息的感觉骤然袭来。林敏冲说："妈，你不是答应我不考了吗？怎么你们大人说话出尔反尔？"

妈妈仿佛有点心虚似的不拿眼睛看林敏冲，说："此一时彼一时，冲冲，那时候你躺在医院里，我能说什么？现在你活蹦乱跳的，没有任何理由不参加高考，这是人生中最重要的一场大战，你怎么能不参加？还剩二十天，你要加紧复习，老鼠尾巴一棒槌，最后的劲使好了还是很有用的。"

妈妈说完就把书包放到林敏冲的写字台上说："好好复习，

妈去给你做饭。"

林敏冲坐在写字台前,耳朵一直嗡嗡嗡响,像有一千只蜜蜂在里面乱哄哄地叫。他坐立不安,像一头焦躁的困兽,急切地想找到一个出口逃离这个令人窒息的世界。可是要如何才能逃离?

林敏冲锁紧了眉头,妈妈刚才的话又响在耳边:"那时候你躺在医院里,我能说什么?现在你活蹦乱跳的,没有任何理由不参加高考……"

对,医院。我要是一直躺在医院里,就能躲过高考了……

写字台上放着一只咬了一口的苹果,那是昨晚妈妈为林敏冲削的,现在它已经锈成了土黄色,像林敏冲的心,锈迹斑斑,没有一丝生机。

6

"冲冲,出来吃饭了,看妈妈今天给你做了什么好吃的。红烧肉,你最爱吃的。冲冲,冲冲……这孩子,学习这么用心,怎么也不应一声……"

"啊!冲冲,你怎么了?怎么会这样啊……老天爷啊!"

林敏冲模糊地在想,我的手腕还在滴血吧,不知道地上有没有洇湿一大片。

林敏冲就这么躺在床上,胳膊搭在床沿上想着,滴吧滴吧,这样滴下去就不用考了吧。

　　妈妈大声哭喊着,拿毛巾紧紧绑住林敏冲的手腕,一会儿毛巾就洇得通红。瘦小的她使出全身力气架起高她半头的儿子。

　　好容易拖到客厅里,妈妈却因体力不支跪倒在地。妈妈连滚带爬到电话机旁,手颤抖着拨林敏冲爸爸的号码,却怎么也拨不对。终于拨通了,她只声嘶力竭地叫了声:"快回来呀……"

　　她又回到儿子身边,拖起儿子要往外背。林敏冲感觉自己的血管像条奔涌的大河,无数鲜红的血液无所顾忌地奔向一个极度干渴的沙漠,慢慢地,他感觉河流也快要干涸了。

　　妈妈背着林敏冲正在艰难地开门。林敏冲模糊地想,开了门就下楼了,下楼就要进医院了,高考还有二十天,我能在医院待到二十天吗?要是二十天不到就要我出院,我该怎么办?我不要高考,我不要高考,林敏冲混沌的脑袋中突然闪出一个强烈的念头:如果摆脱了妈妈,我就一定能摆脱可怕的高考……

　　门口玄关上有一个白色花岗岩的弥勒佛,妈妈常常进家门后都要拜上一拜。

　　林敏冲伸出手臂摸到弥勒佛,弥勒佛很重,林敏冲很用力地握起来,砸向他面前那个头发蓬乱的头颅……

　　林敏冲随着前面瘦小的身躯一起倒下的时候,他觉得自己应该流泪的。

　　可是,林敏冲感觉眼角是干干的、涩涩的,没有任何液体。

　　林敏冲不明白,在这个时候,他怎么还能够忍得住眼泪……

末砂痣

1

一个女人一切心伤的过往,都是与爱情有关。刘萌觉得这话真的是对的。

因为心伤,一不小心,她将自己伤成了剩女。这不,她要去相亲了。

本来,打死她她也不会去相亲的,她觉得完全陌生的一男一女一见面就拿着一杆秤,将对方从头发梢到脚底板称了个遍,恨不得再找个显微镜往每个毛孔里照一照。

一想到这些她就浑身不自在。所以前几年,妈妈好几次要她相亲,她都逃了。

上次电话里妈妈的口气不容置疑:"这次你王阿姨给介绍的这个,还是个什么局的小干部,家庭条件也好,听妈的话,赶紧回来相一相,别再拖了,女人拖不起啊,女人还有几个二十九岁啊,妈二十九岁的时候你都快念书了,别再挑挑拣拣了,差不多就行了……"

"妈,你干吗这么着急要把我嫁出去?单身不挺好嘛!干吗非得结婚呢?"

妈妈大概是想缓和一下剑拔弩张的气氛,就半开玩笑地说:"你不结婚,妈以前送出去的红包可都收不回来了啊。"

刘萌想到妈妈逼着自己去相亲就气不打一处来,故意拿话激她:"怕什么?不是还有我的追悼会吗?"

妈妈在那边愣了一下,才幽幽地说:"我说你这要命的孩子也快三十的人了,怎么还这么不懂事呢?你一个人老死闺中,连个烧香的人都没有,谁会给你开追悼会啊?谁替你收礼金啊?"

说着说着,妈妈竟在电话里抽泣了起来。

刘萌知道自己的玩笑开过了,忙安慰:"好好好,我相亲就是了。"

2

那天正忙着,手机响了,刘萌拎起来放耳边。"老妹,是你老姐我啊。又要过三八节了,有没有泡上个'大摔锅'啊,不会还1路公交车,光杆司令杵着吧!"

"泡你个头!"

打电话的是刘萌大学里的一个死党陈虹,在另一个城市。陈虹三年前结婚,一年前离婚,这次婚姻带给她的除了一个小女儿之外,还有就是满心的伤痕。

陈虹和前夫也是相亲认识的,相了半年,恋爱时那男人比枯叶蝶还会伪装。没想到结婚之后,两人就像冬眠的刺猬苏醒了一样,满身的刺都咋呼了起来。最后实在过不到一块去,就分了。

陈虹说:"刘萌啊,找男人一定要把眼睛睁得大大的啊,别被表面现象给蒙了。我那前夫,谁会想到是那样一个货色?我怀着孩子还在外面搞三搞四。还有你的那个什么楚琏……"

陈虹像是想到了什么,猛地就顿了口。

听到这两个字,刘萌的心就像被一根小刺戳了,酸胀酸胀的。她有点恍惚,楚琏离开她竟然有四年了。

楚琏离开她的第一年,她整个人就像是具行尸走肉。楚琏怎么说走就走了,往日的绵绵情话难道都是虚幻云烟?他说过要爱她要照顾她一辈子的。当时楚琏提出分手时她还以为他开玩笑,直到另外一个女孩给她发了条短信说:"放开楚琏吧,他不喜欢你了,他都说你的脸就像一个草莓的反面。"

那女的故意卖关子。刘萌终于没忍住,发了个"?"过去。

"草莓是红皮黑点,你是黑皮红点。"

楚琏竟在另一个女人面前嘲笑她脸上的几颗青春痘!可是,他与她恋爱的时候,他曾说过,那几个小痘子像可爱的小红豆。

这事之后,陈虹就对她说:"你呀,就是太善良,那楚琏说什么你都信。宁可相信世间有鬼,也不相信男人那张破嘴,长点记性啊,刘萌。"

3

漫长的四年,刘萌从二十五岁滑到了二十九岁,奔三了。都说女人可能会忘记生命中曾经爱过自己的男人,但没有一个女人可以忘记曾经伤害过自己的男人。

其实对于刘萌自己来说,真的无所谓结不结婚,自己有知识,有工作,收入也还行,不需要男人养,自由自在,没有家庭拖累想干啥干啥,老了嘛,她想好了,年轻时多存点钱,到老了把自己往养老院一扔,这一辈子也挺好。有多少有儿有女的老人不是照样没人管!

可是她看不得爸妈着急火上房的样子,看着妈妈为她的终身大事急得晚上睡不着,还有那些没事干的七大姑八大姨嚼碎嘴子,她就淡定不起来。

回到家,母女俩还没来得及说点知心话,妈妈就把她好好地打扮了一番,推出去相亲去了。

她出门的时候是晚上六点,进门的时候是晚上七点半。一顿饭的工夫吧,勉强。

晚上她把自己关在房间里看油头粉面的《一周立波秀》。她以前从不看这个,但今天她想看看,因为她听到周立波正在说"剩女"。他说剩女之所以成为剩女,是因为:

1. 这男人居然是国足的球迷,太没品位了,把他给踢了。

2. 这男人现在还跟爹娘老子一起住,太不成熟了。

3. 这男人吃饭的时候他居然跟我 AA 制,太小气了。

4. 这男人居然跷着兰花指,太娘娘腔了,我可不想跟他结婚后生个孩子有两个妈。

5. 这男人不爱说话,吃顿饭只说了两个字:埋单。

6. 这男人话太多,说着说着竟跟隔壁桌女的聊了起来,当我是透明的。

7. 这男人太老实,第一次见面,连我眼睛都不敢看,没出息。

8. 这男人太不老实,第一次见面,就一直盯着我眼睛看,估计是老手。

9. 这男人连红灯都敢闯,这样的人还有什么不敢做啊!

10. 这男人连红灯都不敢闯,这样的男人有什么出息?

加上电视上那个油头粉面的男人做些好笑的动作,刘萌的肚子都笑疼了。

笑着笑着,她的眼里就有了泪。她想起张爱玲说过,也许每个男人都有这样的两个女人,一个红玫瑰,一个白玫瑰。娶了红玫瑰,日子久了,红的变成墙上的一抹蚊子血,白的还是窗前的明月光。娶了白玫瑰,白的便是粘在衣服上的饭粒子,红的却是心口的一颗朱砂痣。

她想,男人与女人就是不同,男人可以将蚊子血与明月光、饭粒子与朱砂痣同时放在心里。

而女人的心里,只容得下一颗朱砂痣,唯一的一颗。即使那颗朱砂痣曾让自己疼痛,也还珍贵地藏在心里,红殷殷地在那待着,一想起就会有灼灼的悸动。她的心里,就有那么一颗朱砂痣,让她一看到别的男人时,它就蠢蠢欲动地提醒着她。

电话铃骤响,她接起来,是陈虹。

"怎么样,相亲的结果?"

"不咋地。老样子,还是穿开裆裤的小孩屁股!"

"啥?"

"光着呀!"

来得及拥抱

1

我已经记不清有多久没有对妈妈讲一句关切的话了。

我恨她。我一直认为,是她断送了我一生的幸福,将我最爱的珊影送进了明焕的怀里。

大学毕业后,为了离开那个令我伤心的城市,为了将珊影从我的心里抹去,我离开了家乡的城市,来到了上海,进了一家IT公司。

最初几年,我仍强烈地想念着珊影,以致常常成梦,后来年纪渐渐上去,人也渐渐理性起来,也慢慢买了房子,娶妻生子了。妻子是一位中学教师,相貌平平,中规中矩,说不上好,也说不上哪儿不好,上班、照顾儿子、照顾家。

做IT的都很忙,经常是忙得深夜才能离开办公室。下了出租车,来到自家楼下,我却不想上去。城市在沉睡。寂寥的马路上偶尔驶过一辆出租车,载着与我一样的夜归人,除此以外,阒无一人。

我从裤兜里掏出一支烟,点上,深吸一口,却被呛得剧烈咳嗽起来。夜太静,我捂住嘴不让咳嗽声太过突兀。放开时,手指上全是泪。我才记起,我并不会吸烟。

我想珊影。

2

珊影是我大学同学。现在她已经成了明焕的妻子,一个小女孩的妈妈。

大一时,我是计算机系,珊影是美术系。她不仅画画得好,人也长得好,听说她父亲还是一位颇有名气的画家。并且,珊影还写得一手好文章,校刊上,她文辞清丽的文章频频发表。这样的女孩子,受到关注就像水落荷叶汇成珠一样自然。她很快成了男生们每晚"卧谈会"的主题。

我也默默喜欢上了珊影。然而,众星拱月的珊影是不可能注意到我的。虽然我的计算机专业知识在同系算是佼佼者,但围绕在她周围的星辰都那么耀目。

那个章锦鹏,学生会主席,他父亲是市供电局的一把手。还有那个程明焕,女孩子背后都叫他"情歌王子",人长得好不说,学校各种联欢会上他总能用一首首款款的情歌,引来无数女孩的疯狂尖叫,他母亲是歌舞团的一名专业演员。

我呢,家在农村,父亲在我记事时就生病去世了,母亲一人将我们姐弟俩带大。如今姐姐已经嫁到外县,难得回娘家一趟。家里只剩母亲守着几亩田地度日。母亲是个半字不识的农村妇女,虽然只有五十来岁,但已腰勾背驼,艰难时世是一只无情的大手,将母亲脸上仅存的一点光华过早地夺走。

可是,我是那么喜欢珊影。每一次校刊出刊,我都急急地在里面寻找珊影的文章,一遍遍地读,然后呆呆地盯着"李珊影"三个字,在心里说:珊影,你是我的。

我终于想出一个让珊影很快注意到我的方法。

我的文学底子其实是不错的。读中学时,我的作文也常常被老师当成范文在班上朗诵。只是高中时被繁重的课业一压,就完全放弃了。

我开始"潜伏",玩命地读书,玩命地练习写作。我过了整整半年教室、食堂、图书馆、宿舍四点一线的生活。厚积薄发的结果是我的文章开始在校刊上频频发表,"张庭轩"三个字也像初升的太阳一样照亮了人们的眼睛。

常常,我与珊影在校刊上做"邻居"。

终于一个初冬的傍晚,珊影在我面前站住:"张庭轩,能请我喝杯咖啡吗?"

3

那两杯咖啡,几乎花掉了我半个月的生活费。

珊影说:"看得出来,你的古典底蕴相当深厚,没有从小的积累是不可能的。你家一定是个书香之家吧。我喜欢有古典韵味的男人。"

我局促地搅着杯里的咖啡,没有说是,也没有说不是。

我的人生原则让我不能说是,因为我是个不会撒谎的人。但是那点可怜的自尊心又让我不能说不是,好不容易赢得了珊影的好感,我不能亲手将它打碎。

我的沉默在珊影看来就是默认,而且她更认定这是我内敛、不张扬的表现。

喝咖啡回来,我与最铁的哥们任洪远道出了心事。任洪远说:"哥们,你胆子也太小了吧,追女孩子,要讲究稳、准、狠,再说珊影是谁啊,没见多少光头哥们正虎视眈眈!这回她倒追你,你小子是祖坟上冒青烟了。你那点破事,包在哥们身上。等哪天拿下了珊影,请哥多喝几杯!"

没过多久,我在珊影那里,就成了省城一位"张教授"的儿子。

我在众多又妒又羡的目光下,与珊影出双入对。珊影总是毫不避忌地挽紧我的胳膊,而我,却总有点不大自然。我感觉自己内心的那点隐忧,像一张被水洇了的纸,那湿迹越来越大,越来越深。

既然是"教授"的儿子,我再也不能穿得太寒酸了,与珊影出去,不能说一杯咖啡都请不起吧。我悄悄想办法联系了一家IT公司,揽了些兼职的活儿,还想着各种办法挣外快。我一直做得偷偷摸摸的,生怕珊影知道。

有一天她终究知道了,她非但没有生气,反而在我的脖子上狠狠地亲了一口:"庭轩,知道吗?我以前还在想,你一个大学教授的儿子怎么一件名牌也没穿过,今天才知道原来你上大学都不靠家里!就喜欢你这样不靠爹娘老子的男子汉性格!"

家里还没有电话,每次都是我先打电话到邻居家,挂掉,过几分钟邻居喊来了我妈,我再打过去。我早准备安一个,可是妈一听一个电话不打每个月也要二十五块钱月租费,说什么也不肯安了。

我与珊影的事,我对妈没多说,只是淡淡地在电话里说了句:"我交了一个女朋友。"妈很开心,问长问短,还热情地说,暑假回来把女娃带回来让妈看一眼。我没多说什么,就说:"妈,我还有课,我挂了。"

铁哥们任洪远常在深夜冷不防钻进我的被窝,吓我一跳,咬着我的耳朵问:"哥们,拿下珊影没有?"

"拿下什么?"我没好气地说。

"哥们少来,跟咱面前装清纯,别说哥们没提醒你小子,女人心海底针,只有彻底将她拿下,她才真正成了你的人。怎么,真不懂? 来来来,哥教你。"任洪远说着嬉皮笑脸地要脱我的背心。

"去去去,小子,找你女朋友练去!"我一脚将任洪远踹下了床。

对于珊影,除了牵牵她的手,抱抱她、吻吻她,我再无越界的非分之想。虽然大学里同居已非新鲜事,但在我心里,珊影是洁白的,是瓷的,易碎的,她的身上有一圈圣洁的光环,任何侵犯或玷污都是罪过。

4

我二十二岁生日快到了。对于生日,我向来不太重视,小时候过生日妈妈也就是煮一个鸡蛋,有时候还没有,鸡蛋都换了盐。习惯了这样的度过方式,长大后就重视不起来。

珊影却很重视,早早地说要到酒店里给我订一桌生意宴,我说不用,要不就在学校食堂的小餐厅里点几个菜意思一下就行了。珊影知道我的性格,也就没坚持。

给妈打电话时,妈就提醒我:"轩轩,你生日快到了,记着买点好的吃吃。"

在妈心里,生日就意味着吃点好的。

生日那天,珊影买了一个大蛋糕,一桌子十来个人叫着笑着让我吹蜡烛,然后命令我闭上眼睛许个愿。

我闭着眼睛,十指交叉在胸前:愿我最爱的珊影成为我的妻子,一世陪伴我。

当我睁开眼,在如雷的欢呼声中,我如雷轰顶!

——是妈妈,是我的妈妈站在我的面前!

赶了远路,妈妈蓬乱着白发,满是皱纹的脸上浮着一层油灰,勾着腰,挎着一个布包袱。

我不同寻常的表情让所有人吃了一惊,周围顿时安静下来,我听到有空气在耳边像蛇一样咝咝游走。

妈妈也被我的表情给吓住了,但又不知道错在哪儿。她惶恐地用手搓弄着包袱:"轩轩,妈问了好几个人才晓得你在这儿。今天你生日,妈妈给你煮了鸡蛋,正好隔壁二毛家生了个小子,给了几个红喜蛋,妈寻思着你生日吃红喜蛋能走红运,就起个大早……"

妈嗫嚅着,手里的包袱揪得更紧了:"上回你跟妈说交了女朋友,妈想来看一眼女娃……"

我不敢看珊影的脸,但分明感受到她的目光,刀子一样在剜着我的脸。

我突然暴怒地一把夺过母亲的包袱,狠劲砸向地上。

我听见了鸡蛋碎裂的声音,却没有听见,母亲的心碎裂的声音。

我与珊影之间,结束了。

珊影后来找过我,我一次次地躲避她。

与其说我无法面对珊影,不如说无法面对那个在珊影心里,尊严已经碎裂得体无完肤的男人。所以,除了逃避,我别无选择。

很快,毕业了。

毕业告别宴我没有参加。我知道,我会无法面对珊影的泪水。

而我,那晚,在一个小酒馆里,喝得烂醉如泥。

我拒绝了兼职的那家IT公司的邀请,独自逃到了繁华、巨大而匆忙的上海。我用日复一日的高强度工作来麻醉我想念珊影的心。

后来,我听到珊影嫁给了明焕的消息。

5

自从二十二岁的生日宴上见妈妈一面之后,我再也没有回去过,也没有给她打过电话。虽然我心里清楚,这不能怪妈妈,然而,不知为什么,我不想面对她。

我每隔几个月都会给妈妈汇一笔钱,但汇款单的附言一栏中我从未写过一个字。一来妈妈不识字,写了她也不认识。二来我也懒得写。

那次汇款是妈妈生日临近了,我特意多汇了两百元,在把汇款单交给工作人员的一刹那,我鬼使神差地在附言一栏留了几个字:妈妈生日快乐。

两个月后,我再去邮局汇款,那位常给我汇款的工作人员说:"你上次的汇款退回来了。"

"为什么?"

"逾期无人取款。"

我正纳闷,姐姐打来电话,说妈妈病得不轻,要我无论如何都要回去一趟。

妈妈躺在低矮的老房子里,看到我,灰败的眼神里立刻有了一丝神采。看到妈妈白发飘摇的头颅,我的心已经汪洋一片。

然而,这汪洋终究没能冲破那层坚硬的外壳。我用冷冷的目光看向她,冷冷地问:"上次汇款怎么退回去了?为什么不去取出来?"

妈妈用怯怯的眼神看着我,想说什么却没说。

我又说:"我工作忙得很,跑一次邮局也要抽时间的,你要不想取我以后就不寄了。"

说完,我就冷着脸走开了。

晚上临睡前,姐姐进来了。姐姐说:"轩轩,那笔八百块的退款你收到了吧?妈妈收到汇款单后看到单子上还有别的字儿,就叫人念给她听了,听完妈妈就哭了。这单子她就一直收着,不舍得取掉……"

母亲已经睡着了,我轻轻从她枕头底下,摸出那张汇款单。

汇款单上"妈妈生日快乐"几个字已经变得有点模糊了。

姐姐说,妈妈常常抚摸那几个字。

那一刻,我埋藏在心里的汪洋,恣肆着冲进眼眶。

妈妈的根根白发,是支支利箭,刺穿包裹在我心上的坚硬外壳。当冰冷的外壳哗啦啦坠地时,妈妈醒了。

我抱住妈妈瘦弱的身子,用我柔软的心温热她。

我开心，我很美

1

从医学院毕业后，我已经在这个儿童血液病房里工作了近五个年头。

在这里接受治疗的，都是患了白血病的儿童。那一张张童稚的小脸本该是一朵朵迎着太阳的鲜嫩小花，却被命运的巨手冷酷摧折，零落成泥。

孩子的家境如果好的话，边治疗边等待骨髓移植，还有重生的希望，否则孩子就极有可能带着对人世的无限依恋，离开这个给小小的他们带来无边无际痛苦的世界。

作为这里的医护人员，我已经见惯疼痛，见惯生死。

然而，三年多过去了，我却一直不能忘记那个瘦瘦的名叫田小盈的十二岁女孩。更不能忘记的，是她那一头美丽的黑色长发。

二〇〇七年的暑假，一个下着瓢泼大雨的下午，田小盈来到我工作的儿童血液病房。我之所以记得很清楚,是因为田小盈那一头的乌黑长发。那天田小盈的头发被大雨淋湿了,所以原本扎着的一束长马尾披散了下来。那是一头长及腰,如黑色瀑布一样一泻而下的长发。

田小盈长得挺好看的,大大的眼睛,密密的睫毛,薄薄的嘴唇,五官排列得非常精致。只是农村孩子特有的黑瘦,让她的美丽似乎减了几分。

田小盈是个爱美的小女孩,她有一面小镜子,没事的时候拿出来照照,尤其喜欢抚弄自己一头的长发。

田小盈的老家在苏北农村,她的父母都在省城打工,田小盈在老家跟着奶奶过。父母都没什么文化,爸爸在建筑工地上打零工,妈妈在饭店里做洗碗工。

一年前的暑假里,田小盈老对奶奶说腿疼,奶奶也没当一回事,觉得娃那是长身体呢,骨头疼。没想到小盈的腿疼越来越厉害,最后连路都走不了。奶奶赶紧把情况跟小盈的父母说了,父母就让奶奶带着小盈上县城的医院瞧瞧。在县里医院拍了片子,大夫说骨头没啥大毛病。可小盈的腿还是整宿整宿地疼,没办法,小盈爸爸就回去把孩子接到省城大医院来查查。

原本想查一下落个心安吧,谁想竟然是一个晴空炸雷:小盈得了白血病!

十二岁的乡下孩子并不十分清楚"白血病"这三个字对她的人生意味着什么,只是她从爸爸的愁眉和妈妈的眼泪里隐约觉出了不祥。

2

第一次骨穿,让我感受到这个十二岁女孩的勇敢和坚强。骨穿时那长长的针就连成年人看了都会心惊胆战,更不要说孩子了,常常这又尖又长的针刺进孩子脊椎里的时候,孩子的亲人们会心疼得满眼含泪,别过头去不忍心再看。但田小盈却主动弓起瘦瘦的背脊说:"护士姐姐,来吧,我不怕疼……"

长长的针头插进瘦弱的脊椎时,她紧闭着眼睛,嘴唇紧紧抿着。

第一次化疗,小盈对药物反应非常强烈,吐得喘不上来气,可她还是不吭一声。我夸她勇敢时,她说:"林姐姐,其实我也难受得要命,可是我知道每一次穿刺和化疗都要费好多钱的,我家没什么钱,如果我再不配合,钱就白花了。"

在化疗的时候,有一种配合激素用的药,这种药会让孩子大脑内指挥食欲的神经亢奋,孩子就突然变得很贪嘴,总是要吃东西。其他孩子经常哭着吵着要吃这吃那,可是田小盈治病的钱都是东拼西凑来的,哪还有闲钱买那么多吃的?懂事的小盈就算想得直流口水,也忍着。

田小盈超乎她年龄的懂事和勇敢,让我甚至错误地以为在任何情况下这个女孩都不会掉眼泪。

田小盈接受第一次化疗有半个月了。

那天中午,宁静的病房里突然传来尖利的哭叫声。病床上,田小盈手握一大把乌黑的长发,惊恐地呜咽着。她不太相信似的用双手又往头上一抓,又是两把乌黑的长发!她的枕头上、床单上到处都散落着长长的发丝!

我曾听小盈的妈妈说起过,她说小盈这孩子爱美,更特别爱惜她那一头漂亮的长发。乡下没什么东西可以给头发打扮的,春天映山红开的时候,她会在马尾上别几枝火红的映山红,秋天桂花开时,她也会在马尾上插一枝嫩黄的桂花,走到哪里头发一股子香。

小盈化疗前我也曾担心过这个问题,并跟她谈起过。乐观的小盈却问我:"林姐姐,我听说也有人化疗不掉头发的,是不是?"

我点点头:"确实也有人化疗不掉头发的。"

小盈信心满满地说:"林姐姐,我的头发最健康啦!我肯定就是那个最幸运的人!"

小盈化疗后一个多星期头发都没掉,她还高兴地对我说:"林姐姐,我好幸运啊,我的头发没掉耶!"

然而,她失望了。随着化疗次数的增加,田小盈一头乌黑美丽的长发每天都在大把大把地掉,最后,不复存在。

原本坚强活泼的田小盈变得沉默寡言,她不再照镜子,但病房的窗玻璃依然无情地清晰映照出她光秃秃的头颅。每次有人进病房,她就会下意识地去遮挡自己没有一根头发的脑袋。

我在帽店挑了一顶素雅的小花帽送给小盈,小盈戴着一刻也不舍得脱下来。

那天天气挺热,我正在给田小盈手背上扎针准备输液时,病房里来了几名暑假里来做志愿者的大学生。其中一位女大学生看到躺在病床上的田小盈额头上的汗往下直流,就心疼地想把田小盈的帽子拿下来。

谁知就在她摘帽的一刹那间,田小盈尖叫一声,双手死死地护住帽子,手背上的扎针骤然间被甩得老远,输液管也断了!

我没有责怪田小盈,重新认真地为田小盈再次扎针输液。我知道,面对病房里的陌生目光,那顶小花帽,是她维护一丝自尊的最后一道屏障。

3

一本杂志上有一张范冰冰的广告照片,那一头乌黑垂顺的长发让田小盈痴迷不已。田小盈问我:"林姐姐,为什么好多明星的头发一会儿长一会儿短,一会儿黑一会儿黄呢?"

"她们常常戴假发的。"我说。

"假发?假发这么好看!"我看到田小盈的眼睛倏地闪过一道奇异的亮光,"林姐姐,假发贵吗?"

我随口答道:"有贵的有便宜的,贵的要好几千,便宜的几十块就可以了。"

每一次输液,每一次打针,甚至每一次令常人无法忍受的化疗和骨穿,田小盈都很安静,她默默地咬牙忍着一切痛苦。她说,我告诉过她,只要病好了,她的漂亮头发就能再长出来!

像她这种病情,治疗过程最起码需要三年多,而且必须进行骨髓移植才能治愈。一天不完成移植,她的生命都是一个未知的悬念。治疗总费用起码要五十万元以上。

田小盈的父母已经借遍了能借到的人,老家的房子也卖了,只剩下小盈奶奶那一间小土坯房了。

田小盈每天的医疗费用在四千多元,在农村相当于一天卖掉一头牛,走投无路的父母只好准备放弃治疗回老家。

一天中午,我听到一阵绝望的哀求声:"妈妈,妈妈,我不要回家,我还想治呀!妈妈,求求你了妈妈,我以后一定好好学习,考上大学报答爸爸妈妈,我还想治啊!妈妈……不治我的头发就永远长不出来了,林姐姐说病治好了头发就长出来了……"

是田小盈!这个爱美的女孩,直到现在,她还惦记着能长出一头漂亮的头发!她又何尝不知道,不治疗对于她真正意味着什么?

小盈妈妈哽咽着:"盈盈,爸妈实在是没办法了啊,老家的房子卖了,我们回去只有住在奶奶那间小土坯屋了。哪怕有一点办法,爸妈也不会给你中断治疗……"

悲哀,在我心里蔓延。我却无力阻挡。

最后,我劝说小盈妈妈无论如何都把这个疗程坚持完了再说,否则前面的治疗等于白费了。

4

那天我打好针出病房时,保洁陈阿姨叫住我,她左右看了看,然后有点神秘地对我说:"田小盈那孩子手脚好像有点不干净,我好几次进病房时都看到她慌慌张张地往身后藏着什么,我也不好多问。"

"不会吧,会不会看错了?"

"就算看错,也不可能次次看错吧。这孩子肯定有问题!"陈阿姨啧啧啧地摇着头说:"画虎画皮难画骨,看着挺老实,怎么有这个坏毛病。唉,想想也可怜,没钱医病靠偷来的那一点也不成啊!"

陈阿姨的话我并没有放在心上,我觉得田小盈肯定不是她说的那种偷东西的坏孩子。

可是,似乎我的判断出了偏差。唐明妈妈的钱包在病房里不见了,里面有一千多块钱!

唐明是田小盈相邻病床的一个八岁小男孩,虽然生着病,但还是淘气得很,常常在病房里做一些小恶作剧。比如往人后背上贴"我是小狗"的小字条儿啦,趁其他孩子睡着了在他们脸上画鬼脸啦,有一次唐明还把一条仿真小蛇放进田小盈的被窝里,把她吓得魂飞魄散。

　　唐明家的经济条件比较好,他爸爸开着个小工厂。唐明妈妈的钱包在病房里丢了,一时间,病房里的每个人似乎都成了嫌疑对象。为了证明自己的清白,同病房里其他人都把自己的床头小柜子打开了,让唐明妈妈检查。

　　唯独,田小盈没有打开柜子。

　　田小盈坐在自己床上,翻着有范冰冰长发的那本杂志。

　　看完了其他人的柜子,唐明妈妈说:"田小盈,能把你的柜子打开给我看看吗?"

　　田小盈抬起头,忽闪着大眼睛:"阿姨,我没偷你的钱包。"

　　唐明妈妈打量着田小盈说:"偷没偷打开柜子不就知道了!"

　　"我就是没偷……"田小盈申辩着,脸涨得通红。

　　"不敢打开柜子,就说明你心虚!"唐明妈妈不依不饶。

　　唐明妈妈武断和跋扈的口气让我不太舒服。我对田小盈说:"小盈,你就把柜子打开来,林姐姐绝对相信你是一个好孩子!"

　　田小盈脸涨得更红了,她忽然目光哀怜地看着我:"林姐姐,我真的没偷阿姨的钱包……"

　　她还是没有动。唐明妈妈一看急了,上去就要自己拉开柜子检查。谁也没料到瘦弱的田小盈突然像被针扎了一样从床上跳下来,使劲推了唐明妈妈一把,用身体死死护住床头柜:"这是我的柜子,你有什么权力检查我的柜子! 我说了,我没有偷你的钱包！没偷就是没偷，你不相信就算了！"

看到田小盈这样，保洁阿姨的一番话在我的耳旁回响起来，我的心里很不是滋味。

现在，在所有人看来，小盈的申辩已经变得那样苍白。此刻在所有人的心里，田小盈都被认定是那个偷钱包的贼了。

田小盈忽然哭了起来，唐明妈妈心软了："算了算了，就当我那一千多块钱扶贫了。得了这该死的毛病，也怪可怜的。幸好钱包里没有别的重要东西。"

钱包事件之后，病房里没什么人再搭理田小盈，而且处处提防着她。

就连我，对田小盈也比以前冷淡了许多。

半个多月后，一个疗程坚持结束，田小盈父母再也不能多拿出一分钱了。田小盈办理了出院手续，跟着父母回家了。

回老家对小盈意味着什么？我们心里都清楚。小盈也清楚。

她的前面是生命萧瑟的死冬。

可是这一次她却没有哭，没有再跪下来哀求父母，也没有与谁告别，包括我。

她就这样无声无息地随着父母离开了医院。

病房的床位像极了雨季的渗水井，旧的水舀干了，新的水立刻填补上来。田小盈出院的第二天，又有一个七岁的男孩躺上了那张病床。

我依然陷在忙碌的烟尘里。新的面孔,新的泪水,新的离合与悲欢,让我几乎已经忘记了田小盈曾经的存在。

三个月后,八岁的小男孩唐明找到了配型的骨髓,做了移植手术,手术很成功,不久就能出院了。

出院时,唐明妈妈向我们医护人员表示谢意,她充满怜爱地摸着儿子的小光头说:"真是劫后余生啊!以前觉得这个小捣蛋让人头疼,现在最幸福的事就是天天看着他生龙活虎地捣蛋!只是小捣蛋以后再也不要藏妈妈的钱包啦,上次害得妈妈还差一点冤枉了那个小姐姐……"

我的心里,猛地一紧。

5

岁去弦吐箭。

半年时间又在我日复一日的忙碌里过去了。

那天正忙着,有人叫我"林护士"。出乎意料,是田小盈的爸爸!半年没见,他比以前更黑更瘦了,三十来岁的人头发白了大半。

看到小盈爸爸的神色,我似乎明白了什么:"小盈她……"

"走了快半个月了……"他的眼睛红了,"没办法,当父母的没本事,救不了孩子……也好,孩子少受点罪……"

他手有点颤抖着从内衣口袋里掏出来一样东西,说:"林护士,这是小盈临走前给你的,小盈说一定让我亲手交到林姐姐手上,还说一定要你亲自拆开看。"

拆开用香烟盒糊成的"信封",里面是撕下的半页练习本纸,字迹有些歪,看得出写得很费力。

"林姐姐,对不起,原谅我离开医院的时候没有去跟你告别,那时候我的心里很难过。林姐姐,我这些天一直在发高烧,我觉得我已经快撑不下去了,我舍不得爸爸妈妈,舍不得奶奶,也舍不得姐姐你,我以前还想着等我病好了要去看林姐姐。回家之后,奶奶天天到山上挖草药熬水给我喝,奶奶说有人告诉她喝草药能治我的病。药真苦,可是我还是喝,我想让奶奶高兴。可是,我知道我快不行了……

"林姐姐,我要走了,但有一件事我觉得我一定要告诉你,我才心安。林姐姐你还记得阿姨丢钱包的事吗?你一定也和别人一样认为是我偷了阿姨的钱包吧?其实我真的没有。那天阿姨要我打开柜子检查,我没打开,那是因为我的柜子里装了满满一柜子的废塑料瓶,我不想这些瓶子被别人看到,我怕别人看到了会笑我穷,会瞧不起我,会笑话我。这些瓶子都是我从病房的垃圾桶里捡起来悄悄藏起来的。我想多攒点瓶子卖了钱买一个漂亮的假发,就算以后我不在了,也是漂漂亮亮地离开这个世界。林姐姐你跟我说过,便宜的假发只要几十块钱的,我攒多点瓶子一定能凑到几十块钱……"

其实,在这个儿童血液病房工作的近六个年头里,什么样的生死离别我没见过？我曾对父母说,再在这里工作下去,我的心就快要变成又冷又硬的石头了。

但田小盈,她让我这块石头也泪落如雨。

我很自责。当时田小盈问我买一个假发需要多少钱时,我就应该想到爱美的她是那样渴望拥有一个假发啊!

那晚,偶尔看中央电视台《东方时空》,说四川一个偏远小山村里有个八岁的小女孩,出生三天就被亲生父母遗弃在路边草丛里,幸好被一个好心的农民捡到,从此父女俩相依为命。不幸的是,小女孩八岁时被查出患了白血病,一贫如洗的家无法为她医治。等到社会上的好心人为她捐了五十多万元治疗费时,她的病情已严重到无法挽救了,她自愿放弃治疗,把受捐的五十多万元分给了七个和她一样在生死线上挣扎的孩子们。

小女孩在生命凋零之前说,她想穿一双雪白的袜子和一双红色的皮鞋,这样她就可以像一个白雪公主一样微笑着走了。她小小的墓碑上有几句话:"我来过,我很乖。在我有生之年,感受到了人世的温暖……"

我默然地盯着电视屏幕,用纸巾使劲擦着眼睛,也止不住屏幕的一片模糊——至少,这个八岁女孩比田小盈幸运,她临走时穿着她想要的白袜和红鞋完成了她白雪公主的梦。

而田小盈,直到离开,依然没有完成她的长发梦,依然没有得到她渴望的美丽。

我起身,打开阳台的窗户,望向深沉的夜空。

我看到,长发飘飞的小盈在自由飞翔。

她俯视着美丽的夜色说:"我来过,我很美……"

心疼

1

许久安躺在病床上,咧着嘴,咝咝地吸气。

他老婆徐苗华问他:"是不是心又疼了?"

许久安慢慢地指了指自己的心脏:"疼,疼得厉害。"

徐苗华忧虑地说:"这到底咋回事呢?老喊心疼,医生查来查去也说你心好好儿的,没病。"

三年前,许久安得上了心疼的毛病,医生把他的心查来查去说没病,医生说,你的心没事,住在医院也是白花钱,还是回去吧。

听了医生的话,虽然还是很疑惑,但是医院嘛总归不是好地方,所以许久安就回家了。

回家后的许久安,心还是疼。

许久安经营着一家小装潢公司,前些年房地产总体形势好,再加上他自己人活络,揽了不少活。虽然许久安不太露富,但明眼人都知道,这几年他少说也赚了几百万。

拥有几百万家产,也不能减轻一点他的心疼病,他懊恼地捶着自己的胸口,自言自语地说:"这心,为啥疼个不歇呢?到底咋回事呢?"

2

许久安十七岁的儿子许明康在上高二,小伙子一向身体棒棒,吃饭倍儿香,还是学校里的篮球主力,站似一棵松,走路一阵风。再加上优裕的家境,许明康就成了许多女同学每晚宿舍卧谈会的主人公。

可是从去年九月份开始,许明康就老是感觉累,往常连续打两个小时篮球,再跑个一千米也不会喘得厉害,现在打半个小时篮球就顶不住了,心慌气短,虚汗直冒。

坐在球场边休息时,同学王岩一摸他的额头:"呀,许明康,你在发烧啊,是不是受凉感冒了啊?快去医院瞧瞧吧。"

许明康说:"小感冒还用得着上医院吗?我喝点开水,闷头一大觉,准好。"

可是他开水喝了,觉也睡了,不仅没退烧,还流起了鼻血。

去医院一检查,医生神色凝重地让他过几天再来复查一次。

几天之后,再复查,确诊了。许明康看着诊断书上的"白血病"三个字,觉得眼前医生的脸在漂。医生惋惜地拍拍他的肩,安慰他:"及时治疗吧。"

独生儿子得上如此绝症,对于许久安来说不啻晴空炸雷。

钱对于许久安来说暂时还不是问题,但也只能说是暂时。现在因为他自己生病,加上儿子生病,他早已没有心思管理公司了,加上近两年房产行业利润下滑,他们装潢的也有唇亡齿寒之感,这半年不仅没有赚什么钱,还倒贴了不少钱,活没有,可各项开支还是少不了的。

许久安把儿子安排进了加护病房,许明康现在要做的就是接受化疗和等待骨髓移植。许明康和妻子都进行了骨髓配型,可遗憾的是都不合。医生说要是孪生兄弟或姐妹配型成功率就很高。许久安长叹一声:"我到哪儿给儿子找孪生兄弟去啊!"

现在没有其他办法了,只好先化疗,在维持病情不继续恶化的同时,等待找到合适的骨髓。

可是许久安知道找到合适骨髓的希望是如此渺茫,万分之一的概率啊!

他想起二十多年前看过的日本电视剧《血疑》里面的那个美丽善良的幸子姑娘。尽管幸子姑娘的父亲大岛茂是东都大学医学院的血液病学专家,他也只能眼睁睁地看着最爱的女儿,慢慢闭上美丽的眼睛。那种阴阳相隔却无力相救的场景,一直深深地烙在许久安的脑海里。

他何曾会想到,自己的人生中,也有可能出现这样痛彻心扉的一幕。

多少次他偷偷地看到儿子因化疗折磨而憔悴不堪的脸,他的心都快要碎了,那曾经是多么意气风发、生机勃勃的一张脸啊!

他知道儿子这个病是先要钱后要命的病,钱花光的时候,命可能也就没了。

许久安的心又开始疼了。他摸着自己的心口,倚着墙角,慢慢蹲下来。

泪水纵横。

3

儿子还住在加护病房里,许久安的父亲又突然中风了。

孙子明康生病的事,本来是瞒着两位老人的。可是爷爷奶奶许久未见大孙子,想得慌,天天吵着要见大孙子。许久安哄老人说康康学习紧张,为了节省时间住在学校了。爷爷说:"那住学校了,星期天总得回来吧!怎么星期天也看不到我大孙子?"许久安只好说:"现在是学习第一啊,咱们就别打扰康康学习了。"

许久安没想到两位老人想孙子想得厉害,瞒着他,两人相扶着颤巍巍地去了明康的学校,说不打扰大孙子学习,就在教室外头看一眼。

纸里终究没能包住火。

悲伤过度的爷爷一到家就中风了。

看到大孙子在医院里生机渺茫，老伴又抽搐着牙关紧咬，明康的奶奶悲从中来，她仰头对天，哭叫道："老天啊，我们老两口一辈子行善，从没做过亏心事啊！你告诉我，我许家到底造了什么孽啊！你要这样报应我们啊！"

一旁的许久安听到老母亲悲痛欲绝地叫出"我许家到底造了什么孽啊"这句话，他的心，突然绞扭着疼起来。

他忍不住哎哟了一声，昏了过去。

迷迷糊糊中，他听到老母亲惊骇地叫："久安，久安，你怎么了？来人啦……"

许久安在医院里醒来的时候，看到妻子苗华伏在床头睡着了。妻子才四十来岁，可是已经有了许多白发。尤其是这一阵子，家里是一件祸事接一件祸事，妻子明显地苍老了许多。

他忽然觉得很内疚。

他伸出手来，轻抚着妻子的头发。

妻子醒了，看到他焦急地问："久安，心还疼吗？医生检查过了，还是说心脏没问题，可是为什么老是疼呢？要不过几天我们去北京、上海的大医院彻底查查吧，老这样，我心里不落实。"

许久安说："苗华，你别担心，我没事，不用上大医院的。"

他的脸色忽然凝重起来，接着眼里滚出了大颗的泪珠。

"家里的祸事，都是我招来的啊，苗华。"

4

五年前,许久安装潢公司的生意热火朝天,活儿多得都接不过来了。可是,哪一单生意他都不想丢啊!一单就是几十万呢!

人手总不够,许久安就让工人连轴转着干活。他让工人吃住都在工地上,日夜不分地干,给他们加班费。那些工人都是老实巴交的农民,有了加班费的诱惑,工人们不再埋怨,都拼命地干活。

但人总归是血肉做的,有一天晚上加班的时候,一个二十来岁名叫王来好的年轻工人,在十楼阳台上做事的时候,太困了忍不住打起了瞌睡,脚下一滑就掉了下去。

许久安知道这事的严重性,千万不能传出去,一旦传出去了,装潢公司接不到活不说,自己可能还得坐牢。他给了几个在场的工人一大笔封口费,然后把那个摔下去的工人悄悄拉去火葬场,这一切就神不知鬼不觉地随着一缕青烟消失了。

那个工人的家在遥远的贵州,家里人也来打听过,但所有人都众口一词说不知道。几个老实巴交的乡下人除了哭哭啼啼还能想出什么办法呢?许久安给了他们万把块钱,说再等等看吧,年轻人贪玩,说不定玩够了什么时候就回家去了。那几个老实人对许久安千恩万谢之后便走了。

一开始的半年,许久安心里还忐忑着。后来看看风平浪静的,并没有出什么事,他才松了口气。

可是,他常常会做噩梦。

但许久安是个唯物主义者。醒来后,他会把梦忘得干净,该吃吃,该喝喝。

没想到,两年后,许久安就莫名其妙地得上了这个心疼的毛病。

5

在贵州的大山腹地里,有一个小村子,王来好的家就在这里。

王来好的两个姐姐带许久安来到王来好父母的坟前。两年前,两位老人因思念儿子过度,相继病死。

在王来好父母的坟前,许久安泪水涟涟。

他说他对不起老人,他做了一件昧良心的事,这些年,他的良心没有一天安宁过。

他请求老人原谅他。

临走时,许久安看到王来好两个姐姐穷家敝舍,便给了王来好两个姐姐每家一笔钱,让他们过得宽裕一点。

回来之后一个多月,医院通知许久安找到了与许明康相匹配的髓源。许久安激动得扑通一声跪在地上,久久合十。

但明康爷爷还是离开了人世。

许久安心疼的次数少了。

儿子病好了以后,许久安向佛吃素,一心为善。

许久安的心,再也没疼过。

疾吹岁月风,转蓬手足情

1

元宵之夜,沈富水手握遥控器,来来回回地摁着频道。

电视里正放着红红火火、热热闹闹的晚会《闹元宵》,一派锦世华年,歌舞升平。可是,他的心里,却是幽窗冷雨一孤灯。

丽琼说:"富水,你怎么了?"

"没怎么!看电视啊。"

"看电视?"丽琼轻笑道,"我看是电视看你吧。"

她过来,挽住丈夫的手臂:"其实你不说我也知道,你是想你哥和你弟了。"

丽琼用手指捋着富水的头发说:"你也别太难过,兄弟情深,大都是小的时候。人长大了各过各的日子,谁也顾不上谁。长大了的兄弟,你见还有几个手足情深的?不抓头撕脸就不错了。"

富水咧了咧嘴角,他想挤点笑意出来,好让丽琼不担心。

可他努力了半天，却没挤出来。

2

富水是贵州人，家在农村，他小时候家里特别穷。富水在家中是老二，上面一个哥哥，下面一个弟弟。

人们常说："半大小子，吃穷老子。"日子穷，肚里没油水，富水三兄弟的食量就很大，父母亲经常为米缸发愁。但好在有父亲在，日子勉勉强强还能糊得过去。父亲有一个箍桶的手艺，就是谁家桶啊缸啊什么的裂了漏了，他能修得滴水不漏。

富水那里缺水，人们对水都很宝贝，然而就这不多的水，也是含氟量严重超标的高氟水。富水不抽烟，但富水的牙全是褐色的，这叫氟牙病。富水的名字叫"富水"，也寄托了他父母的一种朴素的希望。

父亲虽然是个贫穷的农民，但一直对读书改变命运有着非同寻常的认识，他常说："读好书，一辈穷。不读书，辈辈穷。"在那样困难的环境中，富水父亲把富水三兄弟都送去上学了，这在方圆十里都少见。

没想到在富水上初二那年，一向健康的父亲不知怎么得了癌症，半年不到就去世了。这个晴天霹雳几乎一瞬间击垮了家里的每一个人，尤其是母亲。这往后日子怎么过呢？

大哥说："我退学回家种田吧，让弟弟们继续上学，爸没了，我就是家里的顶梁柱了。"

那时候大哥刚上高中,成绩名列前茅,老师说这样的成绩考大学没有问题。要知道,八十年代考上了大学就分配工作,等于吃上了"皇粮",这在富水家祖祖辈辈都没有过的事啊。

富水说:"哥,你成绩那么好,过两年就要考大学了,你不能退,要退我退,三弟还小。"

母亲泪汪汪地看看这个,摸摸那个,说:"你爸临走时说了,三个孩子千万不能走退学这一步,再难也要顶过去。"

为了挣学费,一到暑假,富水兄弟三人忙完田地里的农活,就跑到砖窑上去干苦力。

平时都是在学校里握书捉笔的手,套着手套也不管事,磨了几天就把手磨破了,直流血,碎砖渣扎到破的肉里,痛得钻心。

一年里最热的那些天,庄稼人也歇夏了,可是富水三兄弟不能歇,因为学费还没凑够。砖窑里的温度比外面更高,一个暑假一过,富水三兄弟都成了"非洲人"。

就这样,跌跌撞撞的,大哥终于考上了一所贵州省内的大学。那时候读大学花的钱还比较少,但对于大哥来说并不轻松,因为他不但要上学,还要想法子挣钱供两个弟弟读书。

那时候家教不像现在这么普遍,请家教的人家也极少,大哥就想办法到一家工厂里兼职写写画画的事儿。大哥的画和字都不错,于是人家厂子里出个板报、搞个学习周什么的,就请大哥去帮忙,然后给一点报酬。他还千方百计地利用学习之余做点杂事,供弟弟们读书。

看着大哥为兄弟俩这么辛苦,富水和弟弟心里很感激,也很难过。富水和弟弟都非常努力地学习。

过了几年,富水以高分考上了上海同济大学。这是当时一大新闻,那些年从偏远的西部考进上海一流大学,非常不容易。

富水考上大学后,日子就好过些了,富水和大哥一起努力供弟弟上学,已经不感觉太吃力了。后来弟弟也考上了贵阳一所理科大学。

"沈家三个小子真有出息!"人们常常这样说,许多父母都拿富水兄弟作为孩子的榜样。母亲听到这样的话,也觉得脸上有光,很自豪。

大哥毕业后在贵阳一所高中任教。富水大学毕业后先去了一家建筑设计院,后来又跳槽到一家房产公司。又过了几年,弟弟也毕业了,去了西安一家设计院工作。

三个兄弟跌跌撞撞的求学生涯算是尘埃落定了。后来各自谈了女朋友,各自成了家。

三兄弟在外,老家就剩母亲一个人了,他们很不放心,就要母亲跟他们一起过,愿上哪家上哪家,或者轮流也行。

母亲在各家都住了一阵子,但因为在老家待了大半辈子,还是不能适应城市的生活,没办法,只好让她回去了。三兄弟又在村里给她找了个姑娘照顾她,一个月给那姑娘一些钱。

一到过年,富水三兄弟就分别从三个城市赶回母亲身边。

那时候的母亲,是最开心的。大哥已经有了一个儿子,母亲看到孙子就乐得合不拢嘴。

年三十晚上,一大家子齐举杯,祝福母亲健康长寿。

3

暮雨有期,世事无常。富水三兄弟怎么也没想到,短短两年之后,母亲就离开了他们。

自父亲去世以后,母亲就常常睡不着觉,后来听人说喝点酒能睡得好一点,就这样,母亲养成了喝酒的习惯。

那年冬天,离过年不到两个月了,天气很冷,母亲晚上喝了酒就睡觉,当晚就突发脑溢血。

等三兄弟赶到医院时,母亲已经永远离去了。

三兄弟悲痛欲绝。大哥捶着自己的头痛哭流涕:"如果我们兄弟在妈身边,可能妈还有救啊!"

看着面前纵使自己喊一万遍"妈妈"也不能应答一声的母亲,富水感到"子欲养而亲不待"这七个字,是那样椎心刺骨。

因为母亲是在医院离世的,按照富水老家的风俗,接母亲回家时在村口要有一只大公鸡带路。

富水请了村里一个专门办丧事的老人一手抱鸡一手撒米,一边叫着母亲的名字,领她回家。而且因为母亲不在家中离世,回家时不能从正门进屋,只能从侧门进屋。

富水那个名叫小顺的七岁小侄子特别顽皮,可能在城市里没见过大公鸡,就觉得那摇头晃脑的大公鸡特别好玩。加上他从小没与奶奶长时间一起生活过,也没什么特别的感情,奶奶的去世对他没什么情绪上的影响。

当人们刚要从侧门进屋的时候,顽皮的小侄子突然从老人手里抢过公鸡,就撒腿跑开了。

富水那里有一种迷信说法,大公鸡是灵魂的引路者,如果没了大公鸡,灵魂就走不到家。

所有的人都被小侄子这突如其来的举动惊呆了。

富水又气又急又伤心,赶紧追上去抢过小侄子手里的大公鸡,急恼中抬手就在他脑袋上打了一下。小侄儿从他妈肚里下来就从没挨过打,这还了得,哇,惊天动地地哭了起来,跑到富水嫂子的怀里夸张地嚷嚷着:"二叔打得我头好痛!"

嫂子一下就变脸了,冲着富水叫道:"他一个小孩子懂什么呀!你怎么下得了手打他?打成了脑震荡你养他一辈子啊!"

嫂子的出身与富水兄弟不同,她父亲是一个厂长,从小养尊处优,从没受过委屈。小侄子也是惯得什么似的,当年她看上富水大哥,她家里人很反对,但她还是嫁了,富水大哥可能因为感激吧,很听大嫂的话。

晚上要守灵,富水对哥哥和弟弟说:"你们去睡吧,我一个人行,到时我困了叫你们。"

可是大嫂拖着他们打麻将,大嫂一向爱打麻将。大哥特地跑过来像是安慰富水说："这乡下夜晚很寂寞,你大嫂能屈就住在这矮屋里就不错了,让她打打麻将吧。"富水说:"哥,你们去吧,妈这有我守着,没事。"

当富水看着躺在用两条长凳加一块门板搭成的"床"上已没了呼吸的母亲,听着耳边不断涌进的麻将声,富水的泪水,止不住流了下来。

为母亲办完丧事,富水三兄弟各回各的城市。

不知怎么回事,此后兄弟间的联系日渐稀少。平时各自顶着一片天空忙碌,大哥教书有应付不完的考核,考不完的试,忙不完的课改。三弟在设计院工作,有画不完的图纸,出不完的差。富水呢,有做不完的工程,开不完的会。

老家乡下的老房子空在那里,一把大铁锁已是风剥雨蚀,锈迹斑斑。母亲曾经嘱咐过:"老房子什么时候都不能卖,这是你们三兄弟来日相聚的地儿。"

4

二〇〇六年快过年的时候,富水对大哥说:"哥,今年过年带嫂子和小顺来上海玩玩吧。"

哥说:"好的,我也快放寒假了,到时候计划看看,看看你嫂子有没有时间。"

结果大哥没来。其实富水也猜到是这个结果,嫂子对富水一直心存芥蒂。

给小弟打电话,小弟说得回弟媳家过年。富水其实心里也清楚,弟弟知道富水与哥嫂之间的事,怕夹在中间不好做。

就这样,每到过年边上,说实话富水心里还是想他们的,可是再望望春运时黑压压的人群,想着山长水远,就犹豫着打消了相聚的念头。

其实,富水知道,山长水远不是主要问题。可是,主要问题是什么呢?富水也说不清楚。

再说,到哪儿去呢?老家吗?老家已经没人了。

就这样,一晃,就是五年过去了。

才知道,母亲在世时,三兄弟的聚首原来更多的是为了母亲。

富水家乡有一种草,叫转蓬草,生在荒凉的沙地上,大如车轮,却高不盈尺,根细如筷,冬天细根被寒风刮断,大如车轮的整棵草就随风翻转飘远。

母亲就像一条根,牵扯住三兄弟这些旁逸的枝叶。而今,母亲不在了,三兄弟就像风中的转蓬草一样,各自被生活的疾风裹挟着滚向人生的渺茫,几乎要相忘于人生的荒漠了。

富水忽然想到曹植的那两句诗——"转蓬离本根,飘摇随长风"。

是啊,吹来吹去的风,吹黄了一年年的草木,吹走了一个个轮回四季,吹老了一辈辈人,也吹生疏了一颗颗心。

富水似乎看见风有一双无形而无所不能的手——曾经固若金汤的城墙,在风中坍圮;母亲垒起的小猪圈,只隔一年没养猪,就在风中毁塌;父亲墓碑上曾经清晰的石刻字迹,也逐渐漫漶一片……

富水想:没有什么能够经得起岁月之风、生活之风的疾吹,包括钢铁、石头,也包括曾经那样温暖过自己的兄弟心。

爱的线头，不要拉

1

她在织毛衣。一针一线。

她机械地、默然地织着、织着。

织到一大半时，她停下，望着眼前已快成形的宝蓝色毛衣。是的，宝蓝色，是他喜欢的颜色。

快二十年了，她每年都为他织一件宝蓝色毛衣。他有时候笑着说："去年那件毛衣还好好的呢，今年别织了。"

她还是织。她喜欢为他织毛衣。织毛衣的时候，手握竹针，那柔柔地套在无名指上的毛线，一样也柔柔地套住了她的心。

那些年里，她常常会窝在松软的沙发里，脚上穿了软软的毛拖鞋，把脚抬起架在沙发扶手上。她环视着她与他的家，光洁的地板、米黄的窗帘、明净的小几、墙上他们相偎的照片……这是他们十多年一起打拼起来的家。

朋友有时来，看她一个人窝着织毛衣，就说："干吗不开着电视啊？边看电视边织，多好哇。"

她就在心里笑。朋友哪懂，织毛衣的时候，她心里面有对他柔柔的爱意，满得像要溢出来，哪还腾得出地儿装电视？

2

想起往事，她看着手里的毛衣，泪落如雨。哽咽不止的时候，她拿毛衣捂住脸。

忽然，她疯狂似的，找到线头，嘶嘶嘶地飞快拆起来。拆到一小半，她心痛得无法呼吸，终于拆不下去。

她与他的感情，就像这织毛衣，织得那么辛苦，织得那么小心而漫长，而拆除，却只需轻轻一拉，一切都将烟消云散。如何舍得？如何舍得？这剜肉割心一般的痛楚，如何承受？

她将拆了一小半的毛衣紧紧地捂在胸口，终于，失声痛哭。

那天他对她说："枫，求求你，我们散了吧，她天天挺着大肚子去公司闹，我业务没法开展，这样下去公司很快要垮掉的。房子、车子、存折都给你，我只带几件衣服走。"

她缩在沙发里，木木的，没有流泪。良久，她终于点头，她说："好，我签字。"

不是为他，是为他们共同打拼下来的公司，她不希望公司垮掉，那里有她太多的往事和汗水。

他走的时候，她忍不住在他背后叮嘱了句："你畏寒，记得吃点辣椒,医生说活血发热。"话说完,她又恨自己不争气,他就要成为另一个女人的丈夫了,自己还说这些干什么?

他站住,怔了一会儿,却没有回头。

这些年在生意场上,她看到了太多新人旧人的例子,更多的,妻子只是一个名分或者摆设。她一直暗暗庆幸自己遇上了好男人,这么些年来,他对她像当初贫贱时一样知冷知热,让她在那些表面光鲜、内心晦暗的弃妇面前,慨叹命运对自己的恩宠。

二十多年前,谁都认为她嫁给他是眼睛长到后背去了。那时她是城里供销社的售货员,有令人羡慕的商品粮户口,而且长得娟秀文静,追求她的城市青年自然不少。他家在农村,在供销社附近小厂里干着搬运临时工的活,本来个子就不高,一天天被沉重的货物袋压得更显瘦小。

他经常会到供销社来买毛笔,一个黑瘦的乡下青年经常买毛笔让她感到好奇,于是就主动找他攀谈,得知他买毛笔是为了练毛笔字,没钱买纸,他找了许多厂子里废弃的包装纸,下了工就练毛笔字。她后来去厂子里看过,大堆的废弃包装纸上密密麻麻全是遒劲的毛笔字。她看他的眼神里多了一分赞叹。

她在供销社有时要上晚班,下班的时候夜已深,他怕她回去路上不安全,就骑了一辆破单车来接她。她没有拒绝,她知道自己心里并不讨厌他,但要说到要与他怎样,她倒真的没想过。

每次坐在自行车后座,遇到路不平颠簸时,虽然他特意放慢速度,她也会摇晃几下,这时候只要抱住他的腰就会平稳,但她没有。

那天晚上他又来接她,天气很冷,空气的轻微流动就像刀子掠过。她将头、脸严严实实裹住,坐上车后座时,她发现本该冰冷的铁后座竟然是暖暖的。这时他递过来一个热水袋说:"放在棉袄里还热着呢。"

她才知道,他用一件棉衣把热水袋绑在车后座上,只为了让她不致坐在冰冷里。热水袋在她的棉袄里将她的心暖得热乎乎的。

下车时她不知自己什么时候用手搂住了他的腰,他脸红了,她脸更红了。那个滴水成冰的夜,是那么温暖。

结婚后,他们什么也没有,她的父母也没有多余的房子给他们住。何况父母还在生她的气,觉得这么好的女儿偏偏要自己跳水缸。如果嫁个城市青年,男方家里至少要准备一套婚房的,可是嫁给他注定什么都没有。

为此他很愧疚,她却说:"怕什么?我们有双手,大不了从头开始。"

他们租住的几平方米大的简陋小屋里,除了一张铁架床、一个能折叠的小饭桌、一个大书桌、几只大木箱,还有碗筷家什,就什么也没有了。大书桌是她硬要放的,她说他还得在书桌上练毛笔字。

一段时间后,他的厂子效益不好,最先辞退的当然是临时工。没有了工作的他成天像只无头苍蝇一样烦躁不安。她温言劝慰他,说:"饿不死,我不是还有一份工资吗?虽然少,可够咱们吃饭了。"

后来他又干过许多活,卖菜、通下水道、送货、推销……为了多挣点钱,他大冬天半夜就骑着黄鱼车去批发菜,可能太冷受了冻,就落下了畏寒的毛病,尤其是冬天,晚上刚泡过脚钻进被窝还冷得直哆嗦。她就一直晚上提前上床为他焐暖被窝。

他们生活一直不见大起色,房子依旧买不起。很多次,他搂着她问:"你后悔嫁给我了吧?这么多年也没让你过上好日子。"她就摸着他的头发说:"不后悔呀,我觉得我们的日子挺好,我前几天碰到一个相面的了,相面的说我是帮夫相,你一定会好起来的。"

一次偶然的机会,他在推销的时候遇到一个老板,老板欣赏他的诚恳,让他跟着学做生意。慢慢地,他开起了自己的小公司,供销社效益很差,他让她干脆辞了职来帮他。

两个人起早贪黑,公司业务越来越好,不仅买了房子还买了名车,那时能买得起车的人还很少。人家见了她都说:"还是你火眼金睛啊,找了个有出息的老公。"每当这时,她就笑,幸福如花。

她以为自己会一直这样幸福如花下去,却没想到,生活的花朵会那样轻易凋零。

3

再见他,已是几年后的又一个严冬。

她讶异地看到,几年时间,他竟变得如此憔悴,胡子拉碴,头发稀少。刹那间,她的心里某处颤颤地疼了一下——曾经,她是那么深爱面前的这个男人,多少次,她将他的头搂在自己怀里,轻抚他凌乱的发。

她轻声问:"过得不好?"

他苦笑:"不好。"

他缩了缩脖子:"畏寒的老毛病又犯了,很久没吃辣椒了,太辣,受不了,胃痛。"

几年前因为竞争对手的陷害,他的公司损失惨重,业务江河日下并拖欠了许多货款,他疲于奔命也不见成效。

新的她并不太懂得他的苦,把孩子丢给保姆,自己玩得通宵不归。新的她也知道他畏寒,也炒辣椒给他吃,可不知为什么,买的都是同样的辣椒,炒出来却辣得不能下嘴。他勉强吃了一些,胃就强烈地痛,后来他干脆不吃了,后来他继续畏寒。

她从厨房里端出一盘炒辣椒放在餐桌上,再给他一碗饭,他不吃饭只埋头吃辣椒,像孩子一样吃得吧唧吧唧响。他说:"好久好久没吃这么好吃的辣椒了……真奇怪呀,也是那种辣椒啊,怎么你炒的就不辣呢?"

"因为我炒辣椒时放了醋,醋中和了辣椒的辣味……"

她心里还默然地说了另一句话:"还放了我的爱,爱中和了生活的辣味。"

吃完饭,他说:"谢谢你,我……走了。"

转头时他看到沙发上一件快完工的毛衣,宝蓝色的,他嗫嚅着说:"这阵子天好冷……这件毛衣……"

她的心一阵揪痛。

她除下竹针,拿起毛衣。

他面带欣喜地去接。

她却捉住毛衣线头,嘶啦嘶啦嘶啦,一眨眼工夫,一件毛衣就不见了踪影,留在地上的,只是零乱而狼狈不堪的一堆毛线。

她说:"我们的感情,就像这织毛线,我们曾经织得那么辛苦,织得那么小心而漫长,而你,却狠心地捉住线头轻轻一拉,如今,一切都已烟消云散。"

他眼里有什么东西,他用手去揩,却怎么也揩不掉。

他说:"辣椒冲到眼睛了。"

我爱你，TMD"口香糖"

1

天快黑了，我还游荡在大街上。

手机响了又响，我懒得看。

长波浪，高跟鞋，嚼着口香糖，嘴角还叼着一根烟，我像一个女"阿飞"。

街那头有几个浪荡子打着呼哨朝这边张望，我眼皮也懒得抬——就凭你们这几个愣头青，嘴唇上再栽几根毛也还是个青瓜蛋子，还想让咱给你们抛媚眼？趁早哪儿凉快哪儿待着！

我猛地吸了几口烟，浓烈的烟味呛得我剧烈地咳起来。我不会抽烟，但心情烦闷的时候，我会狠狠地抽几根，我想让那些烦闷随着淡灰色的袅袅烟雾而消散。

我把烟屁股丢在脚下狠狠地踩灭，抬起头来，暮色网似的罩住了一切。

嘴里的烟味还是浓，我狠狠地嚼着口香糖。

嘴里的口香糖已无滋无味,味如嚼蜡,就像我与汪中齐日渐寡淡的婚姻。

我掏出纸巾,包住吐出的口香糖,把它扔进了垃圾桶。

2

可是,我与汪中齐的婚姻,也能如此轻松地扔进垃圾桶吗?

我与汪中齐结婚十年,儿子权权八岁了。汪中齐不喝酒不抽烟不打牌,这听上去好像是个不折不扣的"三好男人"。可是,我却感觉与"三好男人"的日子像一潭止水,一丝微澜亦无。

汪中齐爱打电脑游戏。他原本就是做软件开发的,在公司里一天到晚对着电脑做公事,回到家里,丢下公事包,又对着电脑打游戏,直打得天昏地暗,日月无光。

那天晚上,儿子睡下了,我心情很好,特地洗了个泡泡浴。这个香氛泡泡浴盐是我在一家SPA会馆买回来的,同事颜妮说好,怂恿我去买。

我把整个身体隐在洁白密集的泡沫里,闭上眼睛,耳边有泡泡明明灭灭时的轻轻爆裂声,鼻端是丝丝缕缕的香。

那天晚上,夜色旖旎,月亮的清辉透过薄纱的窗幔洒在床前,如水。

我推开电脑房的门,汪中齐还在打游戏,叭叭叭、啾啾啾声不绝于耳。我说:"老公,别打了,天不早了,睡吧。"

他头也不回地说:"你先睡吧。"

我过去搂住他的脖子,说:"睡吧,我今天洗的是泡泡浴哦。闻闻,香不香?"

我用微湿的长发拂着他的脖颈。

游戏里面两个人枪战正酣,汪中齐有口无心地说:"香,香,你先去睡,我打完这一局。"

可是他的这"一局",已经过去一个小时了。

温热的被窝,温热的身体里是一颗慢慢冷却的心。我抚摩着自己细滑如丝的肌肤,泪,慢慢滑落。

近午夜时分,汪中齐敲卧室门:"欣欣,开门!"

我装睡。敲狠了,我把枕头砸过去:"汪中齐,你去抱着你的电脑游戏睡吧!"

3

这几年,尤其是儿子上学以后,一天和一年真的没有太大区别。

早上匆匆忙忙起床,我做早饭,收拾儿子,然后各自洗漱,吃饭。出门,他向东,我向西,我送好儿子上学然后去上班。

白天各忙各的,一般也不打电话,除非有特殊情况说一声:"今天加班,你早点去把权权接回来。"

晚上拖着疲累的身子回家,我做饭,他还常常在加班。就算他回来了,我们也没什么话,然后他打游戏,我督促权权写作业。

睡到床上,他朝左,我朝右。偶尔,他扳扳我的身子,我说:"睡吧睡吧,困得不行,明天还得早起上班。"他就不再坚持,背过身睡了。

有次同事颜妮跟我说:"可欣,来,测测你与汪中齐的婚姻算不算'口香糖'婚姻,反正我和曹洪的日子和嚼过的口香糖差不多了,腻歪死了,没劲透了。"

我瞅了一眼颜妮给我的几个问题,我说:"不用测了,我和汪中齐早就'口香糖'了。"

1. 我们讲话越来越惜字如金,就算遇到有趣的事也懒得和他分享。

2. 我们不再渴望牵对方的手,去林荫路上漫步。

3. 就算一起吃饭,也没什么话,宁愿对着电视机,被无聊的节目吸引。

4. 如果没有特别的事情,也没心情打电话问问对方"今天怎么样"。

5. 夫妻生活可有可无,通常是感觉疲倦,能省就省了。

今天,汪中齐下班回家,我在做我和儿子的晚饭,汪中齐照例是在公司吃过了。他漫不经心地说:"今天给权权奶奶汇了五千块钱,她要过生日了,我回不去,就汇点钱给她吧。"

说完,他就到房间里开电脑去了。

我举着锅铲的手停在那里。愣了半晌,我丢下锅铲折进房间,汪中齐正热火朝天地打 CS 游戏。

我一把夺过他的鼠标,说:"你回来就不冷不热地说这么一句话,既然你钱都汇了,你还跟我说干什么呀?干脆永远别说得了。你寄一万也好,寄十万也罢,跟我不相干,那是你挣的钱!"

游戏正玩得如火如荼,他边从我手里抢鼠标边说:"你干什么呀!看看,又被人家打死了,快给我鼠标。我今天寄钱时忘了告诉你,再说现在告诉你也不晚啊,多大点事啊!"

"什么叫也不晚?你把我放在什么位置?你给权权奶奶寄钱我不反对,那是应该的孝心,可是你寄的时候最起码跟我说一声吧。寄出去了才对我嘟囔一句,你什么意思?你把我当什么了?"

汪中齐正十万火急地打游戏,哪有空理我,说:"别闹了,多大点事啊,我不是忘了吗?"

"我闹?"我气不打一处来,叭地关了电脑电源。

"你干什么?"兴头突然被打断的汪中齐推了我一个趔趄,"你现在越来越不可理喻!"

"我越来越不可理喻?那你呢?结婚前你是怎么对我说的?你说要一辈子对我好,把我当成你唯一的公主,我现在是公主吗?我现在就是个老妈子,是你的老妈子,你儿子的老妈子!这狗屁倒糟的日子,我再也不想过了,咱们散伙,散了清静!"

我甩门而去。

4

我在大街上已经游荡三个多钟头了,脚很疼,我脱了高跟鞋,光着脚在地上走。

夜风在空旷的街上逡巡着,将往事阵阵吹拂。

那一年,与大齐(那时我叫他大齐)相恋,我们依偎着走在这条街上。夜已深,我们却都不想各自回去,只是就这样依偎着走过来又走过去,这条街怎么会这么短呢?走着走着就到了尽头。大齐轻唱:

读你千遍也不厌倦,
读你的感觉像春天。
你的眉目之间,锁着我的爱怜,
你的唇齿之间,留着我的誓言。
你的一切移动,左右我的视线。
你是我的诗篇,读你千遍也不厌倦。

那一年,我生病住院,半夜听到其他病房传来声声凄厉的哀号声,我说:"大齐,我怕。"那一夜,他坐在床沿,把我紧紧地搂在怀里,说:"别怕,有我在,你什么都不用怕。"我在他怀里安然熟睡,他就那样坐了整整一夜。

那一年,我怀孕,嘴刁,三九寒天想吃西瓜。大齐骑着自行车几乎跑遍了大半个城市才买到一个小西瓜,回到家里我已经睡熟了。等我醒来,他打开西瓜,用小匙一口一口喂我吃。

而我呢,儿子出生后,的确是将绝大部分注意力放在了儿子身上,几乎把大齐当成了透明人。

因为工作加上孩子,我的确很累,没有了往日的柔情与体贴,慢慢地,他也就不再奢望我的温柔,转而有点迷上了游戏。

结婚前,他的内衣都是我买,到孩子出生后,我都差不多忘了他内衣的尺寸了。而他总认为一个大男人跑到超市买内裤,挺那个的,所以有时内衣有点破他也勉强穿着,而我却视而不见。

下班回来,我嫌做饭烦,就让他尽量在公司吃,我在家就简单做点自己和儿子的。我有多久没认认真真用心地给他做顿饭,我自己也记不清了。

IT公司工作强度大,下班时间玩点游戏,严格说起来也不算是太过分的事,又不花一分钱。再说和那些拿着钞票去赌博、去夜场胡来的男人比,他这点毛病又算得了什么呢?

……

5

> 今夜微风轻送,把我的心吹动,
> 多少尘封的往日情,重回到我心中。
> 往事随风飘送,把我的心刺痛,
> 你是那美梦,难忘记,深藏在记忆中。

周华健的歌声在耳边响起。是的,很多时候,人总是要走遍千山和万水,才知何去何从。

手机响起,彩铃是那首《TMD,我爱你》。

当时我觉得这歌名很特别,也很粗鲁,我还对颜妮说:"现在的歌曲越来越不像话,什么叫'他妈的,我爱你'? 要是有人敢这样对我说,我立马扁他——骂我就别爱我。"

颜妮说:"你 out 了吧,你就不能换个思维想? 你就不能想成是'甜蜜的,我爱你'?"

> 奔跑在撒哈拉的烈日下,
> 我的爱穿过了沙漠的绿洲和悬崖,
> 我从来不会害怕,
> 一整片太平洋的海水也无法
> 熄灭我对你所有的思念和牵挂……

摁下接听键,里面是大齐焦灼的声音:"欣欣,对不起,是我错了,快回家吧,我找了你好久了,发你信息也不回,打你电话也不接,我都担心死了。权权一个人在家睡着,我不放心……"

好你个汪中齐,你知道错啦?回家把搓衣板找出来,晚上给我好好跪着反省到天亮。

我嘴角噙笑——TMD"口香糖",甜蜜的"口香糖"!

一瓢饮

1

大二那年,蓝天野是学生会副主席,同时分管校刊《泮月》杂志。

在给《泮月》审稿时,蓝天野常常看到署名"宁蘩"的稿件,文笔清新出尘,像新荷浴露,令人击节,从稿件中的信息来看,这是一位女孩。他留意了一下联系方式,是大一化工系。女孩读化工专业本已不多,读工科的女孩能写出这样清新的文章更是少见。

蓝天野对学长兼老乡老费偶然提起此事,老费说:"宁蘩?是不是草字头下面一个繁荣的'繁'?"

"对,就是《雷雨》里那个蘩漪的'蘩'。怎么,老费你认识她?"

"何止认识,她是洪娜的老乡,云南妹子。"看蓝天野一脸兴奋的样子,老费斜着眼看他说,"怎么,我们清高的大才子也动了春心？哥们还一直以为你不是唐僧就是柳下惠呢,拿那么多追你的漂亮女孩当空气！"

蓝天野笑笑。老费哪知道他的心啊,那些女孩漂亮是不假,却没什么内涵,像一朵朵美丽的塑料花,美则美矣,却不能触动他的内心。而这个名叫宁馨的女孩,他虽然并未见到她,她却已像一朵出尘的兰,他已从她灵气荡漾的文字里嗅到了她的蔼然清香。

很快,老费特意安排了一次聚会,蓝天野终于见到了宁馨。说实话,宁馨不是那种让人眼前一亮的女子,不惊艳,也不太活泼,席上比较安静,问她一句就答一句。面对老费开的一些不咸不淡的玩笑,她也不恼,清浅地抿嘴笑笑,脸上有羞涩的绯红。蓝天野夸她文笔上佳,好好努力一定会大有收获,她不好意思地说,都是随手写写的,还差得远呢。

那次聚会之后,宁馨清浅的笑容就经常出现在蓝天野眼前。他给她复稿的时候曾暗示过几次,希望可以与她一起出去走走,但她似乎总是淡淡地游离在他的视线之外。

老费告诉蓝天野:"宁馨从小生长在单亲家庭,父母很早就离异了,这些年她与母亲相依为命。因为父亲早年对母亲情感上的伤害,宁馨对异性有一种本能的抵触心理。再说洪娜一定跟她讲过你优裕的家庭情况,以宁馨这样敏感自尊的个性……"

的确,蓝天野的人就像他的名字那样令人过目不忘,帅气、阳光,再加上良好的家庭环境,心仪他的女生数不清。

然而,蓝天野听到老费的话,他的心里忽然闪过一丝微疼的感觉,这是一种他从未体验过的感觉。这次,为了一个女孩,它降临在他身上。

中秋晚会上,蓝天野在观众席里搜寻宁繄的身影,没有。他有点心神不宁地坐在那里,这个看不到宁繄的节日夜晚,他的心像学校礼堂外的中秋夜空一样寂寥而空旷。节目进行过半,主持人报幕:"下一个节目,诗朗诵《弱水三千》……"

猛然,"宁繄"两个字像空谷的响雷一下震飞了蓝天野所有的百无聊赖。再望时,她,已亭亭地立于舞台中央。

弱水三千,
在夜的羽衣里,
鼓荡着起伏的胸膛,
向我飞来。
弱水三千,
蹿入我的发际,
漾散我的发丝,
又一束束湿紧,
依在我耳边,
说,带走我吧!
不,我不能,
因为,我还没有等到,我的

那一瓢饮……

蓝天野愣愣地盯着台上的宁馨,心里百转千回。他相信,这首诗是她特意为他朗诵的,她想用这种特殊的方法告诉他自己的内心。

是她,是她,就是她,他对自己说,她就是那个让他的心乱成一团、纠结如麻的女孩。这些年除了埋头学习,他对女孩视而不见,因为他在等,等他心里的一个梦,那个梦就是她——宁馨!

蓝天野知道宁馨也是喜欢他的。一个人喜欢不喜欢,眼睛会出卖他的内心。

每次在老费和洪娜的撮合下聚会,宁馨都极少看他。而当他猛然抬头或回头时,她的目光像突然受惊的小鸟一样扑腾着从他身上逃开。

洪娜说,宁馨是极其自尊和内秀的女孩子,天野你的家在繁华的上海,家境又那样优裕,你们不是一类人,她怕别人会用世俗的眼光看她。

蓝天野却从没这样想过。什么不是一类人?宁馨是他寻觅千百度才遇到的女孩,就算她家境不好,那不是她的错!

元旦了。一页年华翻过去,蓝天野想,他的爱情也该翻开新的一页了。

与上次宁馨的朗诵时隔两个多月,元旦晚会上,蓝天野也朗诵了一首诗,确切地说,是朗诵给宁馨听的诗:

弱水三千，

在夜的羽衣里，

鼓荡着起伏的胸膛，

向我飞来。

弱水三千，

蹿入我的发际，

漾散我的发丝，

又一束束湿紧，

依在我耳边，

说，带走我吧！

不，我不能。

恰此刻，一瓢饮，

你来了，

我变成了一尾鱼，

在你的掌心里悠游，

轻盈如雾……

掌声四起。在台下乌泱泱的人群里，蓝天野却如有神助般看到宁鬃那张精致的小脸。面对台下黑压压的人群，他凝视宁鬃的双眼，大声说："宁鬃，你就是我的一瓢饮，请你现在答应我，做我的女朋友，好吗？"

在声震屋瓦的掌声、笑声、喝彩声、口哨声里，他温柔地将宁蘩揽入怀中,靠近她小巧的耳朵说:"无数目光见证了,是蓝天野苦追的李宁蘩。小傻瓜,这下满意了吧? 换个地方,这里太吵,会把我们的爱情小鸟惊飞的。"

2

齐秦唱:"这是我的爱情宣言,我要告诉全世界!"与宁蘩相恋以后,蓝天野就是这种心情,总有一种向全世界狂喊的激情喷薄欲出:"我爱宁蘩!"

果然,这样的狂喊连远在上海的父母都听到了,妈妈很紧张地打来电话。她老早就内定了孙佳贝是蓝天野的女朋友,虽然他一直以沉默来反抗。孙佳贝是蓝天野父亲公司一重要合作伙伴孙总的独生女儿,这孙总虽然腰包鼓鼓,却一口天龅地大板牙,蓝天野看不惯他横五横六的暴发户样,背地里叫他孙龅牙。孙龅牙的女儿孙佳贝长得还凑合,就是一副阔小姐脾气,小学刚毕业就被她爸送到澳大利亚留学,回上海后,除了一张皮是黄的,整个儿都"白"了,讲不到三句中国话就得来一句洋腔,蓝天野叫她黄皮香蕉。

蓝天野这些年没有恋爱,他妈一直以为他是对孙大小姐除却巫山了。这次听说他恋爱了,她很惊讶和意外。

"天野,佳贝上礼拜还到我们家来了。这事……佳贝不知道吧?"

"我谈恋爱跟孙佳贝有什么关系？妈你不要总把我跟她扯一块好不好？"

"什么叫把你们往一块扯？你们两个知根知底，双方家长都认可。再说，咱家公司业务这两年顺风顺水还不多亏了人家孙总？天野，你说的那个宁繁是上海人吗？她家是做什么的？"

"是云南人，宁繁是个非常好的女孩子，妈妈见了一定会喜欢她的。"

"云南？那么远的地方！"妈妈在电话里惊叫起来。

妈妈先入为主地否定了宁繁，在得知她的家庭状况之后就彻底否定了蓝天野与宁繁的感情："儿子，现在社会很复杂，女孩子也很复杂，她明知凭她的条件根本配不上你还黏着你，就说明她动机不纯。"

"谁说宁繁配不上我！她那样的家庭条件能考上这所重点大学，就说明她比我优秀多了。妈，你没看过宁繁和她的文章，她真是个兰心蕙质的好女孩！"

宁繁在得知蓝天野与母亲的争执之后，沉默了许久。她批评他不该顶撞妈妈，说当母亲的都希望儿女好，要他理解母亲的心。

"天野，我不会退缩，我会让她明白我选择你不是为了攀附什么，而是因为我爱你。"

"宁繁！"他感动得叫起来，面对如此善良真诚的女孩，除了吻她小小的脸庞，他不知道自己还能做什么。

要放暑假了,蓝天野希望宁馨能跟他一起回趟上海见见他爸妈,还有一个原因他没对宁馨说,他是想让孙佳贝看到他已有女朋友而放弃他。但宁馨说这样贸然去见他爸妈不太好,还没到相见的时机。

想起要与宁馨分别漫长的两个月,蓝天野都不知道这六十个日日夜夜该怎么度过。宁馨也很伤感,她将毛茸茸的小脑袋在他胸前拱来拱去:"说好了,你一定要去云南看我,这将是我度过的最漫长的一个暑假。"她忽然伤感地看着他,"知道吗?老费和洪娜上个星期分手了。老费毕业回上海了,洪娜分到了云南。爱了整整四年的两个人,说分就分了,爱情在如铁的现实面前,好薄凉。天野,我好害怕……"

她抬起头,乌溜溜的眼珠楚楚可怜地直视着他,明净如水的眼眸,如水银盘里的一对青螺。

他俯头,无限怜爱地吻她:"放心,不会的,我们的爱情不会这样,我保证。"

3

回上海之后正赶上公司竞标一个项目,蓝天野帮着爸爸和公司竞标团队一起调查项目、制作投标书,每天忙得昏天暗地。在最后的竞标谈判中,他作为谈判代表,以专业而缜密的竞标答辩漂亮地赢得了这次竞标。

庆功宴上,孙总和孙佳贝都在。孙总红光满面,大龅牙更是长长地耷出来。孙总拍着蓝天野爸爸的肩说:"老蓝啊,你有福气啊,天野青年才俊赛过当年的你啊!"蓝天野的妈妈赶紧接过话头:"天野前途无量,不光是老蓝的福气,也是孙总你的福气啊!"说着亲热地搂过孙佳贝,"是不是啊,佳贝!"孙总意会,鸡啄米一样点着硕大的脑袋说:"对对对,女婿是半子嘛,哈哈哈!"蓝天野气恼地悄悄瞪了妈妈一眼,妈妈装作没看见。

此时,蓝天野最想分享快乐的人是宁馨,这阵子为竞标忙得四脚朝天,都没怎么联系她。他想:宁馨也是,我没时间联系你,你怎么也不联系我了?

蓝天野借口上洗手间,在走廊想给宁馨打电话,可是奇怪,手机通讯录里怎么也找不到宁馨的电话。

"天野,"妈妈不知什么时候跟出来了,"妈前阵子把你的手机号码换成了上海号码。反正你现在在上海,以前的老号码也用不了,用了还要漫游费,干脆换掉。"

蓝天野这才发现手机号码被换了!前些日子忙昏了头,手机被换了 SIM 卡他都没察觉。最要命的是,妈妈虽然把老卡上的信息复制到新卡上,却故意把宁馨的号码删了。

他现在才明白为什么最近收不到宁馨的任何电话和短信,完了,宁馨一定误会了。快,马上给宁馨打电话解释一下!

可是,该死!平时都是从手机通讯录里直接拨号,没有特意去记电话号码,宁馨的电话号码他只记得大致轮廓。他拼命向记忆里捞取,可是打来打去不是空号就是打错了。

怎么办?对,他邮箱里有宁蘩的邮箱地址,他赶紧写了邮件过去。可是他知道这没用,宁蘩家在偏远的山区,根本没有上网的条件,况且宁蘩也不大会料到他会发邮件给她。

怎么办?还有谁可能会有宁蘩的手机号?对,老费和洪娜——可是,在大学里山盟海誓的老费和洪娜,自从毕业分道扬镳之后,各自都换了手机号码。

蓝天野使劲拍着脑袋,宁蘩的手机号码还是像不愿附体的幽灵一样游荡在他的大脑之外。

马上飞去云南!

蓝天野抓起电话就想订机票,电话接通了才想起,因为宁蘩家很偏远,他只记得是一个叫会泽县的地方,具体的乡名村名宁蘩从没告诉过他。

他无比懊丧地将电话掼下。宁蘩,丢了一个电话号码,我就把你弄丢了。我该怎么办?宁蘩,对不起,对不起!他无法想象不明就里的宁蘩现在的状况怎样,现在只有祈求老天保佑宁蘩能看到他的邮件!

蓝天野怔忡不宁地数着日子,盼望快点再快点开学,根本没心思帮公司做事。妈妈见他精神不好,就让孙佳贝来陪他。孙佳贝是个前卫而精明的女孩子,生于钟鸣鼎食之家,养成一身骄横的霸气。所有的人都买孙大小姐的账,唯独蓝天野从来不拿正眼瞧她。

孙佳贝小学跟蓝天野同班,成绩一塌糊涂,可老师势利眼,就这样的成绩还将她选为学习委员。看她在别人面前那副鼻子朝天的骄傲样,蓝天野最看不惯的就是这种女孩子,胸无点墨却自命不凡。然而孙佳贝对他却是一口一个天野哥哥,说这个世界上她就佩服俩人,一个是她爸,一个是天野哥哥。

孙佳贝认了蓝天野妈妈做干妈,说以后一定和天野哥好好孝敬她,乐得天野妈一个劲地夸佳贝懂事。看孙佳贝演戏,蓝天野懒得作声,他心里急得像有一团火:宁馨,不知道现在怎样了。

妈妈见儿子对孙佳贝冷冷的,就逼着他带孙佳贝出去玩。他不想让妈妈太不高兴,就由着孙佳贝牵着鼻子瞎逛。

可蓝天野满脑子都是宁馨!这度日如年的暑假终于只剩十来天了。

已经有些日子了,蓝天野没什么胃口,晚上很疲倦却睡不着,早上起来恶心想吐,成天腰酸背疼的。是想念宁馨太狠了吧?怒伤肝,喜伤心,忧伤脾,思伤胃,可是他怎能控制自己的脑子呢?他是多么渴望见到宁馨啊!

那天一早妈妈看到他,紧盯着他的脸问:"儿子,你是不是不舒服?脸色怎么这么难看?脸也浮肿起来了!""没有啊,可能是昨晚睡得不太好吧!"他故作轻松地说。

刷牙时,蓝天野的牙龈又出了很多血。他的头昏昏沉沉。快开学了,再坚持几天就能见到宁馨了,他想见到亲爱的宁馨就好了。他记得以前看过一本书,书中的女子对久别的男子说:

"当伤心小雨来袭,思念相溅成河。"而他要对久别的宁馨说:"当伤心暴雨来袭,思念相溅成海。"

晚上腿又开始猛烈地抽筋,痛得他嗷呜直叫,下床使劲蹬地板,又不敢蹬得太用力,他怕惊醒了父母。

这腿抽筋实在太痛苦,他悄悄去了医院。

4

慢性肾功能衰竭尿毒症!几个恶毒的汉字组成一串恶毒的词,如一记记恶毒的闷棍将蓝天野的脑子击打得一片空茫!他坐在医院的走廊里,把牙关咬得发疼也控制不住身体的颤抖。

他原想暂时瞒着父母,但知子莫若母,妈妈很快发现了他藏匿起来的确诊单。可怜的父母一夜白了头。第二天,蓝天野住进了医院。

开学了,父母联系学校为蓝天野办了休学,可他还是打起精神去了学校,父母没有阻拦,他们知道儿子去学校做什么。

一个暑假没见,宁馨瘦多了,也憔悴多了。

他们默默对视。

她张了张嘴,却没有话,只有决堤的泪水,将他的心砸得生疼。

蓝天野的喉头紧得像被绳子勒住,沙哑的声音让自己都觉得陌生:"宁馨,对不起,我们……"他艰难地蠕动着喉结,"让彼此自由吧。"

他望着面前的女孩,这个他唯一深爱的女孩,她憔悴得让他心疼。

蓝天野下意识地伸手想摸摸她的小脸,手到半空却停住。

"为什么?告诉我。"

她终于抬起头,逼视他。

他不语。

"放心,我不会纠缠。我只想得到一个理由,然后马上离开。"

"她……更适合……我妈也……"

手机铃声骤起,他接起,却摁到了免提键,一个女孩的声音娇嗲地传来:"天野,你到学校才一天我就想你了,你想我了吗?记着晚上给我打电话啊……"

宁馨转身走了。

她踉跄而纷乱的脚步,踩碎了他的心。

蓝天野的病情越来越严重,原本想年轻身体底子好,先用药物保守治疗,现在看来不行。他开始不规律地呕血,皮肤开始钻心地痒,而且皮肤也比以前黑了好多,有时候身上还结一层像霜一样的粉末,医生建议立即着手透析治疗。

人生就这样骤然对他开了个残酷至极的玩笑。

每当他躺在窄小的病床上,右手臂和左手背上被粗大的针头穿刺,再插上透析管,旁边的血透机发出刺耳的声音时,他闭上眼睛,感到一片虚无和了无生趣。这一动不能动的四小时里,他脑子里翻江倒海。没有人知道他是多么想念那个名叫宁蘩的女孩,可是她永远也不可能再出现在他面前了。这个世界上,她最恨的人,是他。

蓝天野可以忍受血液透析的任何痛苦,却忍受不了想念宁蘩和伤害宁蘩的剧痛。他在网上花钱雇了一个陌生女孩让她准时给他打那个电话,宁蘩听到这个电话后的绝望表情,一次次让他心疼。他在心里喊,宁蘩,原谅我,就算伤你我也必须这样做,你有你的将来。总有一天,你会将我淡忘在记忆的深谷。

蓝天野的爸爸几乎完全把公司丢下,四处奔波着为儿子找寻合适的肾源。曾经优雅高贵的妈妈,如今脸庞浮肿,头发凌乱着忙前忙后。

孙鲍牙与公司已几乎断绝业务往来。自从蓝天野生病后,孙佳贝就从他眼前消失了,听说她又出国了,去了美国。妈妈在病床前轻叹:"唉,人啦。儿子,妈对不起你,是妈不好,把你和宁蘩生生拆开了。妈知道你喜欢宁蘩,也知道宁蘩是个好孩子。"

他闭着眼睛,眼睛潮热,无力地说:"妈,你不要自责了,就算您不拆开,宁蘩也永远不会属于我了。"

六月初,苦苦盼望的蓝天野一家人终于等来了喜讯——找到了匹配的肾源,再过几个月就可以进行移植手术!

六月十八日是蓝天野的二十三岁生日,父母都在做准备,妈妈说,要好好过这个二十三岁生日来为他庆祝新生。

5

生日那天,蓝天野虽然仍带病容,但穿上挺括的西服后也还算精神。爸妈也修饰一新,妈妈说趁着生日将晦气一扫而光。

车在一家著名星级酒店前停下。他没想到父母将他的生日宴定在这样一个高级酒店。

踏进酒店41楼的旋转餐厅,里面笑语盈耳,烛影摇红,高朋满座。

"妈,我们走错了吧?"他回头对妈妈说,"这旋转餐厅已经被人包了。"

爸爸拍拍他的肩说:"没走错儿子,今天爸爸把这里包了,为你过生日,更重要的……"

"爸,不就过个生日吗?订一桌家常席就够了,我的病已经花掉许多钱了,再说请这么多人干吗?我现在喜欢清静,不喜欢太吵。"

爸妈对视了一眼。妈妈微笑着说:"傻儿子,朝那边看。"

他朝妈妈指的方向看去,看到餐厅里布置起了一个温馨典雅的礼台。

"这么隆重,过生日还搭礼台。"他笑道,"有点奢侈了吧。"

爸妈笑而不答。

"现在,让我们用热烈的掌声欢迎寿星蓝天野先生的到来!"

司仪的声音被麦克风放大,震着蓝天野的耳膜,他被掌声推到礼台上。

"蓝天野先生,今天是你的生日,让我们首先祝你生日快乐!然后,请你告诉大家,你希望今天收到一个什么样的礼物?许个愿吧,生日许愿都可以梦想成真的!"

是啊,蓝天野想:我的梦想是什么呢?我现在最大的梦想是病赶快好起来,然后去找宁綮,告诉她,我爱她,我们一生在一起,再也不分离!

他这么想了,也这么说了!没什么难为情的,他就是爱那个名叫宁綮的女孩。

他看到爸妈笑了,所有的宾客都笑了,掌声如雷响起。司仪说:"下面我们来做个游戏吧,需要蒙住你的眼睛。"

他的眼睛被一双小手蒙上了,那双小手,柔弱无骨,散发着熟稔的气息。

他回头,看到的是一个美丽的新娘。她手中握着一枚"新郎"胸花,细心地帮他戴在胸前。

"我的病……你可以有更好的选择……"

她用手指轻触他的唇,不准他再说下去。背景音乐里,有她的声音:

  弱水三千,
  在夜的羽衣里,

鼓荡着起伏的胸膛,
向我飞来。
弱水三千,
蹿入我的发际,
漾散我的发丝,
又一束束湿紧,
依在我耳边,
说,带走我吧!
不,我不能。
恰此刻,一瓢饮,
你来了,
我变成了一尾鱼,
在你的掌心里悠游,
轻盈如雾……